中国专业作家小说典藏文库

中国专业作家小说典藏文库
王鸿达卷

警察同志

王鸿达 ◎ 著

JINGCHA
TONGZHI

中国文史出版社

目录

雨

　　1998 年的夏天是从一个闷热的傍晚开始的，许多年后白矾还会记起这个夜晚来。家里的阳台上突然窜出许多红蚂蚁来，白矾家住在五楼，它们是从哪里爬出来的呀？阳台上还有一股咸蒜味，是从一只没有盖严的罐头瓶子里发出来的。咸蒜是妻的一个乡下亲戚带来的。这个亲戚来时脚上穿着一只露着破洞的农田鞋，脸上带着一丝暧昧的笑。除了这罐咸蒜，他还从那个脏兮兮的黄书兜里掏出十个红皮鸡蛋来。他走时，妻送给他一双棕色皮鞋，这双棕色皮鞋白矾只穿过两回。

　　白矾在吃晚饭时还喝过一瓶啤酒，他不胜酒力，很少一个人在家喝酒，哪怕是啤酒。不知是不是因为天气闷热的缘故，啤酒是冰镇过的，从楼下食杂店买来时酒瓶上就泛着一层凉森森的白气，这让白矾胃里很舒服。头有些晕的白矾刚才在卫生间里涮拖布，听到妻子的惊叫声，他跑到阳台上来。身子大了一倍的妻子站在阳台上，她本来是到阳台上来透透气的，嘴巴张了张就停住了。顺着妻子的目光，白矾就看到了那些红蚂蚁手脚无措地向阳台上面的黑窗玻璃镜上爬去。如果在白天能看见它们留在上面细小的足迹，因为那上面蒙上的细细灰尘有几个月没有擦了，这活以前都由妻子来干。

　　"要下雨了。"

　　妻子没有理他，后来她说肚子痛，很痛。

　　白矾就像那些蚂蚁一样无头无脚、手脚无措地慌乱起来。

妻子住进的这家厂医院就是她工作的医院，妻子是内科护士长。由于是厂附属医院，夜里看病和住院的病人都很少，走廊里几乎是空荡荡的。妇产科外面的长椅上只坐着白矾，妻子被推进去了。临进产房前，那个值班的男妇产科主任还对他笑了一下："放心吧，没事的。"他紧绷的面孔这才松弛下来。那个护士叶他也认识，以前是内科的。走廊里不知哪里的水管在漏水，滴答滴答。这个医院他是熟悉的，妻子工作的内科病房就在这个环形走廊的东头二层楼上，妻子当护士长之前常值夜班，那些小护士和他都熟，有人还管他借过书看，叶红莉就管他借过《虹》。

这个时候该是几点钟了？走廊尽头的窗玻璃外终于下起了黄豆粒大的雨点，噼噼啪啪的，盖去了水管滴水声。他的心不由得跟着炒豆似的雨点声烦躁起来。

那扇门被推开，先是护士叶走了出来，告诉他："你老婆得做剖腹产。"

"要紧吗?"他的嘴张了张不由得担心地问。

不等她回答，男主任随后就跟了出来，"没问题。"男主任叫他到医生办公室来一趟。他乖乖地跟他走过去，男主任从桌上拿起一张手术单子，叫他在上面签字。他怔怔地看着男主任。

"没问题，这只是个小手术。"男主任的手像女人一样白。

他麻木地不太流利地写下了自己的名字。

他重新坐回到那张长椅子上去，脸色有些凝重。他听到妇产科主任正在打电话向院里要值班车到血库去取血。"赶上雨天路上可能要耽搁一些时间，不过没问题。"主任走出来时看见他站起身来又这样说了一句，他打了一个哈欠。

那扇门又在他身后关上了。他不知道还要等多久。走廊尽头窗户上的雨声还在单调地响着。那些蚂蚁该被渗进来的雨点击溃了吧，走时他忘了关窗。

"其实你应该有这个心理准备。"护士叶又从门里走出来说。他知道她指的是什么。妻子盆骨窄，第一次领她回家母亲就看出来了，很担心地说恐怕将来生孩子费劲。更让人担心的是她三十四岁上才怀孕。

"她怎么样？"

"刚刚给她打过一针安定痛，她安静下来了。你们也真是……"

叶说，又扭着她宽宽的丰满的臀走进门里去了。

他不知叶想说什么。

叶在内科时常听到妻子谈论起，说叶是一位独身主义者，不过她已做过三次流产了，是避孕失败。白矾听到后说："别人怎么一搭就能怀孕呢……"他们结婚六年了还没孩子，这确实让他们很尴尬。许多人还以为他们不要孩子了呢。

噼噼啪啪的雨声在深夜里加大了，他听到院子里汽车的熄火声，一道光亮划过流着雨泪的走廊上的窗户。一阵纷至沓来的脚步声从走廊上传来……他的心又重新提到嗓子眼。恍惚中，他看到了一铺炕的血，母亲生小妹时大出血差点儿死掉，那辆迟来的救护车在崎岖的山路上颠簸到天亮才到达小镇上……

咣——那道门又被推开了。叶手里托着什么走出来。"恭喜你，你得了个千金。"这个满脸皱纹闭着眼睛的小人儿就是他的女儿？他犹犹豫豫地伸出了手……

随后妻子也被推了出来，她躺在手推车床上，疲惫的脸透着惨白，一缕湿漉漉的头发沾在她面部肌肉松弛下来的额上。她勉强地笑了笑，那目光却像母羊一样安静。

"……护士长怕传染上别的病毒，没有用血库里的血，她是硬挺着做完的。"额头蓝帽下渗着汗珠的男主任说。

他的胸口有什么东西堵了堵，前两天在电视新闻中看到，一位母亲和她的两岁大的孩子就是因为母亲的一次输血，都感染了艾滋病。那孩子天真的目光让他恐惧。

病房里异常安静，早晨的晨曦是一点一点透过窗镜水样漫进来的。

雨刚刚停歇了一会儿，天还在阴着。妻子和那新生婴儿都睡过去了，他也打了个盹醒来。这才发现四张床位的病房里靠东墙角的床上蜷缩着一个人，她面对着墙，黑黑的长发用一条手绢束着，从侧影的轮廓上看，她也就是二十一二岁的样子。

早上上班时，不断有人进来看妻和婴儿，都是妻子的同事。妻子的脸上挂着很满足的笑。很多人眼里是惊异的神色。

雨不知什么时候又下了起来，溅起外面水泥地面上一串串水泡。

叶在交班前又进来一趟，她手里拿着一份出生证明，并问他给女儿起名字了吗。他认真地想了想不知叫什么好，他还从来没有想过。叶说："你不是作家吗？"他茫然地望着叶，叶说："就叫雨吧，夏雨多好。"妻子同意了。叶抓起雨的一只脚蘸上红印泥往那张白单子上一印，一只丑丑的大脚丫就印到了上面。围着的人都笑了，雨并没有哭叫。黑黑的眼仁盯着人脸看。

"四床，准备手术，你家里的人呢？"

刚刚还有一双目光小心翼翼地向这边探望着。雨黑黑的眼仁让病房里充满了生气。这会儿听了叶护士的话，那个背过身去的四号床姑娘的肩胛轻轻地抖了抖。

叶走出去了。窗外的雨还在发疯地下着，想回去取些什么东西的白矾也走不出去了。尽管医院到他家只有几分钟的路程，是为妻子上班方便，他们才住在这里的。叶去过他们家，有一天上午叶下夜班来找休班在家的护士长到院里开什么会，妻子匆匆下楼走了。叶说她想借两本书看看。书挑好了，外面下起雨来，白矾就说："等雨停了再走吧。"他是怕淋湿了他的书。妻子把家里唯一的伞带走了。叶就在他家里等了起来。他们那天的话题不知是怎么引起来的。叶问他们为什么到现在还没孩子。白矾就有些脸红。

"你们不想？"

"想，怎么会不想……"

"那是你的问题？"叶又轻轻地探询什么地问。

不等他回答，叶又轻轻地叹息了一口气，说："怀孕对你们是喜事，对我却是灾难。"那时叶已做过两次人流了。

叶的大胆让他有些吃惊。春天的雨让屋子里泛起了阵阵凉意，在门廊里叶说她多想让他抱住她，他白细的手指也有些发凉……面孔有些不知所措地望着她。后来直到妻子怀孕，叶眼里揶揄的神色才消失。

咔嚓——一道闪电划过窗外阴郁的雨幕，一个人影疯疯癫癫跑到院子的雨水里去，接着几个穿白服的身影追了出去，是叶把那个像蛇一样扭动着身躯的人影抱住了。那个披头散发的人影嘴大张着嘶哑地在说着什么。是四床那个姑娘。

过了一会儿，叶过来说："她被打了一针镇静剂，在产房里安静了下来。"

叶说她是昨晚被一个男人送到这里来的，那男人留下一笔住院费就不见了踪影。

"她家里人知道吗？"

"她怎么会告诉她家里人呢。"

"他没有留下地址，那个送他的男人？"

"男人在这个时候都会像畜生一样躲得远远的。"叶说。

傍中午时，那个姑娘是被一个小护士搀扶着走进病房的。她疲惫的脸上夹杂着一丝痛苦绝望的表情，目光空洞洞的。

妻子示意我把一杯冲好的奶粉拿给她喝，她紧咬着嘴唇摇摇头，又蜷缩着身子背对着墙在那张床上躺下了。

妻子深深地叹了一口气。

到了晚上也没见她吃任何东西。她依旧头朝墙躺着，只有偶尔雨的一两声啼哭声，叫她的肩膀微微动了动。她面朝着墙嘴里默默念叨出两句什么"看见，看见……"那个小护士说那个胎儿已经四个月大了，放在托盘里没敢叫她看一眼。

次日早，叶过来上班，她给妻带来了她煲的乌鸡汤，又盛出一碗给四号床的姑娘，她依旧摇摇头，头冲墙嘴里在磨叨那句："看见……"

"你看见什么，那是个孽种，你想他有什么用，为这种男人伤坏了身子不值得。"

她的肩头一颤，接着就嘤嘤地哭了起来，和着外边的雨声。等她哭够了，叶又把鸡汤给她递过去，她伸出一双弱白的手接过去感激地喝了……

白矾和妻子都轻轻地松了一口气。

白矾本来想在她情绪好些的时候，问问她家里的情况，看看能不能帮助她做点儿什么。可是这天下午他突然接到报社打来的电话，要他上抗洪前线采访。连续两天两夜的降雨让他们这个城市外围的嫩江遭受到了四十年不遇的洪灾汛情。他急忙通知了妻子在乡下的母亲来照顾她，就匆匆赶回报社随一支抗洪支援的队伍坐车去了。

江湾乡白矾以前也来过，是到乡下来采风，也吃过江里的鱼。此刻这条江却变得丑陋无比，暴涨的江水使弯曲的江面像个大肚子孕妇，浑浊的江水肆无忌惮地冲向两岸大片的农田和村舍，许多土房屋都泡在浑黄的水下面了。天空中的雨云压得很低，白矾和市里来的两个电视台的记者站在高岗处，从上游不断冲下来这样一些漂浮物：房檩木、红木箱、门板、马尸、狗尸……还有一个穿红衣服的小女孩儿的尸首，小女孩儿两手死死地攥着一只黑狗的尾巴，不知是狗先被呛死了，还是小女孩儿先被呛死了。和白矾一同来的记者小D要下水去打捞小女孩儿，被另一位年纪大的记者拉住了。小D就蹲在高岗处呜呜哭了起来。风声和着雨声把小D的哭声吹得很远……那边一群如蚁的人群在一条新修的堤坝上背着沙石袋、黄草包忙碌着，每个人的脸上都呈现出一种像天空一样的灰白色，眼丝红红的。他们对眼前的一切似乎已司空见惯了。那个乡长说他们已在这里干了五天五夜了。

夜里乡长要安排他们到离堤坝远一点儿的村子里去住，可白矾非要住在这里，乡长就安排他们和他一起住在伙房的帐篷里。这个帐篷夜里烧火做饭没有那么潮湿。做饭的伙夫是一个五十几岁头发花白的老头儿，是当地村子里的农民，他一直蹲在一口大锅前忙活着，半夜还要给守在坝上的人送饭。乡长半夜也没回帐篷里，他在堤上巡查。

"你们是城里来的?"哔哔剥剥燃着的火驱赶着浓重的湿气，火光中映出一颗瘦瘦花白的脑壳来。

"是的，老人家你家里人呢?"

老头儿告诉他们，他两个儿子一家已疏散到几十里外的一个村子里去了，他还有一个小女儿在城里打工，让他牵挂的不是他儿子，而是他的小女儿。他很害怕她这时回到村子里来，因为村子里已变成一片汪洋了。老头儿在石头垒起的锅灶前重重地叹了一口气。

乡长在下半夜两点才打着手电筒回来，他脱掉沾满泥巴的雨靴子，偎在草铺上就睡着了，并且打起了很重的鼾声。

"快……快撤……决堤了……"他们在乡长大声的梦话中惊醒了。醒来天已大亮，乡长也醒了，火烧屁股似的又跑到堤坝上去，透过帐篷门望去，堤坝上的人又像蚂蚁一样默默忙碌起来。

雨停了。闷热起来。到了中午似乎从厚厚的铅灰色云层中散出一线热热虚白的光来，灼着一副副裸露在外湿漉漉黑黝黝的臂膀。

刚刚歇息的人或蹲或坐在堤坝上吃起饭来，一碗菜汤，一个馒头，呼呼噜噜一片响。从上面的江水里还不时冲下来死猪死狗死猫来。

远远地，乡长一个人提着一个网兜沿着堤坝底下低头走过来。

"你在找什么?"

"蚂蚁。"

"蚂蚁?"白矾有些没大听懂。

"上游两处村子决堤就是蚂蚁穿的洞，死了十好几口人呢。"乡长说。

白矾就想起自己家里前几天阳台上的红蚂蚁，那蚂蚁是怎么爬上去的呢?

到了晚上，乡长的网兜里已兜了一堆黑蚂蚁来，个大腿长。乡长就叫老头儿用油炸了，端出一盘很好的菜给他们吃。乡长嚼得牙齿咯吱咯吱响，很香。白矾的胃里像爬进了蚂蚁，冒出一阵酸水来。

三天后的傍晚，瘦了一圈的白矾回到了城里，妻子还住在医院里。白矾没有回到家中，直接回到了报社，打算把采访完的稿子在报社打完再回去。等他敲打完最后一个字，他的手机响了，对面墙上的时钟已指向了夜里十一点。手机是成打来的，问他在哪里，他说在报社。成接着说："你失踪了，这几天打你手机也打不通。"白矾说他去抗洪前线采访去了，那里没有信号。成问他什么时候回来的，他说就今晚才回来。成说："你出来吧，犒劳你一下。"肚子里像听到了成的声音似的，咕咕叫了起来。他问清楚成说的经纬街上 19 号那家韩国狗肉馆，就打起一把黑雨伞走出去了。外面的街上还下着毛毛细雨，路灯迷迷瞪瞪的。

他走到经纬街上 19 号那家鲜族人开的店里，成和一个他不认识的男人坐在一张靠窗的桌旁，桌上是一锅热气腾腾的狗肉，底下在冒着蓝蓝的火苗。成见他走过来，给那个不认识的男人介绍："这是我的同学，他现在是'名记'了。"那个不认识的男人朝他点点头。成是他大学中文系的同学，毕业没两年就下海经商了，现在是一家装潢公司的老板。

成给他倒了一杯啤酒，成说："你瘦了。"

雨还在窗外慢悠悠地下着，店内的客人不多，大概已过了饭时。

成和那个不认识的男人刚才正在谈论着生意上的话题，这会儿又继续谈论下去。

窗上的雨泪中晃出一个瘦瘦的面孔来，恍惚中他好像又坐到了那矮矮的潮湿的帐篷里了。生锈的铁锅沿上始终在冒着热气。

"洪水正在向这个城市逼近。"白矾自言自语地说。

两个人停下来，怔怔地看着他。

翻腾的狗肉锅里在氤氲着香气，白矾眼里浮现出江里漂浮下来的狗尸来，刚刚很饥饿的胃里忽然没了胃口。他只要了一碗冷面。

吃完饭出来，成说："我们去玩一下吧。"

白矾没想到这个时候还有歌厅在营业，从一些灯光暧昧的歌厅门口走过，里面传出一些男女的歌声来，不等他们走近，就有妖艳的女子身影迎出来。他们几乎是被拖着走进去的，好久没闻到香水味了。

成又要了一些啤酒和拼盘，三个妖艳的女人拥着他们坐在卡座里，成和那个不认识的男人掏出烟来，那两个女人很熟练地拿起桌上的打火机咔嗒打着，竖起一道长长的蓝火苗来给他俩点着。

那个男人站到屏幕前，他的歌声像在吼。成悄悄凑到他耳边问："你有多久没近女色了？"他从成眨动的眼神中明白过来什么，自从妻子怀孕后，他差不多有一年没做那事了。

两瓶啤酒就让白矾头昏昏沉沉起来，头垂在茶几上。他好像听那个男人跟成说："我们带他休息去吧。"之后的事情他好像又回到了那个矮矮的帐篷里，黑暗中一双手在解他的衣扣。"别，别……"他清醒过来，摇了摇脑袋，模糊的视线里有一个白皙的轮廓，是刚才那个女孩儿？她最多有二十岁。

"你怎么啦？"

"我、我不行……把灯打开……"

灯打开了，他的额头上出了一层虚汗。灯泡昏黄，狭窄的房间散发出一种发霉的味道，和女孩儿身上刺鼻的香气混合在一起。

她把刚刚脱掉的一件薄衣衫又重新穿上了，转过身来，她的拇指上顶着一只避孕套。

窗外的雨还在不停地下着，打在遮挡得严严实实的小窗户玻璃上，沙沙啦啦地响……

"你最好快点儿，我们的时间不多了。"

"我们唠唠嗑吧，小费我会照付给你的。"他回过神来，怔怔地望着她。

"你是哪里的人？"

"乡下的。"

"是江湾乡的吗？"他也不知道为什么要这么问。

"是……"她很小心地说。

"为什么干这个？"

"家里遭灾了，父亲还有病，总得挣钱给他们……"她似乎叹了一口气。

他的眼前浮现出一颗瘦瘦花白的头来。

他不知该不该告诉她他刚从那个乡下回来，洪水让他看到的村庄变成一片汪洋。脱了缰的野马一样的江水载着马尸、猪尸、狗尸……他肌肤一阵阵发冷。

出来后，他看到成和那个男人已坐在前厅的两只高脚凳子上，他们神色都深有意味地瞅着他。那个姑娘走过去同老板娘低语了一句什么，老板娘也用那样的眼神瞅着他。他刚要掏小费付给那姑娘，成说："我付过了。"他没有听成的，还是把钱放在了那个姑娘面前的台面上。临走他对那个隐在红黄灯光里的老板娘说："洪水正在向市区逼近。"

老板娘莫名其妙地在灯影里望了望他，在他走出门之后好像说了一句什么。

走在街上，雨淋在头上，成仰头对着夜空中纷纷飘下的雨丝，抹了一把脸说："你待了这么久，真是久旱逢甘雨呀。"

"你说什么？"他听明白了就急赤白脸地说，"我什么也没做。"

"什么？"成和那个男人都回过头来，惊讶地看着他。

"她说她是刚从乡下来的，家里遭了灾。"

"每一个来这里的姑娘都会这么说的。"成叹了一口气，"怪不得老板娘会那么说。"

"她说什么？"

"她说你傻×。"

白矾不去介意了。整个城市都笼罩在雨幕中，他和成还有那个男人在一个街口分的手，他要直接去医院看看雨。

他现在已经是一个女孩儿的父亲了。

便衣阿西

阿西叫陈阿西，阿西在做警察之前是一个卖肉的。在奋斗路副食品商店卖肉，是份挺俏的工作。那年头买肉还凭票供应，逢年过节找阿西走后门买肉的人挺多。当时社会上流行着这样一句顺口溜："方向盘，听诊器，蓝大褂，老婆不找也有人挂。"这蓝大褂就是指阿西做的行当。

阿西做了警察后好多人不理解，包括阿西的女朋友小芹。小芹也是奋斗路副食品商店的一名营业员，是卖糖果的，细高挑的个儿，大眼睛，梳着一根李铁梅式的长辫子，一笑甜甜地露出俩酒窝儿。

知道阿西做了警察后，小芹说："以后俺爹再也吃不到猪腰子了。"

陈阿西就笑笑："吃不到猪腰子总比吃不到猪肉强吧。"

小芹已习惯了看陈阿西穿着蓝大褂站在肉案柜台里砍肉了。圆圆墩墩的阿西，手里挥动着胖月牙儿形砍刀，一刀一刀在切割着肉。柜台外是默默排着长队的人群。头一回买肉，小芹对这个理着小平头的小伙子说："把猪腰子砍给我吧。"陈阿西注意看了她一眼，就把猪腰子砍给她了。

"你爹那东西有毛病？"

"你爹那东西才有毛病呢。"

对象处得久了，陈阿西开玩笑地说了一句。而后，阿西不怀好意地笑了，当然他们已经很熟悉了，已到了谈婚论嫁的时候了。

阿西是在这天下午看到郭三把手插进于老师的裤兜里把肉票掏走了的。于老师是陈阿西的小学老师，也是郭三的小学老师。上个月刚刚死了丈夫，丈夫的户口也被注销了。因此于老太太的副食供应本上只有一个人的二两肉票。如果这二两肉叫阿西砍，阿西也觉得挺难砍。现在好了，郭三这个小时候就爱占便宜的家伙帮他解决了这个难题。他的嘴吃惊地张大了。郭三从他手里买走肉时，似乎还冲他挤了挤眼睛。是他帮助郭三把肉从于老太太手里拿走了？他有点儿不敢相信自己的眼睛。全神贯注排队买肉的人没有人注意到这一切，没有人注意到走到角落里去抽泣的于老太太。于老太太穿着一身黑棉衣，她还在服丧。冬日里难得的阳光透过挂着霜花的窗子射进来，照在人们的脸上。屋子里的炉火也暖融融地映在人们的脸上。这一切都使众人的脸像案上的猪肉一样鲜红了起来。

店里买肉的人渐渐走了去，于老太太还站在那里酸楚楚地抽泣着，当然她不再去诅咒那个偷去她肉票的人，而变成了自哀自怜地低低哭诉："……唉，老东西，你这么急着先走了是干什么去呀，丢下我一个人可怎么办呀？一个人只有这可怜的二两肉，现在好了，这可怜的二两肉也没有了，这个年让我怎么过呀……"一串泪珠从她的眼里扑簌簌掉了出来，谁看到了都会感到心酸。直到下班关门了，她才离开奋斗路副食品商店。

阿西回到家里，小芹把肉接过去在手里掂了掂，说："怎么少了二两？"

阿西说："给了老于太太二两肉，她的肉票被人偷了。"

"哪个老于太太？"

"就是从前我的小学老师。"

"肉票被人偷了应该找警察来管。"

"这件事情是该由警察来管，可你总不能让她在店里哭一夜吧？大过年的，她上个月刚刚死了丈夫……尽管小时候她用板条打过我的屁股，可人总该讲良心的。想想她一个人过年也真是够可怜的。"

"那你过年就别吃肉了，我的这份肉还等给小宝下奶呢。"

"行，我也是这样想的，我现在整天闻着肉味儿见着肉就想吐。"

阿西走到摇车前瞧了瞧，襁褓里的小宝冲他咧了咧嘴哭了两声。他就笑了。

陈阿西认识一个哥们儿叫赵长坤，长脸，细长的眼睛，年纪要比陈阿西大六七岁的样子。开始陈阿西并不知道赵长坤是干啥的。他有时穿着一件劳动布工装像个工人，有时穿着一件中山装便服，像个机关干部。他常到奋斗路商店里来转悠，逢到陈阿西卖肉时，他就叫陈阿西给他留些肉骨头。常了，陈阿西就知道了他是在给一只叫神勇的狗买肉骨头。这是一条什么样的狗呢？陈阿西时常望着赵长坤的背影在猜想。一般家庭的狗能吃到人嘴里剩下的肉骨头就不错了，而他的狗必须吃到新鲜的肉骨头。而新鲜的肉骨头一般来讲也要凭票供应的。只不过一斤肉票可买五斤肉骨头。

陈阿西是在一次区里召开的公判大会上知道赵长坤是一名警察的。赵长坤戴着大檐帽穿着白警服远远地押着犯人站在台上，陈阿西认出他来有点儿惊讶。明媚的阳光使赵长坤看上去有种神秘的光环。

其实从这一刻起陈阿西就想当警察了。

后来陈阿西就知道了那条叫神勇的狗是一条警犬，而且是一条纯种俄罗斯警犬。怪不得它的胃口那么大哩，陈阿西想。陈阿西提出来要见见这位一直未谋面的老朋友时，赵长坤挺痛快地答应了。

下了班，赵长坤带陈阿西来到了C区公安分局大院。这是一座老式四合院平砖房。有一些穿警服的人走进走出的，冷不防一条庞大的黑影不知从什么地方蹿了过来，吓了陈阿西一跳。他本能地往后退了几步，那狗也站下了，友好地望着他。赵长坤站在一旁嘿嘿地笑："别怕，它早就辨出你的体味来了，它这是在欢迎你呢。"

陈阿西略感诧异。想到他以前拿给老赵的肉骨头上留有他手上的体味，不觉佩服起它来，他打量着它像绒缎子一样光滑的栗色毛。

"我以为是谁惊动了神勇呢，原来是来了老朋友。"说着话，一个四十多岁的老警察从屋子里走了出来。

赵长坤赶忙介绍："这是我们高局长，这是陈阿西。"

"谢谢你的肉骨头。"高局长握着他的手用力摇了两下，随后俯下身去抚摸着神勇的头，那样子就像一位怜爱的老父亲。

"它帮助我们破过大大小小二十几起案子呢。"离开时，赵长坤这样跟他讲。

陈阿西忽然闪过一个念头，说："赵大哥，你看我当警察行吗？"

赵长坤并没有马上回答他，而是眯着细长的眼睛端量了一下他，说："这事你得先和家里人商量商量再说。"

陈阿西回到家里把要当警察的想法跟小芹说啦。小芹说："你傻呀？"小芹刚看过《今天我休息》，她担心陈阿西做了警察后再没有时间陪她轧马路逛电影院了，再没时间给小宝洗尿布了。最主要的是她爹再也吃不到猪腰子了。而那会儿陈阿西却在想想要是现在穿着警服站在小芹面前会怎么样呢？小芹一定不会再说没时间陪她轧马路这样的傻话了。

不久，陈阿西就脱掉了蓝大褂。可他并没有像自己想象的那样穿上白警服。进公安局报到的第一天，陈阿西刚要把新发给他的一套警服往身上穿，刑警队长走进来了。刑警队长对陈阿西说："你先把这套警服压箱底吧，你跟老赵学打现行（反扒窃）吧。"陈阿西就把那套警服拿着带回了家里。

好长时间，认识陈阿西的人并不知道陈阿西已做了警察。陈阿西还常去奋斗路副食商店里转悠，见到以前的同事搬货他也帮一下手，肉案上的刀不快了，他就拿到后屋的磨石上磨起来。走在街上人们还喊他砍肉的阿西。

陈阿西抓到的第一个贼就是在奋斗路副食商店里抓到的郭三。郭三刚把手从别人的裤兜里掏出来，就被陈阿西一把捉住了手腕。陈阿西握惯砍刀的手很有些力气，痛得郭三咧了咧嘴，抬头见是他就放松下来说："陈阿西你弄疼我的手腕了。"陈阿西并没有松开手。郭三就又说："陈阿西，你别多管闲事。"

陈阿西说："我没多管闲事。"

郭三说："这不关你的事。"

陈阿西说："这关我的事。"

郭三说："你要怎样？"

陈阿西说："你跟我走一趟吧。"

郭三满不在乎地跟他往外走，走出来陈阿西亮出了锃亮的手铐，郭三傻眼了："你、你做了警察了？"

"嗯。"陈阿西认真地点了点头。

"陈阿西，你放了我吧，看在我们是小学同学的分儿上。"

"可我现在是警察了。"

"你就当你现在还不是一个警察，你还是砍肉的陈阿西……"

陈阿西摇摇头。陈阿西一直把他带进了公安局大院，隔日又把他送到劳改队去劳动改造了。

陈阿西做警察之初，并没有配发枪支。一来是枪支紧张，二来如赵长坤说的做便衣这行重要的是手脚要利索。那回天傍黑了，他追贼追出去好远，那贼跑得像鹰，绕着巷子转，跑得他头晕眼花快要发蒙时，贼也跑不动了，蹲在地上大口喘气。他扑上去压在了他身上，正掏出手铐子要扣到他手腕上时，就觉得背后冒出了一股凉风，像被黄蜂蜇了一下皮肉，惊异地回头，就听呼的一声，当啷一件东西掉在了地上。定睛，只见一条狗咬住了一个人的手腕，地上掉着一把雪亮的三角刮刀。好悬，这是两个搭伙的贼，如果不是神勇及时赶到，这把三角刮刀定会穿透他的肺脏要了他的命的。他有些后怕，那一刻他想起了小芹，他死了，小芹可怎么办呢？

事后他向小芹说起了这件事情。小芹听罢半晌无语，随后起身离开了家。等小芹回来时，手上已拎了半斤精肉。他知道这是用他们全家国庆节供应的全部肉票买的。小芹要他和她一道去犒劳神勇。小芹一见神勇就喜欢上了神勇，说等神勇有崽时要抱回一只来。可他知道这是不可能的。神勇从不和街上的笨狗交配。赵长坤说神勇的警龄都差不多有他的警龄长了。赵长坤也希望神勇能有后代，为此他特意找了个二毛子狗牵来与神勇交配，可神勇不屑地昂着头远远地站在一边。那条杂种狗自惭形秽，猥琐地躲得远远的连看也没敢看神勇一眼。

神勇终究留下了遗憾。那天他牵着个毛贼进院，见院子里站了一圈警察围在院中央，个个凝容肃穆。他丢下毛贼挤了进去，倒吸了一口凉气！——地上躺着神勇，它身上有三处枪眼，血已经凝固了，赵长坤在给它净身。原来神勇在追两名持枪杀人犯时，终究没能躲过一阵乱枪。神勇临倒地时，还咬住一个人的手腕，致命的一枪穿透了它的头盖骨。

"如果神勇走在街上，谁会看出来它是一条立过这么多次功劳的优秀警犬呢？"葬完神勇从城外的墓地回来，赵长坤咂咂嘴说道。

"这有点儿像我们……"陈阿西神情黯然地说。他刚才在神勇的墓碑前给它上了一炷香。

"你后悔了吗？"赵长坤扭过头来问。

陈阿西摇摇头。

陈阿西的儿子五岁时，神偷郭三从劳改队回来了。郭三在街上看到陈阿西的儿子，就对陈阿西讲："你耽误我的儿子啦。"

陈阿西就说："你现在洗手还来得及。"

郭三就真的娶了后街上的李寡妇的女儿做媳妇。李寡妇的女儿就真的给他生了个儿子。这李寡妇从前没少收郭三的"赃物"，吃人家嘴短，把女儿嫁给郭三也是情理之中的事。这李寡妇的女儿很漂亮。邻居都说郭三这回会收手了。

郭三在街上见到陈阿西又说："陈阿西你为什么要做警察？"

陈阿西说："这就像这世上有老鼠就该有猫的道理一样。"

郭三不解地摇摇头："可惜了……"

陈阿西又一次在奋斗路副食商店里抓到郭三，郭三正在偷奶粉。出来后郭三说："你放了我吧，我儿子快要饿死了，他哭着要吃东西。我真的是没有办法呀。"陈阿西听了问："你女人呢？"郭三说那个娘儿们跑了。

陈阿西瞅了瞅哭丧着脸的郭三，又瞅了瞅出出进进商店里的人，转身走进商店里去。再出来时他手上提了三袋奶粉。

郭三见了说："陈阿西我不会感激你的，我知道我欠着你的了，欠警察的债我知道一般要拿命来还的。"

陈阿西蹲在墙根下，眯着眼看着郭三提着三袋奶粉走去了。

陈阿西回到家里跟小芹说，要她把家里的奶粉票找出来。小芹问他找奶粉票干什么，陈阿西说郭三的女人跑了，他儿子快饿死了。小芹说了一句"可怜的孩子"就下地去找了。

后来，奋斗路商店改名叫了东来顺副食品商店。一晃十几年过去了，陈阿西的儿子阿宝已经上中学了，人们开始管陈阿西叫老陈阿西。公安警服已经换上了橄榄绿色。老陈阿西依然着便衣打现行。只不过刑警队下面设了反扒分队，赵长坤任队长，陈阿西任副队长。老陈天天在外面跑，人就显得老得快。东来顺副食品商店后来的营业员都不记得他们店里从前有老陈这么个人啦。小芹呢，也早在几年前调到区里一家街道工厂去工作了。老陈不想让小芹天天看到自己在她眼皮底下干活，以免受刺激。即使是这样，小芹也像背后长了眼睛似的，每逢他抓到一个扒手，回到家里小芹总要问："今天的活做得还算顺利？"

"还顺利。"老陈答。

小芹就欢喜地给他端上烫好的二两酒来。

酱猪手、炒土豆丝是他最爱吃的。吃毕，他就难免要向小芹讲起一些东来顺也就是早先的奋斗副食品商店里的事情来。那时小芹还年轻，还漂亮，追求小芹的人很多；现在小芹是腰粗了，手也粗了，工人嘛。他有些对不住小芹，又找来一只酒盅，给小芹斟上点儿酒，然后颤抖着手将最后一盅酒与小芹一碰仰头干了。末了，他总要这样问小芹，他当初要是不去当警察会怎么样呢？

小芹就摇摇头说她不知道。

东来顺副食品商店也实行租赁承包改革了。当初和小芹一起招进来当营业员的老人也有下岗的了。老陈心里就有些安慰，再看看卖肉的，现在满大街的到处都是。谁要是再找卖肉的走后门，那他准是猪脑子了。

儿子拿着一张学校发的什么登记表，指着"父亲职业"一栏问他怎么填，他把眼睛一瞪："警察。"儿子小声嘟囔："可从来没看见你穿警服。"老陈说："便衣警察，你懂不懂?"儿子像真的没听懂一样怔怔地看着他，他不明白父亲为什么会发这么大的火。老陈自己也觉得莫名其妙，他近来常爱发火，无可奈何地叹了一口气。外面已有人背后叫他"陈小偷"了，他不知道这是褒义还是贬义。他已经向局长打了报告要求调到治安科或派出所去工作，可高局长连看也没看他的报告，还半认真地说了一句："姜还是老的辣。"

这天上午他在逛商场时，抓到一个毛贼，只有十五六岁的样子。走出来，扒手跟他哀求："陈叔，你放了我吧。"他不觉得一愣，这个初次干活的毛贼叫他觉得有些面熟。他问了一句："你认识我?""我不认识你。我爸爸认识你，我爸爸曾经被你抓过。"

"你爸爸叫什么名字?"

"他叫郭三。"

"你是郭三的儿子?"他不由得愣了一下，仔细打量了一下他，想不到郭三的儿子长这么大了……贼的儿子永远是贼。他想起了不知看过的哪部外国影片里记住的一句话，手不觉得松了下来。

"你走吧。"他挥挥手。

郭三的儿子不知所措地看看他。

"你走吧，看着你爹，就说我找他。"

郭三的儿子转身就跑了。

郭三是在第三天傍晚来找他的，他们在铁道口旁边一处货场见面了。

"想不到你的儿子都这么大了。"他背对着郭三，听着他像猫一样轻的脚步慢慢靠近。

"谢谢你手下留情。"

"你想让他跟你一样做一辈子贼吗？"他转过身来，看到郭三那张瘦猴子似的尖脸十分苍老，胡子拉碴的。只有那双小眼睛还在不安分地飞快眨动。

"像我们这种人还能干什么呢？贼的儿子永远是贼。"郭三的语调还是那么冷淡。他缩了一下手，陈阿西这才注意到他右手三根指头已经没有了。

"你不想让他靠力气吃饭吗？"

"想又能怎么样呢，谁会给一个贼的儿子安排一份活干呢？"

"那你明天带他来找我吧。"

郭三怔怔地看他，像不明白怎么一回事似的眨巴着小眼睛……他将郭三丢在那里转身走开了。

第二天郭三畏畏缩缩带着儿子来找他，他再也没向郭三多说什么，而是径直把他们父子俩领到了街道办事处。陈阿西指着郭三的儿子对办事处主任说："给他安排一份工作吧。"办事处主任摇摇头说："不太好办。"这个办事处主任陈阿西认识。在郭三父子走出去后，他问陈阿西："他是你什么人？"陈阿西想了想说："他是我的小学同学。"办事处主任怪异地看看他，思量着说这事得考虑考虑。陈阿西走出来，郭三还在外面等着他。郭三见了他说了一句："我看你还是别白费力气了。"

接下来两天，他没有听到办事处主任的答复，倒是听到一些风言风语。连刑警队里的人也说他老了，做事情变得婆婆妈妈起来。他回到家里就问小芹："我真的老了吗？"小芹看看他，摇摇头，说："你做得对。"

办事处主任叫人带过话来，话说得委婉："好人都没处安排，何况贼的儿子……"阿西听到后怔了怔。

小芹是从电视里看到陈阿西老了。那天晚上小城电视台正在播放一个"严打"公判大会实况转播。老陈和另一个年轻队员着装押着一个

20

罪犯走向主席台，上台阶时陈阿西脚步趔趄了一下，险些绊倒。小芹是第一次看到陈阿西上电视，有些激动，喊阿宝快过来看。阿宝当时只看了一眼就说了一句："他太老了。"小芹听了心里哆嗦了一下。她当时只顾激动了，并没太在意阿宝的话。

老陈近期觉得腹部常隐隐作痛，像有个东西在咬他。不爱吃东西，吃东西就往外吐。小芹就要他去医院里检查检查，并请下假来陪他去了医院。老陈拗不过小芹，就跟她去医院里检查了。医生给老陈看了看，问了一下情况，叫他过两天空腹再来检查一下肝功，并给他开了病假条，叫他这两天待在家里休息。

休息的第二天队里有人找上门来，说东来顺副食商店里这两天接连发生了两起盗窃案子，叫老陈过去看一下。小芹给挡了驾，说老陈在休病假。来人去了。不想赵长坤又来找，赵长坤说："这是个老贼，你不出来，他是不会罢手的。"

老陈听了，就从床上爬起来。他戴上个墨镜去了。陈阿西刚走进东来顺副食商店门口，就听到里边有人喊："我的钱包呢？我的钱包呢？我的钱包怎么不见了呢？"众人都向那边围去，一个人影擦身从老陈身边挤了出去。老陈随后跟了出去。

那人听到后边有人跟来，就跑了起来。老陈也加快了脚步。那人向城外跑去，上了公路。老陈也撵上了公路。由于两天没吃多少东西，陈阿西身子发虚，跑没一会儿黄豆粒大的汗珠就从老陈脸上掉了下来。老陈急喘着，一边捂着腹部，一边往前追。在快要追不上时，老陈喊了一句："郭三，你别跑了，我追不上你了。"

郭三就在前边猛地站下了身。

陈阿西走过去，掏出手铐子，给转过身来的郭三戴在一只手腕上，另一端戴在了自己手腕上。

他们往城里走时，陈阿西说："郭三你为什么停下来，你再跑下去我会吐血的。"

"我欠你的,我是不想让你吐血才停下来的。"

"我真的累极了。我实在跑不动了,你要是实在往前跑我也不会开枪的。"

"你的脸色难看极了,你生病了吗?要不要到医院去,我不会再从你手里跑掉的。"

"我没事,只是太累了,我们坐下歇一会儿吧。"

于是,他们就找了一个背风的路边坐了下来。一坐下来,陈阿西的身子就靠在了郭三的身上,像一块稀软的肉,头也昏昏沉沉起来,像要睡过去,眼皮黏黏糊糊有些睁不开。

"郭三你不会再逃跑了吧?"

"我不会跑的,我欠着你的。"

"郭三你说话吧……"

"……"

下午,陈阿西从医院里醒来,小芹、赵长坤都围在他身边。陈阿西醒来的第一句话就问:"郭三呢?"

赵长坤说:"郭三到局里自首了。是他把你背到医院里来的。"

陈阿西听了就又昏昏迷迷睡了过去。

医院里的最终检查结果出来了,陈阿西得的是晚期肝癌。陈阿西在医院里住了一周院就死去了。

陈阿西临死的时候叫小芹把阿宝叫到病床前来,问他:"阿宝,你愿意当警察吗?"

阿宝没说话。

陈阿西又问了一遍:"阿宝你愿意当警察吗?"

阿宝还是没说话。

陈阿西又问了第三遍:"阿宝你愿意不愿意当警察?"

小芹就恓惶着抬脸催阿宝:"快跟你参说呀——"

阿宝点点头,泪就涌出来了。

陈阿西头一歪，笑了。陈阿西笑着用眼神示意小芹该给他穿衣服了。小芹就打开了一个从家里带来的包裹，里面包着一套套崭新的警服。她一件件展开在病床上，有白色的，有蓝色的，有橄榄绿色的，小芹从里面挑出那件白色警服给陈阿西穿上了。阿宝第一次看见穿上白色警服的父亲，他像有些不认识地看着陈阿西。

陈阿西就那么穿着警服静静地微笑着走了。阿宝痛哭起来。

几天之后阿宝去了C区公安分局报到，做了一名警察。

城市和鱼

　　鱼贩子小米一清早从他女朋友夏冰那里出来，走到街上足足地打了个喷嚏。时间尚早，街道上还没有行人。湿漉漉的空气里流动着氤氲的雾岚。昨晚弄得身子发虚，小米一直弓着虾米腰骑着雅马哈。这样在拐过了一条胡同路口后，小米看到了那条活蹦乱跳的鱼，它挣扎着躺在马路中央，翕动着嘴鼓动着眼睛。过了一会儿它又挣扎着要往什么地方（来路？）跳去。小米开始也以为它是从鱼贩子的车上掉下来的，可后来他打消了这种猜测，他看出来这是一条从江里游出来没多久的野生鱼，鱼鳞上闪着晶莹的水珠。

　　后来小米几次向夏冰描述这条鱼要寻回它来路时的样子。夏冰不信，夏冰笑他在说梦话："如果你说你一大清早在马路上撞见一只猫或一只耗子什么的，这我信。可城里的马路上咋会游出一条鱼来？这打死我也不相信。"夏冰咯咯笑得酒窝都颤了，小米怔怔地看着她笑，他摇晃了一下自己的脑袋。小米当时立在那儿也挺不相信自己的眼睛，他有些困惑这是怎么回事，就好像眼前的白雾迷住了他的眼睛一样。小米正在这样思考时，一辆清洁水车从他身旁飞驰而过，车轮过后，那条鱼变了形状，鱼血和鱼肉模糊成一摊。只有野生鱼才会有那种猩红色的血，小米在想。而后，他怔怔地离开了那里。

　　一整天，小米蹲在市场上都显得无精打采的，他还在想着那条鱼。当然这也和他们的鱼市生意遭到冷落有点儿关系。偶尔有几个小米熟识的顾客过来买鱼，总要这样问一句："是从江里上来的吧？"

这样的问话叫小米听着不太舒服，小米还耐着性子回答：

"是从江里上来的。"

"那边的水涨得很大吧？"

"是的，涨得很大。"

"听说把附近养鱼塘里的鱼都冲进江里了……"

"听说淹没了不少村庄，淹死了不少人，死猫死狗都在江水里漂着……"

"那是瞎说，我没见到。"小米突然冷了脸，住了口。

如果不是小米的鱼，这些人是想不到那条离这个城市有百里之遥的嫩江的存在的，以前他们只管吃鱼，从不关心江里涨不涨水。现在是每晚的《新闻联播》勾起了他们某种兴奋。其实现在的嫩江水涨得什么样了，小米也不太清楚，小米有半个多月没到江边去上鱼了。鱼不走市，小米也懒得往江边上跑了。

晚上，小米早早收了摊，他又去了夏冰那里。夏冰刚刚炒完股回来，听他说起了早上的事情后，咯咯大笑了起来。夏冰的笑声里透着一股透明的放荡，如果是在今天早晨以前，他会很欣赏她笑的样子的。可是现在他除了木然，就是一副黯然神伤的样子，"怪事，那条鱼是从哪里来的呢？"

"我看你这都是虾米股闹的。"夏冰把他这些日子鱼行不走市称作虾米股，而她购的股票这几日正逢大鱼股，她瞅准了一家新上市的船舶公司的股票，所以她才能这样笑得出来。

兴奋之余的夏冰与他又做了一回鱼。结果他有一种被晾在岸上快要被勒死的感觉。

夏冰和小米都是两年前从同一家工厂下岗的。下岗的那天夏冰和小米从工厂里走出来，小米的神情沮丧极了。夏冰问他今后有什么打算，他突然抱紧了夏冰，说："我想现在马上结婚。"夏冰摇摇头，说："不，等挣足了钱我们再结婚。"他当时还不知道夏冰说挣足了钱是个什么概念。后来小米起早贪黑挣了些钱再提这件事时，夏冰还是那句话："等挣足了钱我们再说。"夏冰说："现在的社会就是弱肉强食的社会，大鱼吃小鱼，小鱼吃虾米，你不想被吃掉，就得努力做条大鱼。"这是夏冰下岗后总结出的一条道理。不过夏冰说这话时眼睛里闪动的是一道冷冷的冰光。这是从前夏冰和小米在一起时从来没有过的。

夏冰朝亲戚家借了钱做本炒了股，刚开始时做得很不顺手。每天起早贪晚往东城经六街上的大华股票交易厅里跑。小米也向家里要了钱，买了一辆雅马哈摩托车，开始贩鱼。

小米学做生意纯属偶然。小米的一个同学冯伟做贩鱼生意做了好几年了，那一阵子看小米下岗闷在家里无事可干，脸都闷得发黄，就说带他到野外江边去散散心。小米就跟着去了。

小米一到江边被风一吹就神情为之一振，心胸也跟着开阔起来，他一连呼吸了好几口江边清新的空气，"太好啦！太好啦！"冯伟就乜斜着眼睛瞅小米微笑。冯伟给小米介绍了几位江边的渔佬（他们大都是临时从外乡来江边捕鱼的农民，住在临时支起的塑料窝棚里），并暗示他怎么与他们讨价还价。冯伟和他们混得都很熟，不时地开着一些很荤的玩笑。

"有一个渔佬你必须见见。"冯伟眨巴着他的小眼睛说。冯伟把他的那台城市猎人吉普车停在岸边，划船带他到了江中央的江汊子小岛上，柳毛子丛中露出一座土坯窝棚。窝棚前蹲着一条黑色的狼狗，警惕地望着小米。看他们走近嘴里低鸣了一声，冯伟老熟人似的打了一声呼哨，它要蹿起的身子又停住了。一个孤独的老人从窝棚走了出来……看见他们走过来并没有说话。老人只是冷漠地淡淡扫了他们一眼，又躬身回到窝棚里去了。

"他可能是嫩江边上最后一个渔佬了，那老头儿年轻时曾打到过一条四十多斤重的嫩江鲤鱼。"离开时，小米的同学冯伟这样跟他讲。

小米第一次把收购的鱼推到市场来卖，买鱼的人纷纷像苍蝇似的围拢了上来。

"是活水的鱼吗?"

"是活水的鱼,你没看鳃还在动吗?"

现在城里人吃鱼越来越挑剔了,养鱼池里的鱼不爱吃了,都喜欢吃江里的。因此小米从江边驮回来的鱼往往等不到天黑就一扫而光。惹得别的鱼贩子都很嫉妒。生意做得熟了,小米才知道同学冯伟暗示的收购渔佬的价格,等于宰了他们一半。小米心里有点儿内疚,想跟同学冯伟说说抬高点儿他们出手的价格,可想想自己刚跟人家学做这行,又不好意思开口。

小米真正内疚是在倒鱼倒了一年以后。那是开春的时候,小米一个人去了一趟江汊子。渔佬不在,下江里去起网去了。他的孙女在,他孙女在镇子里上中学,星期天回来帮渔佬晾晒下被褥,洗洗衣服。

沙滩、女孩儿、狼狗,挺足的阳光从从容容照着这一切。小米站在窝棚前等起渔佬来。和煦的江风吹拂着他的脸颊,十分惬意。

"叔叔,你别再来收我爷爷的鱼了好吗?"

"为什么?"阳光下,小米眯起了眼睛望着她。

"江里的鱼越来越少了,爷爷能打回来的鱼也越来越少了,照这样下去迟早有一天要捕光的,老师说这不符合生态规律⋯⋯"

小米一愣,这个他从来没有想过。他喜欢这里的一切,喜欢这里没有过滤过的透明阳光,喜欢江水透着一点儿鱼腥味儿,喜欢没有被城区里污染过的清新空气。他有点儿惊讶地望着女孩儿。

不知是不是真的像女孩儿说的那样江里的鱼越来越少了,还是别的原因,渔佬迟迟没有回来。那天下午小米有些失意地离开了江边⋯⋯

小米离开工厂以后,还是很留恋工厂的。厂里动员他们下岗时,说是放长假。小米想既是放长假就总有一天还会招他们回厂里上班的。有一天,小米想回厂里去转转,走进工厂大院,只见大部分车间关闭了,只有少数一两个车间有机器轰鸣声传出来⋯⋯门卫室里,那个看门的老头儿还认出他来,探出头来招呼:"米技术员,到屋里来坐坐。"

"哦，哦。"他不知该不该进去坐坐，迟疑着脚步。

"米技术员，听说你倒鱼发了财哟。"

"哦，哪里，哪里。"小米脸红了，像被人揭了短，慌忙挪着步子走开了。

过后，夏冰听他说去了工厂，讥讽地对他说："我这辈子就是拿八抬大轿抬我去工厂上班，我也再不会回去了。好马不吃回头草。"说得小米脸上又是一阵发热。小米就想，虾有虾路，鱼有鱼道，也许自己天生是浅水里的鱼，不适合下海的。而夏冰则不同，夏冰很喜欢现在的活法。

小米再和他的同学冯伟去江边上鱼，小米像是很随意地问了一句："你想没想过做点儿别的生意呢？"

冯伟不以为然地反问他："贩鱼不好吗？"

"江里的鱼个头儿越来越小了，照他们这种捕法是破坏自然生态规律循环的，早晚有一天会捕光的。"小米学着那个女中学生的口吻说。

"不用去想明天的事，有人吃鱼，就得有人捕鱼，这就是生存规律。"冯伟眨眨眼睛，贪婪地深呼吸了一口江边的空气说道。

温柔的阳光照着阔阔的水域，水面上有一只水鸟在用尖尖嘴点水。

渔佬看见他俩从岸边划船过来，早早地把一网兜打好的鱼提了过来。他从冯伟嘴里知道，渔佬要攒够一笔将来供他孙女上大学的钱。过秤时，小米有意抬高了一下秤杆儿。他发现渔佬并没有注意看他称鱼。

每次卖完鱼时，渔佬都转过身去，蹲在地上背着他们，垂着头，嘴里默默叨咕几句什么。谁也听不清楚他在说什么，包括冯伟和他孙女。他俩划船离开摆渡到岸上，看见渔佬的身影仍像一截朽木雕像蹲在水边。冯伟说得对，他也许真的是嫩江上的最后一个渔佬了。

后来，也就是在小米跟他的同学冯伟在江边说过那次话一个月以后，冯伟不做贩鱼生意了，开始炒股了。

"你的女人很能干……"

冯伟说得很粗俗，小米脸红了。

冯伟和小米的女朋友夏冰是在经六街上的大华股票交易厅认识的。小米给他俩做了介绍，之后没等他再多说什么，他们就有了共同的话语，将小米晾在了一边。

股票交易厅里很热，人人汗流浃背，大张着嘴呼吸着污浊的空气，就像缺氧的鱼，脸上却透着兴奋、焦急的神色。与小米蹲守的日趋冷清的鱼市比起来，这里拥挤得更像一听沙丁鱼罐头。小米想象不出来夏冰这一年多来是怎么在这里度过的，汗酸味、狐臭味、馊盒饭味满鼻子皆是……

小米还是一个人往江边跑，小米舍不得那里的阳光和空气。当然，小米也尽量回避着那位中学生的目光。她通常是在星期天回到江汉子小岛上来，更多的时候是老人和狗在迎接着小米。即使自己不来收购渔佬的鱼，别的鱼贩子也会来收购他的鱼的。小米这样在心里安慰自己说。

小米的贩鱼生意是在今年夏天汛期到来时遭到冷落的，人们宁肯去买别的鱼贩子手中养鱼池里的鱼，也不再去他的鱼摊了。一连几日，小米都很孤独地蹲在市场上。小米从别的鱼贩子幸灾乐祸的眼中读出一种东西来。有一天收摊时，他听到一个鱼贩子跟另一个鱼贩子在小声地讲："这场大水来得真是时候啊，看谁还敢吃他的鱼，吃他的鱼就会生毛蚶病的。"小米听了心下一沉。收摊后，他将几条变了味的鱼扔进了垃圾箱里。

一群苍蝇疯狂地叮了上去。

"你该学学伟哥，鱼市不行了就赶快转手做点儿别的。活人咋也不能叫尿憋死。"去了夏冰住处，夏冰开导小米说。小米不得不在心里佩服冯伟做人做事的活泛性。不过在这时候从夏冰嘴里听到伟哥的称呼，小米有种不太舒服的感觉。那天他看见夏冰和冯伟一起从饭店里走出来，三人脸上都不自然地红了一下。鱼找鱼虾找虾，或许夏冰和冯伟才是很合适的一对？这个念头当时一闪，在小米心里划了一下。

　　小米决定汛期没结束出城到江边跑一趟，一来上点儿新鲜鱼，二来看看江水涨得怎么样了……自从涨了水后，他已听说渔佬从江汉子小岛上搬回江湾村子里住了，他们爷孙俩现在的情况怎么样了呢？

　　这天天还没亮，小米就起床了。一路上他几次被人截住了摩托车，那是城里人在各路口设的临时交通岗，指挥一批批到江边修堤的车辆。"你是干啥的？"截下他的戴红袖标的人问。"我是卖鱼的。"小米答。"这种时候你还有心思到江边去收鱼？"截他的人瞧了瞧他讥讽地说。等一批运输车队走过去之后，截他的人就放他过去了。"小心点儿，当心别把自己给喂了江鱼。"微明的晨曦中，小米很刺耳地听到传来这么一句。

　　小米赶到江边时，天刚朦朦胧胧透亮。出现在小米眼底下的这条他十分熟悉的江，几日不见变得叫他不敢认识了。浑浊的江面突然增宽了，变得像个十分丑陋的大肚子孕妇任意宣泄着。新修起的江堤上影影绰绰有城里来的修堤的人如蚁群涌动……从岸边望去，江中心那道柳毛子江汉子小三角岛已经被江水淹没了，汹涌的江水打着漩儿向下游流去。小米这会儿才想起渔佬来，他愣愣地站在那里看呆了眼。

　　后来他推着满是泥巴的摩托车艰难地朝岸边不远的江湾村子里走去。远远地，他看到村东边高岗坡处垂立着一个人影和一个狗影。他认出是渔佬来，便加快了脚步。走到近前，他才看清渔佬的脚下是一个新堆起的坟包，不由得心里一惊。"谁，是英子吗？……"英子就是渔佬的孙女，他不敢相信这会是真的。"是她……"渔佬听见声音慢慢转过头来，眼角滚出浑浊的泪珠儿，颤颤地抖动着。

　　过度的悲伤让他一下子苍老了许多，背更驼了，头发都白了。他脸上的刀刻般的皱纹有些麻木地抽搐着，他像不认识眼前这个年轻人，上下看了半天才颤抖着嘴喃喃地说："……都是我害了她，前天夜里水冲进了村子，英子没有跑出来，前天夜里我不该下江里去起网……这真是报应啊！……她早就劝过我不要再去打鱼了……"悲怆的两行泪水，顺着他紫色的脸膛纹沟流下来，滴在了脚下那条狗的头上。狗的眼睛里也蒙上了一层悲哀的神色。

小米上前蹲在坟头前给英子烧了几张老人没烧完的黄纸。小米想起这个中学生以前跟他说过的话，他心里一阵愧疚和难过……这难道真是大江对渔佬的报应？从老人断断续续的话里他听出，那晚老人起了一网从没网过的大鱼，不过他刚一拖上船时，就被一股打着旋涡的急水冲跑了，老人一个激灵，那会儿心里就有了一种不祥的预感，打了一辈子鱼的他从没失手过啊。

离开江湾村子时，小米从兜里掏出一沓钱来，送给渔佬，渔佬摇摇头没有去接："我不会再有鱼卖给你了。"小米说道："我以后也不会再来买你的鱼了。"小米知道，英子死了以后，渔佬生活奋斗的目标就没了，老人再也不会下江里去打鱼了。他走时，看见渔佬又面朝着江水，口里默默地在念叨着什么……

小米心情沉重地离开了江湾村。小米空车而归。小米是驮着湿漉漉的晨雾回到城里的，城里还笼罩着氤氲的白雾纱。走过十字街口，除了站在岗亭里的老警察外，街上再没有行人，显得空荡荡的。还没到上班时间，当然城里大部分单位都抽人去抗洪了。他想不起来今天该干什么好。此时他还不想到夏冰那里去，他想这会儿夏冰还不会起床。小米显得有些困惑，黑色的雅马哈摩托车在身下犹豫地哼哼着……

这个早上和他上次在街上发现那条鱼的早上多么相似啊。

小米重新看见那个老警察的身影时，他绕着东城区转了一圈又转了回来。那个老警察有意无意地望了他一眼，他拐了摩托前轮朝一条他熟悉的街口突突骑去。

几分钟后，小米来到了他从前工作过的工厂门口。小米放慢了速度，慢腾腾地骑着。从工厂门口走过时，他看见工厂大门口贴着一张红纸榜，上面写着一些人的名字。小米看明白了，他停下了摩托车骗下了腿，朝门卫室走过去，敲开了门卫室的小窗口，那个门卫老头儿探出头来。

"是你，米……米技术员？你有事？"老头儿还能认出他来。

他指了指贴着的那张红纸，没有说话，从怀里掏出一沓钱来，递给老头儿。

"米技术员，你这是？"

"这是我和夏冰的捐款，你把我俩的名字写在红榜上好吗？"

老头儿吃惊地睁大了眼睛，他犹豫地接过钱去问："这是多少钱？"

小米说："不用数了……"

老头儿执拗地站在那里数了起来。小米转身朝摩托车前走去。

"米、米技术员你等等……"

小米并没有站下。

"你俩每人捐款七百，比厂长、书记还多哩！"老头儿在后面喊了一句。过一会儿他进屋拿出毛笔和墨水来，在红榜名单的后面重重地补写上了夏冰和小米的名字。那会儿小米的身影已从工厂大门口消失了。

小米离开工厂门口时，想到他还是应该到夏冰那里去一趟，去告诉她一声。他不知这会儿夏冰会不会起床。小米骑着摩托车来到夏冰住处的楼下，他看到马路边上停着一辆他非常熟悉的城市猎人吉普车，那是冯伟的车。小米顿时打消了上楼去的念头。小米茫然地掉转了摩托，顺街骑走了。

小米走过前几日他走过的那条街道时，又看到了一个熟悉的景象：一条活蹦乱跳的鱼蹦在马路上，翕动着嘴鼓动着眼睛。两个上学路过这里的一男一女小学生蹲在一个敞着盖的马葫芦口沿上。小米明白了鱼是从哪里来的了。"鱼在逃亡！"小米脑子里顿时闪过这样一个念头。小米放慢了摩托，轻轻地向那条鱼接近。贴在沥青路面上的鱼鼓着眼睛望着小米，流露出无奈无助的神色。几乎就在小米接近鱼的同时，一辆清洁车嚎叫着从小米身边擦身而过，小米痛苦地闭上了眼睛……

小米是什么时候离开那里的，他已经不知道了。小米的耳朵里好久还在响着清洁水车的轰隆声，后来又响起了一声尖锐的惊叫声，是从那个蹲在马路边上的男孩儿嘴里发出来的。呆立的小米向马葫芦口飞身跃去时，头上还戴着那顶黑色头盔，这使他的动作显得既笨拙又有些滑稽。

不过，据后来那个目睹这一切发生的男孩儿讲，小米那一瞬间的确像一条飞翔的鱼从他头顶上跃过。

小米像条鱼一样沉进了黑洞洞的水中。他一沉进水里就有了一种窒息的感觉。小米伸出去的手抓住了女孩儿的头发，女孩儿手脚并用拼命扑打着小米的头和脸。小米感觉不到任何疼痛，小米用头把女孩儿顶出了水面。随后小米轻飘飘的身体又冒出一串气泡向水底沉去。这回小米没有窒息的感觉，小米只有一种轻飘飘的感觉。他仿佛变成了马路上那条刚刚死去的鱼，自由自在向深水里游去……

小米的尸体是从马路上另外一个马葫芦口被打捞上来的。一些人围了上来，悄悄地打探着他是谁。那个常站在十字路口的老警察走了过来，看了一眼说道："他是个卖鱼的。"

这时小米瘦弱的尸体像条鱼一样静静地仰卧在城市清晨的街头上。

老乡是一棵树

　　王树正在宿舍里同人下棋，看见窗外有人向他招手，他一抬头认出是他的老乡李想。李想穿着一身绿色武警中尉的军装，很醒目，很扎眼。他走了出去，问李想来找他有什么事。

　　李想把他拉到楼前一棵刚刚抽芽的小柳树底下，说："你嫂子给你介绍了个对象，叫我来找你过去看看。"

　　他说："现在？"

　　"对，现在。"李想看他脸上现出一种空蒙之色。

　　"我正在下棋呢。"

　　李想就狠狠地瞅了他一眼，刚想说什么又咽了回去，因为从敞着的窗子里探出来好几双好奇的目光。

　　"我等你。"

　　"行吧。"

　　王树就重新走回屋去下棋，李想就站在窗外等他。这盘残局让王树足足走了半个时辰，最后用一招卧槽马将对方将死了，封盘。这回王树一脸大功告成的兴奋走出来。

　　来到李想家，一进门李想的妻子张秀就问："怎么才来？"李想就瞅了一眼王树，没回答，撒摸了一圈屋内，问："人呢？"

　　"走啦。"

　　王树就轻描淡写地说："走了就走了吧。"

　　李想又问："就没有留下什么话？"

"留了，星期天上午九点，如果再迟到就不要来了。"张秀眼睛瞅着王树对李想说。

李想就放下心来，叮嘱王树星期天过来时千万别迟到。又叫他把头发理一理，头发太长了。

王树从李想家走出来时在想，自己怎么会叫李想给介绍对象呢？他俩在家时并不是很熟，王树是考学分到 C 城来的，李想是当兵来 C 城的。他们相识还是李想到学校来搞军训，李想见他面熟就恍然想起在家乡是见过的。李想有一个弟弟和王树是同学，想必王树是去过李想家的。那会儿，李想还是个士兵，除了把身体拔得笔直像一棵树外，嘴里还喜欢哼着一首歌《小白杨》："告别了杨树庄，来到哨所旁……"熟悉了以后，王树知道了李想在老家是有过对象的，对象姓杨，姓杨的姑娘还来部队上看过他。王树也见过。

王树很少去营房找李想。有一天王树匆匆忙忙跑到营房来找李想，李想正带着武警战士在操场上操练走正步。李想看见他走到营房来就走过去，问他有什么事。

王树说："街上的树都被人砍去头了。"

李想想了想说："这你该去找林业部门。"

王树说他去找过林业部门，林业部门的人说这是为了市容统一美化，"树冠都没了还美化个屁呀。"王树说了一句粗话。王树想不起该找谁去制止这种事，就想起他这个老乡来。

李想说他正带着战士在操练呢。

王树就站在操场边等他，等了一下午，王树站着的身影就等成了一棵树影。

李想家里的对象杨姑娘来城里找李想，李想把她带到王树的学校来，说她在部队上住不方便。王树就把她安排到自己的宿舍里，自己晚上和另一个室友到别的男寝去住。住了一周，吃住王树都照顾得挺周到，别的老师还以为杨姑娘是王树的对象。这期间李想带杨姑娘去了一

35

趟医院，回来时杨姑娘的身体很虚弱，王树就认为杨姑娘病了，给她买了一些滋补品。杨姑娘走的时候，李想和王树一起到火车站去送。临上车，杨姑娘抱着月台上一棵黑榆树大哭，死活不愿走。李想就劝，王树也劝，杨姑娘这才上了车。

王树后来才知道李想和杨姑娘分手了，杨姑娘这次进城是来打胎的。王树问为什么，李想说因为他们是近亲，杨姑娘是他的姨表亲。"近亲为啥还把人家肚子搞大？"王树说，"你滥伐了一棵树。"李想就一脸愧疚地对王树说："王树我要报答你。"王树就愣愣地瞅他，像不认识他这个老乡。

"我要给你介绍个好对象。"

王树说："我不用你给我介绍对象。"

可是王树并没有想到李想会真的给自己介绍对象，一看到李想他就想起杨姑娘来。

星期天，王树又来到李想家。八点刚过一刻，李想和张秀不知到哪里去了，家里只有他的岳母在。李想家住的是平房小院，由于住不开又接了一间偏厦子，走进去是一条狭长的走廊，像钻在地道里，光线很暗。院子里有一棵杨树，大概嫌挡住了屋子里的光线，被截去了树头，上边拴着一根搭晾衣服的粗铁丝。

"你是谁呀？"老太太视力不太好，尽管王树来过两次了，还认不出他来。

"我是王树。"王树说。

老太太像影子似的在狭长的屋子里挪来挪去。王树很想问问李想和张秀他们到哪里去了，可他最终没有问，看着老太太瘦小的身躯在他眼前晃来晃去。他坐在那张笨重的沙发里等着，这张沙发可能是李想做的。李想在当兵前干过木匠。院子里那棵杨树也可能是李想截去了上半身不知干什么用了。李想能够入党，能够提干，甚至能够在这个城市里留下来和他的木匠手艺不无关系。他从别人嘴里听说过，他们武警中队

36

的院子里曾经有两棵高大挺拔的杨树，后来被锯掉了改建了一处凉亭，李想在带人建凉亭的同时，还给他们支队长家里打了一对漂亮的沙发，那时候城里很时兴打沙发。

"……那个姑娘手很巧，一下午就把一件褂子做好了，听说她爹是她们村子里的裁缝……"老太太瘪着嘴在自言自语。

王树把目光落到了窗下那台蝴蝶牌老式缝纫机上，他在想她那天是到这里来做衣服的。

"你多大了？"

四月的阳光透过窗镜照进来，让屋子里变得暖和了一些，他有点儿后悔没有带一本书来，那样就不会没事可干了。

"你就没有处过……对象？"

"没有。"他回答得很干脆。

"别人就没有给你介绍过对象？"

"有、有过……"

那种千篇一律的见面实在是一种俗套，和女方第二回见面，都是在离他们学校不远的一条马路上。那条路原来叫中七大路，现在叫世纪大道，是这个城市的中心街道。街道两旁原来栽植的是杨树，后来又换成了柳树。第一次和他轧马路的姑娘他已记不清她长得什么样了，好像那是很久以前的事情了。像所有这时候的年轻人一样，他们都在刻意寻找话题，可这种话题对他来讲总是少得可怜。

"树被砍头了。"他突然结结巴巴地开口说道。

"你说什么？"姑娘仿佛被他说的话吓了一跳。

"我是说城里的树都被砍了头啦。"

整个晚上他似乎都是在重复着这样两句话，像个癔症者。

过后那个姑娘跟介绍人说这个人是不是有病。

后来他和第二个再次见面的姑娘轧马路时，中七大路正在进行扩宽改造，伸着长臂的掘土机把路两旁的杨树连根掘起，树，横尸遍野。

"他妈的，这是谁干的？"

他丢下姑娘，跑到路沟里去，试图阻止掘土机，可工人们并没有听他的。

"浑蛋，刽子手。"他被一些人抬上来时，嘴里还在大喊大叫。

他给市长写信了，控告那些残害树的工人。说树也是有生命的，不能说被伐去头就伐去头，说连根拔起就连根拔起，并举出了《森林法》，说城里的树木也应该受到法律保护。

市长给他回信了，安慰他说，路两旁还会栽上新树的，为了城市的美化，总得做出点儿局部的牺牲。

果然没过多久，这条加宽了的马路改名叫了世纪大道。路两旁新移植了一些柳树，又移植了些草坪，据说那种草坪还是从国外移植来的。不过从那以后王树再没和哪位姑娘在这里轧过马路。

"你还在挑剔什么呢？"

是的，自己还在挑剔什么呢？许多介绍人也问过王树这样类似的话。论文凭，现在研究生、本科生比比皆是，而他不过是个师范专科生。论相貌，他身材细瘦得像螳螂。若是十年前他还有爱好文学这一项可以向人炫耀，可是现在年轻人谁还热爱文学呢？

"人不能太自私了，你总得为你的父母去想一想，他们还能活多久……他们是急着抱孙子的。"老太太的脸像一张干枯的榆树皮在他眼前晃动，阳光里就晃出一丝细微的尘埃来。

听到门响，王树和老太太同时有些解脱地惊异地回过头去，王树刚刚看过墙上的挂钟，时针刚刚指向九点。他想，那个姑娘会来得这么早？

而进来的的的确确是一位姑娘，她苗条的个儿，瓜子脸，眉目清秀，脸颊露着俩红晕的酒窝，不过看上去这个姑娘只有二十二三岁的样子。她手上还拎着一尼龙兜水果。她一进屋来就先同老太太打了声招呼，随后问："我表舅呢？"

王树这才知道她是李想的表外甥女。听她和老太太的交谈，知道李想这个表外甥女在这个城市的一所医院工作，是个护士。星期天休息过来看看她表舅。以前咋没听李想提到过？

"……你也是从伊春林区出来的吗？"王树打岔道。

"是的。"她这才注意到屋子里的客人，对他点点头，"我是前年从伊春卫校毕业分到这里来工作的。"

"噢。"她一进来，王树就感觉到她身上有一股和城里的姑娘不一样的气息，这种气息只有山里人才会有。

"你喜欢这里吗？"

"不，不太喜欢。"她诚实地说，并没有小地方的姑娘到城里来的那种虚荣。

"我也是……"王树说。

"这个季节在咱们家乡的山上树都该冒绿了吧，而这里还是灰突突的一片，树太少了，空气也没有山里的清鲜。"她不知不觉把家乡说成了"咱们"，让王树觉得格外亲切起来。

"还有，这个时候山上的达达香也该开花了吧？"

"是的，是的，漫山遍野开成了粉红的一片……每年开春不等山上的雪化光，我就和伙伴们上山把达达香枝折回来插到罐头瓶子里去。"姑娘的脸兴奋得通红了。

"你采过托玛（一种山野果）吗？"

"采过。"一种亮晶晶的东西在她眼里闪动。

"还有都柿？"

"采过——"

"这种东西也叫醋栗。"

"醋栗？"她脸上露着好奇。

"是的，我是从一本书上看到的，好像是契诃夫写的。"

老太太显然对他们的谈话不感兴趣，坐在那里打起盹来。她那种神态就像一只老猫蜷缩在那里。

"我刚来这个城市时一到春季就刮风沙，刮得昏天黑地的，黄沙无孔不入，早上起来被子上都会落上一层细沙。你们姑娘家都得用沙巾蒙上走路。这都是城外没有防沙林的缘故。"

王树不知道自己为啥要跟她说这些。

"城里的空气哪有山里的新鲜，乌烟瘴气的，我一来就不太喜欢。这就是石油城吗？"

"是呀，是呀，我刚来那阵儿城里家家户户都使用天然气烧饭，空气中都能闻到一股天然气的味道。还有水，在家时我习惯喝凉水了，我来的第一天晚上在宿舍里找凉水喝，哎呀呀，这是什么味道呀，刚刚喝进去又都吐了出来，到现在我都不敢喝凉水了，而在咱们家乡，只要有小溪，你只管伏下身子像牛一样管够喝就是了。"

"她快来啦？"老太太睁开了眼睛。

"谁？"姑娘问。

"你表舅给他介绍的对象。"

姑娘猛地看了他一眼，收住了口，一抹红晕不经意地掠过了她的脸腮。

王树也张皇失措地脸红了一下，他真不希望这个时候有任何人来打扰，哪怕是李想两口子。

"我表舅呢？"

"他出去了，一会儿就回来了。"老太太答。

姑娘稍稍安定了下来，屋里出现了片刻的沉默。

"你在老家时常到你表舅家去玩吗？"

"不常去。"

怪不得没见过这个姑娘，伊春到他们那个汤旺河林业局有一百来里的路程。

"您在学校里教什么课程？"

"教语文。"

"你喜欢米兰·昆德拉的作品吗？我最近刚刚读过他的《生活在别

处》。"

他现在可不想在这时候跟她讨论语文的话题，他好像有许多话题要跟眼前的这个姑娘说，比如这个城市的树和空气，从没有谁和他讨论过这些。树是有生命的，有感情的，从来没有谁把他的话当回事。他急促得脸都有些红了，就好像在列车上遇到一个久违的朋友，聊得正投机时，突然有人提醒他该到站下车了。

时钟敲过了十下，老太婆又睁开了眼睛说了一句："她该来了。"

他真希望今天要来的那个姑娘有什么事耽搁了。

她局促不安地站起身来说："我该走了。"

王树窘迫地结巴道："你不等你舅回来了吗?"

"不啦，等改日我再来看望他。"她稍稍脸红了一下，看了王树一眼。

王树站起身来相送，在院子里在那棵树旁王树站下了，默默地看着她的身影走出了院子，仿佛一道彩霞从他的视线里消失了，让他心里有些黯淡。

今天要来的为什么不是这个姑娘呢?

王树重新回到屋里在那张沙发上坐了下来。那个要见面的姑娘并没有来，李想夫妇也没有回来。

又是老太太东一句西一句在同王树唠嗑，其实她在说什么，王树一点儿没听进去。

一直坐到快近晌午了，那个姑娘也没有来。后来李想他们夫妇回来了，李想的妻子张秀说某某今天刚要出门时，她老家来人了。她走不开了。王树就"哦"了一声，仿佛松了一口气的样子。倒是李想有些歉意地对他说，让他白等了一个上午。口气中流露出对妻子抑或是对某某的不悦。看得出他们夫妇为这事弄得有些疲倦。

王树说没关系的。李想夫妇就互相瞅了瞅，又瞅了瞅王树。

王树又告诉李想，他外甥女上午来看过他了。王树想这用不着自己

41

告诉他的。

李想这才注意到桌子上的水果兜，他开始还以为是王树拎过来的。

他赶紧叫张秀把水果洗了，挑出一个又红又大的苹果递给王树吃。王树摆摆手。他以为王树不喜欢吃苹果，又掏出一个梨。王树就站起身来说："我该走了。"

王树走到院子里，又停下来跟李想说了一句："你外甥女上午来过了，等了你好一会儿。"

李想"嗯嗯"了两声，说知道了。眼睛又瞅着别处，叫王树今天别多想什么。

王树说："我没多想什么。"

李想说："没多想什么就好，我一回来看见你坐在那里发呆，还以为你有什么想法呢。这就好，这就好……"李想又要像女人似的絮絮叨叨说什么。

"你外甥女好漂亮哦。"

王树转身走时又丢下一句，他好像是对着院子里那棵秃头树桩说的。

李想像树桩一样怔了怔，目送着王树的身影大步流星走上了院外的大路。王树的身影在李想的视线里渐渐走成了公路旁的一棵树。

飞行夜总会

　　陈木鱼和冰坐在那家经常去的百合料理饭店临街靠窗的位置上，窗外夜幕刚刚降临。寒气袭人的街上各种汽车尾灯划着流长的弧线匆匆闪过，猩红的荧光诡秘得像夜的眼睛，散着热风的窗玻璃里是一张陈木鱼麻木的脸。冰在那边像在调色板调颜料一样在点生菜盘子里的菜。背景音乐悄悄在背后响着，《回家》低婉缠绵的旋律在若明若暗中徘徊……街面上一只结着冰的马葫芦盖子上，在昏黄的街灯下冒着白气。寒冷让街上偶尔走过的行人都匆匆竖起了大衣领子。这样一个寒冷的夜晚，让陈木鱼想起小时候邻居家刚刚出生的一窝小狗崽，他和弟弟背着母亲把一只沾得满身是雪的狗崽抱回家来，捂在被子下面，狗崽发出呜呜细小的叫声。陈木鱼就是在那个林区小镇上长大的。

　　狗肉热煲。冰坐下来，一脸的坏笑。

　　对不起，我不吃狗肉。他冷淡地说。

　　我记得以前你是吃狗肉的……冰莫名其妙地看着他。

　　那是以前。他再次冷淡地说。

　　好，好，小姐。一个身着朝鲜族长裙子的姑娘彬彬有礼地走过来，她脸上盛开着可掬的笑容。

　　外面不知什么时候飘起雪花来，窗里的热气不断把扑到窗玻璃外面的雪花融化了，就像蝴蝶纷纷无声地投进了河水里一样。寒冷还是叫窗外慢慢结上了窗花。春天山坡上开满了野百合花，小镇被后来建起的一座水泥厂污染了，他回去过一次，之后就再也没有回去。那是他八岁以前待过的小镇。

从外面走进来一个脸蛋冻得红扑扑的小女孩儿，她身上和头上的围巾上落了一层雪，胳膊上挎着一个塑料布包着的方篮，她抖落掉雪。

先生，买枝花吧。两枝薄塑纸包着的红玫瑰伸到他们面前。

陈木鱼和冰微微一愣，冰很快就笑了起来：我差点儿忘了，今天是情人节……

小姑娘点点头。

老六不会来了。他们本来说好晚上一起过来喝酒的。

好吧，我们要了，看看我们有多可怜，只有我们两个大男人像傻瓜一样坐在这里喝酒。冰掏出钱来付给了小女孩儿。

果然他俩看到别的座位上坐的都是一对对情侣，有年轻人，也有像他们这个年龄的。

等着，今晚会有人要我们的玫瑰的。冰暧昧地眨眨眼睛，啤酒让他的眼睛泛着一种多余的红色。

陈木鱼知道他今晚又要到那里去了。冰自从和他第二任妻子离婚后，就一直独居。冰说他对婚姻已经冷到了冰点，他打算一直独身下去，这样他很快乐。

窗外，大片大片的雪片落在地上，像棉花糖一样变得软绵绵的，行人踩上去留下很深的脚印……

霞要的那幅油画你给她画了吗？

还没有。陈木鱼摇摇头。

他们的话题转到霞身上，冰的目光有些散淡。霞是老六的前妻，不过他们现在还在一起同居，霞是少年宫的一名音乐教师。当初老六和霞是在本城的一次青年歌手大奖赛上认识的，老六是通俗唱法的第一名，霞是美声唱法的第二名。霞对老六天生有一种崇拜。老六那时还是工厂里的一名油漆工，大奖赛后老六就调到文化馆来。老六一米八零的个头，长长的头发，穿着一件被油漆涂抹得花花绿绿的黄上衣。陈木鱼见到他第一天就觉得这个家伙早晚要从文化馆飞走的。他们的婚礼也很标新立异，两人在婚礼那天坐上了一只租来的热气球，从这个城市最高的楼顶上飘过。当时霞穿着长长的白色婚纱裙吓得哇哇大叫。如火如荼的爱情让她已有三个月的身孕了，从热气球上下来她就蹲在地上呕吐不止。他们的爱情宝贝就这样流产了。他们下来时，陈木鱼对霞说，她和老六不会长久的。霞的目光就久久盯着陈木鱼，那天的阳光很好，霞白白面孔皮肤上的汗毛都瞅得清清楚楚。

她不该把音乐教师的工作辞掉。冰说。

自从老六开了这个城市最大的一家迪吧夜总会以后，霞也辞掉了工作跟他一起干了。霞负责夜总会的酒水、茶点、水果的采购，她在打理着夜总会的每日收入，霞很能干。

今晚他们那里一定很热闹。冰兴奋的眼里已有些急不可待了。

买了单，走出来，在门口的房檐下他们又看见了那个卖花的小女孩儿。她抄着红棉袄袖站在那里，身上又披上了一层新雪。

买花吗？

你还有多少？

十、十几枝吧。

我都要了。他掏出一张百元钞票给了她，不用找啦。

谢谢你，叔叔，你会交好运的。小女孩儿冰冻的脸上绽出了笑。

冰拦下一辆出租车，他们钻进去。去老六那里吗？在车里冰又一次问他。他以前常和冰晚上去那里，可是今晚他不想去。

在卡尔加里路的中段，有一个巨幅广告牌竖在路口上：让我们到西部去！一架大肚子飞机腾空而起，箭头指向飞行夜总会往西500米，城市森林公园西侧。只有老六才会这样标新立异。他们在这块牌子下分的手，他从出租车里钻出来，一束玫瑰伸出来：把这个给你老婆带回去，她今晚会高兴的。有什么东西扎了一下他的手，他缩了一下手。出租车欢快地溜走了。

他其实并不想这么早回去，过去了两辆出租车他都没拦，怔怔地站在这块被五颜六色的灯照射的牌子下面。上面还新拉上一块红布：2

月 14 日情人节狂欢夜大奉送，每人免费赠送一杯鸡尾酒、一枝玫瑰。刚才丢在地上的那束玫瑰无聊地在地上滚动着，很快被雪遮盖住了。

一辆出租车无声地停在了他面前，他拉开车门坐了进去。

就你一个人？司机有些奇怪地问。

嗯。

他从反光镜里看到，车轮滑动时那枝遗弃在雪地里的玫瑰被碾压得粉碎，像一摊血留在雪地里。

城市五光十色的灯光在车窗外的夜幕里缓缓流动，最早知道情人节这个日子还是在十年前吧。在省城的索菲亚大教堂广场前，他和妻子刚刚从哈一百满头大汗采购大包小裹出来，坐在教堂前面的石凳上歇息一下，准备晚上中转那趟火车回山里父母家过年。他腰间的汉字传呼机响了，他摘下来，看到显示屏上跳过一行小蝌蚪：祝节日快乐！落款一位朋友。节日？什么节日？

谁的传呼？妻子随意地问了一句，她的目光在瞧着教堂的门口那边。

一位朋友。他如实地说。

圆形的墨绿色教堂尖顶上，午后的阳光暖暖地落在上面，让人丝毫感觉不到冬日的寒冷。几只鸽子很温情地在屋顶上飞来跳去。

一对新人款款地从教堂里走出来，新娘披着洁白的婚纱，纱裙一直长长地拖在台阶上，夹道的人群向新人头上抛撒着玫瑰花瓣。

妻子看傻了眼，喉结像喝了一大口什么饮料，嚅动了一下。

妻子一直抱怨她结婚时没穿过婚纱，连租借的婚纱照也没留下。他们的婚礼很寒酸，也是冬季，就在妻子单位分的那间平房里举行的，参加的朋友也不多。妻子就穿着一件定做的藏青色西服外装。他当时的理由是冬天太冷，没办法穿婚纱。

当教堂的钟声响彻广场的时候，一群白色的鸽子从教堂上空盘旋着飞起，划着哨音……他从纷纷离去的人嘴里知道，这一天的确是一个节日，2 月 14 日，是西方的情人节。后来他才知道那天给他打传呼的是给他做过模特的一个师范学校的女学生。

先生，您到哪儿？

他不知是该回家还是该回画室，也许该把那幅画完成了。

情人节的第二天，冰的弟弟来到陈木鱼家中，陈木鱼才知道飞行夜总会昨天夜里出事了。冰的弟弟是一名刑警。冰的弟弟和冰一样细瘦，不过眼睛却要比冰犀利得多。他一进来目光就很职业地在陈木鱼家各个房间打量着。昨晚发生了什么事？陈木鱼木木地问。

飞行夜总会老板开枪伤了人，现在下落不明。

你是说老六开的枪？

陈木鱼这才知道老六那杆猎枪派上了用场。

冰的弟弟问陈木鱼昨天晚上十点以前在哪里，和谁在一起。十点以后又在哪里。另一个警察坐在一边的沙发上打开一个小本记着。

陈木鱼说十点以前他和冰在百合料理喝酒。冰的弟弟打断他，他们是不是约了田川（老六的本名）也要一起在那里喝酒？陈木鱼点点头说是的，可是后来他没有来。冰的弟弟又一次打断他，他为什么没有去？陈木鱼说他也不知道，十点以后他就回来了……有谁可以证明？冰的弟弟问。陈木鱼说没有谁可以证明，他昨晚一个人在画室里作画。

你妻子呢？

她昨晚值夜班，还没有回来。陈木鱼说，他的妻子是一名外科医生，他的家里到处都飘荡着一股来苏儿味儿。

冰的弟弟问可不可以带他们到他的画室去看看。

陈木鱼就带冰的弟弟和另一个警察过去了。

十分钟后，他们来到陈木鱼的画室里。这间画室的窗户都被遮挡得严严实实，屋里一张墨绿布罩着的画台上，摆着两幅没完成的油画。一幅是一条河流环绕山区小镇，小镇四周是光秃秃的白桦林，中间生长出一个巨大红烟囱，而河水流淌的是黑黑的颜色。另一幅画面上只画了一个女人的乳房和臀部，面部还没画出来。冰的弟弟站在这幅画前打量了一会儿。

走的时候冰的弟弟第一次悄悄在他耳边说：陈哥，如果老六来找你，你叫他去自首，争取主动，或许可以算正当防卫。陈木鱼听了一愣。

从这天起老六从这个城市失踪了。

陈木鱼回到家里时，他妻子下夜班回来了。他妻子困倦地打了个哈欠说，昨天夜里他们医院里接治了一个受到枪伤的病人，他们一早才下手术台。妻子的面部皮肤有些松弛，她最近很注意美容保养，常出入美容店。听到"枪伤"两个字，陈木鱼问：那人伤得怎么样？妻子说，即使是好了那人也得在轮椅上坐一辈子了，子弹击中了他的腰椎穿过了他的肾脏，他的下身瘫痪了。

那个人叫什么名字？

叫王大胜。

陈木鱼以前从冰嘴里听说过这个人的名字，说他是C城地界上连警察都惧他三分的人物。

是谁这么狠呢？妻子随意地说了一句，找出睡衣要去卧室里睡觉了。

从早上到现在听说的事情让陈木鱼有些迷乱了。他不能告诉妻子这人是老六开枪打的，妻子对老六也有一种崇拜。

你昨晚去哪里了？

我去画室了。

他尾随着妻子走进了卧室。我累了。她从他眼神里读懂了什么。每次妻子夜班从手术台上下来，陈木鱼都会莫名其妙地有这样的冲动，可每次妻子都会这么说，两个人顿时都会索然无味起来。

下午陈木鱼在画室里作画，冰来了。冰一屁股坐在画室里一张破沙发上，嘴里捯着气说：惊险，太他妈的惊险了，简直像美国枪战大片一样……陈木鱼说警察已来他这里找过他了，他们怀疑老六昨天晚上出事

48

后来找过他。他真的没来找过你吗？冰神神秘秘问他。陈木鱼摇摇头。

你昨晚去哪儿了？

我就在这里作画了。

停了一下，冰说他也没有想到老六会开枪，王大胜和他的手下腰里都掖着枪和片刀，为一个女人这么做真是不值得。从冰的嘴里听到那个女人叫李怡时，陈木鱼的画笔抖了一下。冰说王大胜昨晚到夜总会来就是指名要找李怡出台的，李怡拒绝了他。她也不看看王大胜是谁？她以为在那种地方还能装什么清高呢……冰的嘴里喋喋不休。

飞行夜总会像一只疲倦的大鸟安卧在夜幕里，屋子的外形是迷彩色美式空军飞机造型。也许是因为昨天夜里发生枪战的缘故吧，迪吧里面显得冷冷清清，吧台里面被击碎的香槟酒和 XO 酒瓶的痕迹还残留着，墙壁上还吊着两支仿制的卡宾枪，是老六从解散的文工团收集到的。吧台的斜对面有一幅陈木鱼临摹的梵高的包着耳朵的自画像，现在那只耳朵穿过了一颗子弹弹孔。老六说他喜欢梵高那种生命的激情。

冰说是梵高的耳朵替他挨了一颗子弹。

看见他俩走进来，霞走了过来。她脸色苍白，看来从昨夜到现在她还没有合过眼。

霞问他昨天夜里到哪里去了。

陈木鱼说他在画室。

老六没去找过你吗？霞也这么问他。

没有，老六还没有什么消息吗？

霞摇摇头，说：警察还在找他，我担心……

担心什么？他俩同时问。霞没有说出口。

你别担心，老六会没事的。他俩在安慰霞。

她怎么样？他是指李怡。平时她是站在吧台里面的，有时也到音乐池子里给客人献歌，她的通俗歌曲唱得很好。

霞的面孔堆上了一丝怒气，口气一下子冷了下来：发生了这种事情，她还有什么理由留在这里。霞说她上午就离开了迪吧，而后她又叹息了一口气，说老六为了她真不值得这么做。

一个服务生过来冲霞耳边说，门口又来了两个警察，霞就迎了出去。过了一会儿，冰的弟弟和陈木鱼早上见过的那个警察就走了进来。看见他们也站在这里，冰的弟弟就走过来。六哥还没消息吗？

他俩摇摇头。

冰的弟弟说，他们来是找几个昨天夜里在现场的服务生再了解一下当时的情况。霞就说：你请便吧。冰的弟弟就和那个警察走到里边去了。

你们要喝点儿什么吗？霞说。

不要。陈木鱼摇摇头说，你忙你的去吧。霞就走到后屋去招呼客人去了。

老六当时是怎么拿出来的枪，你当时在哪里？陈木鱼问冰。

我、我当时在包房里……冰嘻嘻一笑，说：听见枪响我跑出来，王大脑袋当时已捂着肚子倒在地上了，大厅乱作一团……我也没有想到老六会开枪，昨天夜里来的客人特别多，包房都占满了。

那杆鹰牌猎枪就藏在放香槟酒的后屋库房里，老六给陈木鱼看过，老六还说等过一段时间带他到山里去打猎。至少在雪化之前去山里一趟。

其实我昨天一来是想让她陪我的，我把玫瑰都给了她，她要是跟我去包房也不会发生这种事，她说吧台忙走不开，我知道她这样讲是在拒绝我……活该她倒霉。冰悻悻地说。

墙壁上除了猎枪子弹弹痕还有砂管枪钢珠子弹痕，冰说王大胜腰里的五四式手枪还没来得及拔出来，老六要不是趁乱趁着大厅里灯灭了逃出去，肯定会被他们打死的，警察赶到时把王大胜四五个手下都带走了。

冰的弟弟和另一个刑警走后，又来了两个治安警察。他们向霞宣布：鉴于昨夜这里发生的斗殴事件，飞行夜总会要查封暂时不得营业。

霞就和服务生在迪吧里收拾得挺晚才离开，霞给服务生放了假。他俩也一直陪霞收拾完。问霞回哪里去。他俩以为发生这种事，霞会回她的父母家去住。可是霞说她回自己的家，她说说不定老六夜里会回到家里来。他俩就送霞回去。

以前他俩到飞行来玩，也是待到十二点以后和老六回到他和霞的住处去住的。他们的家就在中林街上，是一处三居室。陈木鱼和冰睡在客厅的地毯上，他们往往先看一会儿碟片。老六这里有不少从朋友那里弄来的大片。

和以前每回夜里回到他们的住处一样，霞给他们端来水果茶点和一瓶红酒，把家庭影院也打开了，问他们想看什么自己去碟架上去找。霞困倦地打了个哈欠说：我累了，先去睡了。霞从昨夜到现在一直没合眼。刚才看霞去卫生间冲澡，陈木鱼本来想说，我们回去吧。冰瞪了他一眼说，这种时候我们怎么能走。陈木鱼就和冰歪在沙发上看碟片。冰找了一个《钢琴师和他的情人》，这个碟他们以前和老六在一起看过。

你说老六夜里会不会回来。冰说了一句。

从卫生间传来哗哗的冲澡声。以前不管忙活到多晚，霞回来总要冲个热水澡的，霞的皮肤很白，冲过澡后面部蒸发着一种红晕，长长的头发被一条毛巾绾起，穿着一条睡衣长裙走出来。有时陪他们一起看一会儿影碟，有时去隔壁琴房弹一会儿琴，自从不在少年宫当音乐教师以后，霞唯一的留恋就是弹一会儿琴了。那台黑色钢琴还是刚结婚时老六给她买的。

陈木鱼的睡眠很差，每次到老六家来住，他都很难入睡。有一天夜里，他去卫生间起夜，从琴房里传来一种很奇怪的响动，从敞着的门缝里他看到老六和霞就在琴房地毯上做爱。霞的身下是黑红色的罩钢琴的绒布，霞性感的身子白得炫人眼目。后来老六告诉他，他和霞第一次做爱就是在文化馆那间黑暗的琴房里。霞当时穿了一条黑色长裙子。老六说他喜欢黑色。

霞现在很少弹琴了，每天回来更多的是喋喋不休告诉老六一些夜总会账目收入的事。她的那双手也变得越来越粗糙。对于霞当初辞掉音乐教师工作跟他一起干，老六是反对的。

她是不放心老六。冰有一次跟陈木鱼说。陈木鱼就觉得霞很愚蠢。果然没过多久他们就办了离婚手续。不过他们还在一起住，不知是为了双方的老人，还是为他们八岁的女儿。他们的女儿在一家私立学校就读，每周接回来一次。他们没有把离婚的事告诉双方父母和他们的女儿。

夜里霞突然发出一声惊叫，霞从卧室里穿着睡衣走出来，脸色煞白，双手捂着胸口站在门口对他俩说：她刚才做了一个噩梦，梦见老六在被人追杀，满脸是血……他俩还没睡，冰还在看着碟，他俩从影碟机的光线中站起来，陈木鱼叫她别怕，老六不会有事的。冰的目光落在霞高高撑起的睡衣乳房上，冰说：有我们在你去睡吧。霞就扭转身走回卧室去，霞的臀部也很大。

第二天早上起来，霞还是一脸的倦容。霞向他俩说：老六会到哪里去呢？看得出她很为老六担心。陈木鱼就劝她别担心，老六会没事的。

他俩离开老六家走出来，听冰说，霞本来情人节那天晚上是打算单独和老六在一起过的。店里的事情她已经打点好了。

他们为什么还同居在一起？陈木鱼问了一个他以前问过的问题。

霞离不开老六了，你不懂女人，老六是天生让女人喜欢的男人。冰有些嫉妒地说。陈木鱼知道他指的是什么。

陈木鱼回到家里，老婆并没有问他干什么去了，他们已经习惯这样了。老婆只是说他们医院里前夜里抢救的那个受枪伤叫王大胜的病人醒过来了。陈木鱼说：你知道他是谁开枪打的吗？老婆摇摇头。陈木鱼就告诉她是老六。老婆听了倒吸了一口气，问是怎么回事。陈木鱼就把前天夜里飞行夜总会发生的事情简单向她复述了一遍。老婆还是不能相信，口里怔怔地反问道：就为了一个女人？

李怡是半年前来到飞行夜总会的。那天晚上他一走进飞行夜总会，冰就过来跟他说：老六这里来了个冷美人。陈木鱼每回到这里来坐坐就是喝两杯啤酒，对女人他一向是没兴趣的。而冰如果在这里找人陪，老六也是要他自己买单的，这是规矩。陈木鱼回过头去，果然看见吧台里站着一个新人，她正把调制好的红酒一杯杯放进服务生的托盘里。她身材修长，穿着一件白色长裙子，绾着披肩长发，姣好的面容含着淡淡的忧郁。就是这丝忧郁让陈木鱼觉得有些似曾相识。

李怡的歌唱得也很好，一支《月亮代表我的心》博得满堂喝彩。等大厅里的人渐渐少了时，老六把她引过来，给陈木鱼介绍：

这是我最好的朋友，画家陈木鱼。

一只纤纤玉手伸过来，与陈木鱼轻轻握了一下。等老六走开，他们在卡座坐下时，忽听她说道：陈老师，我们是见过面的。

陈木鱼一愣。

她抬起头来，黑盈盈的眸子看着他说：我给你做过模特……

陈木鱼瞪大了眼睛，他渐渐想起来了，那还是六七年前的事，他当时还没有离开文化馆，陈木鱼要创作一幅《白桦与少女》的油画参加一个全国画展。陈木鱼需要一个少女模特，有人给他介绍了李怡，那时她还叫李青青，是一名本市师范学校二年级学生。陈木鱼一见到她的身材就相中了，更主要的她身上散发出来的气质，是那种在山里长大的女孩子才有的气质。果然李青青说她是在小兴安岭山里长大的，她喜欢白桦林。这么说来他们还算得上老乡，当时山里的孩子观念还是比较封闭的，李青青说她之所以答应做他的模特，是她需要一笔钱，她家里唯一的弟弟患了肾病，需要这笔钱住院。这是陈木鱼后来才知道的。

李青青像一棵青青白桦在他面前把衣服一件一件脱掉了，露出曲线分明白皙的胴体来，圆圆的像青苹果一样的乳房。她卧在沙发一件墨绿色绒布上，就像卧在家乡白桦林丛草地上一样自然。

后来他的这幅油画在参加全国画展中获了奖，他把这个消息写信告诉了李青青。李青青后来给他写了一封信，李青青说他是第一个看过自己身体的男人，她不想让别人特别是学校老师和同学知道她当模特这件事。以后他们就再没有联系。

他也决然没有想到在这里碰到李青青。

李青青说她师范毕业后，分到一个偏僻县城去教书，可是弟弟的肾病还没有好，为了弟弟的病她只好辞掉了那份工资很低的教师工作，前年又回到这个城市里来……

离开的时候他给李怡留下了二百块钱小费，李怡说什么也不要，她说没想到陈木鱼和田老板是好朋友。陈木鱼从她眸子看出了什么，他说他不会把他们认识的事跟老六说的。他也不知道李怡为什么不让把她家里的情况跟别人说。

以后陈木鱼再到飞行夜总会去，就要李怡陪一陪。走的时候照例给她留下二百块钱小费，这一点连冰和霞都看出来了。

陈木鱼两年前离开了文化馆，开办了陈木鱼画室。这两年城里有钱的人多了起来，也学得高雅了，画油画肖像的多了起来，陈木鱼的生意一直不错。可是有些富婆身上的那一身赘肉常常让陈木鱼直皱眉头，城市的垃圾真是越来越多了。他常常这样感叹。

一到夏天他就回到山里写生去。

重新见到李怡让他眼前一亮，他想让李怡再给他当回模特。他要给她画幅肖像画，并且答应她会给她很高的报酬。可是李怡说她身子已经脏了。李怡说这话时脸上又现出淡淡忧郁的表情来。

没人在的时候，陈木鱼问她弟弟的病怎么样了。

李怡说他得换肾。陈木鱼知道这得需要一大笔钱。

李怡陪的客人很多，可是她很少陪客人到包房里去，她就静静地站在吧台里，像一幅画。每晚李怡都在大厅里为客人们献上一首歌，这之前是由霞来唱的，许多来飞行夜总会的客人都是冲着李怡来的，所以那天晚上王大胜来直接找李怡一点儿也不奇怪了。

无论是冰的弟弟和霞后来都再次问过他，老六那天夜里真的没有找过他？他说没有。霞说老六身上可没带多少钱。他也很奇怪老六那天夜里出事后为啥没来找他，在这个城市里他是老六最好的朋友。老六逃离这个城市至少会和他打一声招呼的。

陈木鱼的老婆从医院带回来的消息说，王大胜的伤势在不断好转。他手下的人中有人传出话来，王大胜是不会放过老六的。陈木鱼的老婆就说老六还是不要回来的好。她又说她以前就说过老六不该开飞行夜总会。可是老六想做的事情谁也拦不住。

一个星期后还没有老六的任何消息，陈木鱼和冰都相信老六不会回来了。陈木鱼想起有一次老六跟他说过这样一句话，他早晚要离开这个城市。那是崔健刚到这个城市来演出不久，这个城市的年轻人跟着崔健一起疯狂了。大街小巷里都在吼着《一无所有》，老六说他要做个流浪歌手。老六说这话时，霞正在做第三次流产手术，是在陈木鱼的老婆医院里做的，是陈木鱼的老婆找的妇产科的崔大夫给做的。陈木鱼老婆回来说了一句：老六可真能干。

霞现在既希望老六回来，又不希望老六回来。虽然那天夜里的事情警方调查清楚了，王大胜是带人持凶器集众到夜总会来闹事的。王大胜一伙人已被警方刑事拘留了，可是谁知王大胜在外边的手下会不会报复。飞行夜总会又重新开业了，霞又忙碌起来，只是她的面孔有些憔悴。

女人就像花一样，缺少男人的滋润会老得很快的。冰说。

冰又常泡在飞行夜总会里了。当然用他的话说他想帮帮霞。每次夜里店里忙活完霞回去住时，他都送霞回去。如果陈木鱼在，他又会和陈木鱼住在霞的家里。

日子在一天天过去，有一天夜里陈木鱼突然接到了霞打来的电话，霞在电话里说冰出事了，冰在送她到家门口开门时被人刺倒了，现在正在送医院抢救。陈木鱼一听穿上衣服就赶到医院去，冰正是被送到陈木鱼老婆工作的这家医院。他赶到二楼抢救室门口，外面除了霞还站着几个警察。警察拦住了陈木鱼，警察正在向霞了解情况。

陈木鱼的老婆这天夜里值夜班，他想通过他老婆来打听一下冰的伤情，就朝一楼的外科手术值班室走去。他很少到医院里来找他的妻子，所以无论是与妻子同科室的人还是不同科室的人都不认识他。值班室的一个小护士目光有些闪烁地告诉他，他老婆在妇产科值班室里。他不明白他老婆为什么去了妇产科值班室里。等他敲开妇产科值班室的门，一个衣着不整的男大夫不耐烦地推开了门，他显然是刚刚从床上爬起来，"你要干什么？"

"我……"他从虚掩的门缝里看见里面的一张手术床上躺着一个裸露着两条白腿的女人，那个女人不是别人正是他的老婆。

男大夫指了指门口上的一个指示灯，男士止步。他就张大嘴止住在那里了。

可是里边发出了一声惊叫。

他忘记自己是来干什么来了。此刻他觉得今夜受伤的不是冰而是他自己。

第二天早上回到家里时，他呆呆地坐在沙发上好久没动，后来他问他的老婆：你和崔大夫有多久了？他想这个人应该是他老婆嘴里提起的崔大夫。

就是去年的情人节。老婆的脸上竟然有一抹羞涩。

我们离婚吧。

不用说那天夜里刺伤冰的人是王大胜的手下，他们显然把冰当成了老六。也难怪，听霞抽泣着说，每次冰夜里一个人送她回来，上楼时都是他走在她的前面，开门后又让她先进去再关好门。那天夜里她刚走上楼去，冰就被躲在门口楼道里的一个人刺倒了，冰瘦瘦的身子像面条一样弯软了下去。

冰从医院里醒来后第一句话说的是他喜欢霞。以前因为她是老六的妻子他没有这种想法，自从他们离婚后他就暗暗喜欢上了霞。他愿意为她做任何事，包括为保护她去死。陈木鱼觉得冰这会儿很像一个男人。

陈木鱼走在春天的大街上，突然觉得自己老气横秋起来。瓦白瓦白的太阳晃在头顶上，把他的影子拖得老长老长……

你会娶我吗？

他手中的画笔一抖，他没有想到李青青会这么说。就是在那次她给他做模特完后。

你是第一个看过我身子的男人……我愿意嫁给你。

他知道山里的女孩儿把贞洁看得很重。虽然他和他老婆的婚姻一开始就是个错误，可是他当时还没有把它打碎的勇气。

你知道你的画作里缺少什么？老六说。

缺少什么？

缺少一种像梵高一样的激情。

他不能不承认老六说得对。

半年以后，冰的弟弟从外地追捕王大胜的手下回来，说他在北京看到过老六，他成了京漂流浪歌手的一族，和他在一起的还有李怡。冰的弟弟把家里发生的事情告诉了他，叫他回来取个证言。可是他说他现在走不开，他要给李怡的弟弟做换肾手术，他要把他的一个肾换给李怡的弟弟，否则他就死了。他们只好在京郊的一间破屋子里取了证言笔录。

听到老六在京的消息后，他们都很平静。他们不再关心老六什么时候回来了，老六似乎成了跟他们三个人生活无关的人。

只有陈木鱼的心里偶尔会想起那年冬天情人节的午后，在冰城索菲亚大教堂前飞起的一群白色鸽子，那个像鸽子哨音一样从他心里划过一下的传呼……

黑 麻 雀

　　我六岁，我弟弟三岁的时候，我母亲跟别的男人跑了。我父亲说，女人没有一个好东西！父亲说这话时带着一股莫名的仇恨。父亲这是第二次遭到女人的遗弃。第一个女人是他从乡下领进城不久，给他生下一个儿子后跟城里别的男人跑了。这第二个女人比他小许多，是父亲从垃圾场捡回来的。

　　那时我们家还住在这个城市的铁西区西下洼子一带，住在这一带的人家大多以捡垃圾、蹬三轮为生。每到傍晚做饭的时候，家家私搭乱建的简易泥棚子烟囱上冒出很黑的烟，把城市的上空都染黑了。他们烧的是从城外油田上偷来的黑原油块。母亲每次做完饭，鼻孔、眼眶都被油烟熏得黑黑的，好像是谁故意往她那张好看的脸蛋上抹了一把锅底灰。久而久之，连落在我们这一带的麻雀羽毛都是黑黑的。所以那些城市管理部门的人管我们这一带的人叫城市角落里的一群黑麻雀。因为我们还没有居住这个城市的户口，是黑户，因为我们还得像一群麻雀一样被人撵来撵去，从一个垃圾场转移到另一个垃圾场。逢到连雨天，我们居住的西下洼子又变成了一片汪洋，大人小孩拿着各种各样的家什往外淘水。刚刚淘出去的水又顺着低矮的门槛流了进来，所以有的人就干脆不淘了，等着太阳出来把水晒干。这个人就是我父亲。雨天也用不着出去捡垃圾，所以他干脆在睡觉。睡到太阳晒屁股了他也不起来。我们家的床是上下两层的铁床，他和母亲睡在下面，我们三个挤在上边。铁床在满地的水中摇晃起来，像在风浪里颠簸的一条破船，整个屋棚都跟着颤

58

动，母亲不堪忍受呻吟起来……弄得我们心惊肉跳的。后来我才听哥说他们这是在做爱。

谁能忍受这样的生活呢？所以后来我理解了母亲的行为。我只恨那个领我母亲跑的男人，是他让我母亲像扔垃圾一样把我和弟弟丢弃在这里不管了。

"她是个婊子，我当初真是瞎了眼，为什么要把她捡回来呢……"

十五岁之前，我和弟弟都听不懂父亲说的话，对于父亲喝醉了酒后种种诋毁母亲的话，我和弟弟一直不能认同。父亲说我们的母亲是从城里那种地方出来的，那种灯红酒绿的地方。我和三弟后来捡垃圾时也去过。那里的女人，都很漂亮。父亲的依据就是母亲也很漂亮，并且不再是处女了。可是他忘了重要的一点，那里的女人是不会生孩子的，而我的母亲却给他张天富生了两个儿子（我是后来才知道我并不是父亲的亲生儿子）。

母亲走了以后，雨天父亲就把自己关在屋子里喝闷酒。目光空空的，一边喝一边狠狠地咬着一颗花生米，在嘴里咬了半天才默默往下咽，咽得很痛苦的样子。他的背突然驼了不少。

或许是第二个女人对父亲打击更大些，在后来的日子里父亲对我和三弟始终没有对大哥好。在他面前我们甚至大气都不敢喘。我俩都没念到小学毕业就被父亲从学校领了回来。父亲说现在城里的垃圾越来越多，你们得帮帮我。其实他那时完全可以去找他的大儿子张铁帮忙的，张铁已经念到初中毕业了，是他自己不愿意再念高中了，他在家里待着也是待着。可是这话我和张天没法说出口。我和张天只能像小鸡一样被他拎着拎出了学校大门，学校门口的阳光晃得我俩睁不开眼睛。在这之前我和张天都没有告诉学校同学和老师，我们的父亲是一个捡垃圾的，并且我们的母亲是他从垃圾场捡回来的，现在又把我们像垃圾一样丢弃了。校园里的阳光虽然很好但不属于我们。明白了这个道理，我的两条腿变得顺从些了，另外，我也希望他快些离开，他身上散发出来的气味实在太难闻了。刚才已叫我们班主任女老师捂起了鼻子。她本来是想阻止他的。还有站在那里的女同学，她们都吃惊地瞪大了眼睛，看着这个衣衫脏兮兮的汉子把我和三弟急匆匆拎走。我们的书包在脖子上吊着。

父亲直接把我俩拎到了垃圾场上，像扔垃圾一样把我俩扔到垃圾堆上，轰地惊飞起一群乌鸦，乌鸦"呱——呱——"叫着在我们头顶上盘旋，有点儿恼怒地盯着我们看，好像我们打扰了它们的生活。

这么大的垃圾场是我和张天没有见到过的，人掉在垃圾堆里像根针一样找不着了。无数只白色垃圾袋，被风吹成个圆圆的脑袋，呜呜直响。这里的天空看上去比城里要矮，总有大朵大朵的白云飘过。

捡吧！父亲喝道。他把我们的书本哗啦哗啦倒在垃圾堆上，那些乱卷乱翻的书本眨眼间被风吹得无影无踪了。

后来我才从那些捡垃圾的人嘴里知道我是和母亲一起从垃圾堆里被父亲捡回去的。知道这一点尽管我很悲哀，可我对这里还是应该充满感激的。那些又脏又臭的垃圾在我眼里不再让我觉得那么恶心和丑陋了。而是像我的亲弟弟一样变得亲切起来。

捡垃圾自然比念书容易得多。尽管开始我和张天在垃圾场上被大人像苍蝇一样轰得乱飞，可总能捡到一些值钱或不值钱的垃圾。垃圾场上除了这些，还能捡到弃婴，多是些女婴。听跟我父亲一起捡过垃圾的老李头讲，我父亲刚进城捡垃圾那会儿是挺善良的。在垃圾场上碰到弃婴总是抱回家去，在家里喂养几日遇到城里那些不会生养孩子的夫妇就送给人家。父亲第一个女人跑了后，父亲的心肠变硬了，遇到这种小包裹也像城里那些捡垃圾的人一样绕开了。再加上父亲的家里也有一个嗷嗷待哺的孩子，拿不出多余的奶粉和米汤喂养弃婴了。有人说父亲很有点儿桃花运，也有人说父亲捡弃婴积了德。打了一辈子光棍的老李头不无嫉妒地说他捡了一辈子垃圾也没捡回一个老婆，而父亲却遇着了。那天晚上的月亮很亮，父亲走过一个垃圾堆时，听到了一个婴儿一声长一声短的啼哭。父亲正要绕过去，脚下被什么东西软软地绊了一下，父亲吓了一跳，脚下一堆白色塑料袋中，躺着一个奄奄一息的女子。惨白的月光照着她惨白的脸，身下是红红的一片，母亲是小产后大出血。

父亲绕不开了，父亲把她和婴儿搬上了三轮车，把她送进了城里就近的医院。

父亲要离开时，医院里的人问父亲：她的家里人呢？

父亲摇摇头说他不知道。

那你不能走。

父亲知道争辩也没有用就很听话地没有走。

母亲被抢救过来了，父亲替她交的抢救费。出院，父亲又把她和婴儿搬到了自己的三轮车上，问她：你的家里人呢？他们住在哪里？父亲的意思是想把她送回家，顺便把他垫付的医药费要回来。

哪知这个女子摇摇头说，她在这个城市里没有家。她也没有什么家人。

那……那你叫我把你送到哪里去？……父亲张着嘴结巴地说道，一急脑门都冒汗了。

你去哪里我就跟你去哪里。这个女子说。这个女子脸上有了血色后就比那天夜里见到时漂亮得多了。

父亲突然觉得天上掉下来一颗太阳砸到他的头上。自从他的女人离开他后，他那张老脸一直阴云密布。父亲就顺其自然地把母亲拉回了家，拉回他那间低矮潮湿的土棚子里。

母亲直到离开他时也没有告诉父亲她那一晚是从哪里来的，她在这个城市里干什么，我的生身父亲是谁，她的父母家在哪里，六年里也没见她家里有什么人来找过她。这很让父亲怀疑起母亲是一个很有心计的女人来，断了日后让他和我们去找她的后路。

想到这一点，父亲的咬肌就会剧烈地抖一抖。

捡垃圾累了，我和三弟坐在偌大的垃圾场的垃圾堆上，仰望天空中的白云，有时会觉得云朵很美丽。一望无际的垃圾场上方的天空比城市被楼房挤压的天空大得多，空旷得多。那上面的白云也要比城中的白云干净得多。有时我们会把一朵不知从哪里飘来的白云想象成妈妈，她从哪里来？又要到哪里去？这朵白云有时走得匆匆忙忙，有时又久久地停在我们的头上，停得久了，就会落下雨点来，是那种太阳雨，打在脸上凉凉爽爽的，可我们却觉得这是妈妈的泪水。

我要去找妈妈。张天仰脸望着天上的云朵说道。

你找不到她。我灰心丧气地垂下头来说。

我们屁股底下的垃圾堆让我回到现实中来，我猜到母亲那天晚上到垃圾场上干什么来了。现在垃圾场上丢弃婴的事倒是很少见了，只是城里倒出来的垃圾里面避孕套增多了。这种胶皮玩意儿开始我和张天都不知道是干什么用的。张天还捡在手里当气球吹。后来我从那些垃圾场脏兮兮的男人一脸淫秽的坏笑中明白了什么。我打掉了张天手中的"气球"。如果张天不是生在父亲那间低矮潮湿的土窝棚里，是不是会像精子一样被扼杀在这种黏糊糊的胶皮套里呢，抑或生出来会不会变成垃圾场上的一个弃婴呢？我就差一点儿成为弃婴。明白这一点后我不寒而栗！我很感激张大富，多亏他那天晚上出来捡垃圾，多亏他收留了母亲。

所以我和张天天生就是这座城市中的两块垃圾。

张天富的力气在一天一天用尽，每天早晨起来都很费劲地从干瘪的胸膛里咳出一堆黄痰来，然后站在院子里打量他大大小小捆成捆的垃圾。有时还在上面摸摸拍打几下，脸上这时才有了一丝满足的精气神，仿佛他吐出的力气又收回到体内。

张天富在他咳嗽最厉害的时候，有一天把我们带到天桥上去，打量着铁东车水马龙繁华的城区，问我们假如他死了我们怎么办。

张天说，那我们就去找妈妈。

张天富晃着他花白的头，脸上有说不出来的痛楚：我就怕你们会这样想。记住，要想在这个城里活下去，就不要丢掉手里的垃圾袋子。

张铁听了嘴角撇了撇，嗤之以鼻。

父亲的第一个女人也就是张铁的亲生母亲是被一个来城里掌鞋的温州人拐跑的，那个温州掌鞋匠就常坐在天桥下掌鞋。父亲说南方人太会算计了，他还给过南方人一块烤红薯，可是南方人挣足钱后还是毫不留情地把他女人拐跑了……

我是从哪里来的？今后要到哪里去？自从知道了我的身世后，每天早上我到垃圾场上来，都要这样问一遍自己。就像一个迷路的孩子，突然之间找不到家了。后来我和张天就转到城里捡垃圾去了。当然我知道张天愿意到城中捡垃圾的真实想法是想在城里找到母亲。父亲从来没有告诉我们母亲去哪里了，或许他真的不知道。在这一点上，张铁比我们洒脱得多了，他恨恨地说：你就当自己从来没有过母亲。可我们没办法做得到。他从来没有向父亲问起过他的母亲到哪里去了。

城里的垃圾桶都是一大清早用装垃圾的汽车往外清运的。因此我和张天一般是在晚上像老鼠一样流窜到各个居民楼垃圾桶前翻开盖子翻捡着。我们发现刚刚倒进垃圾桶里垃圾比垃圾场上的新鲜玩意要多得多，也没谁跟我们争抢。许多在城里人眼里成了垃圾的东西在我们眼里都成了宝贝。

日子就这样一天一天过去……城里的垃圾越来越多。

如果不是因为张铁，这样捡垃圾的日子我们会乐此不疲地过下去。张铁已长成了一个大小伙子，并且结交了女朋友。不过张铁从来没有把他的女朋友带回家来，带到西下洼子来。

张铁有一天吃晚饭时突然愤怒地对我们说：我讨厌你们身上的气味。我们都吃惊地看着他。父亲突然抬手抽了他一记耳光，恶狠狠地说：你忘了你老爹是靠什么把你养大的？嗯！——就是这些垃圾。父亲指指堆在院子里大大小小的垃圾捆。大哥并没有为其所动，大哥青着脸说：你想让我和王琼就在这堆垃圾堆里结婚吗？你想让你的孙子将来也捡垃圾吗？

王琼就是大哥的女朋友。大哥是因为结婚才愤怒的，结婚因为没有房子才愤怒的。大哥还没有跟他女朋友说我们家是捡垃圾的，大哥不想和王琼在我们家的土棚子里结婚。

父亲无话可说了。父亲默默地磨转过身去，从腰上解下钥匙，走到屋角上去，打开一个铁锁生锈的木箱。父亲就像从小满足哥的任何要求一样，从里面翻出一个污黑的手绢包，一层一层打开，手绢包里是一沓不太厚的钱，这是我们这些年捡垃圾积攒的全部积蓄。

拿去，到铁东去租间房。父亲的手抖了抖说。

大哥把钱拿在手里掂了掂，嘴角撇出不屑，但还是把钱揣进兜里去了。我和张天紧盯着的目光发烫地收缩了一下。

大哥那天晚上出去了，但他并没有照父亲说的到铁东区去租房，他拿着父亲给的钱到铁东去赌博了。张铁不想租房，他想买一间属于自己的房子。铁东是富人区，房价很贵。他想用父亲给的钱做赌本，赢够买房子的钱。其实大哥几年前就开始赌博了，只是我们一点儿都不知道。结果那一夜大哥输得一塌糊涂，两眼红红地非常疲倦地回到家来，一进屋就跪下了，大哥对父亲说：你抽我吧！

父亲气伤交加，已无力抬起他的巴掌了。他的脸被黄痰憋得铁青，胸腔里在呜噜呜噜作响。

大哥又对我们说：张地、张天，你们打我吧！

我们像不认识他似的看着地上这个耷拉脑袋的人，他怎么能够一夜之间这么轻易地把我们这些年辛辛苦苦捡垃圾一分一毛挣的血汗钱一下子输得精光呢？简直像风吹得一样容易。

大哥就自己抽起自己的嘴巴来，一下一下，嘴角抽出血来，他也没停下来。那时我们就看出大哥的狠劲来，所以当几年后大哥从南方回来，戴着墨镜，穿着黑皮大氅，腰间掖藏着手枪，手里提着密码钱箱出现在这个小院子时，我们倒一点儿也没觉得吃惊。

父亲和我们捡了一个星期的砖头，在院子里又垒起了一个小屋。大哥就把王琼接到家里来，王琼已经怀孕了，怪不得大哥那么急着找房子。已经怀了孕的王琼并不影响她的高傲和漂亮。她冷漠地扫视一眼这个充满垃圾味道的小院和几双畏畏缩缩自卑的目光。父亲像经不住风吹似的身子抖了一下，目光落在她的肚子上。就这样王琼像凤凰落进鸡窝

64

里一样走进了我们家，走进了西下洼子，走进了我们搭就的那个小屋里。

待她走进屋去，父亲把大哥扯进另一间屋去：她不是你的女人。

我娶到手她就是我的女人。大哥直视着父亲的目光说。

父亲的目光就软了下去，他莫名其妙地叹了一口气，唉……等着吧。

自从王琼走进这个小院的第一天起，父亲就视她为一颗灾星，后来果然大哥所遭受的一切厄运都不能说与这个女人没有关了。

父亲说得没错，王琼一开始并不是大哥的女朋友，是另一个人的女朋友。那个人叫吴兴福。吴兴福是一个片警。开始哥并不知道吴兴福是片警。

张铁和王琼认识得很偶然。那天张铁在王琼家住的楼区一个赌友家打牌，中间张铁出来到楼下一家食杂店里买烟。看见王琼也站在食杂店里，张铁就眼睛发直瞅着这个女孩儿，在心里认定这个漂亮女孩儿就是自己未来的老婆了。张铁那几夜手气一直不顺，这使他相信自己要走桃花运了。此后张铁不断到那个赌友家去打牌，也不断到那家老妇人开的食杂店里去买烟。张铁知道了那个女孩儿是老妇人的女儿，也知道了她女儿的对象是这个管区的片警。不过那个大头警察一开始和王琼走在一起就叫他觉出一种别扭来，就好像有一条毛毛虫在他背上爬，爬得他心里痒痒的。小店里出售的中华烟、红塔烟都是假的，张铁每回买都整条买。这让那个老妇人对张铁很是刮目相看。

他们是中学同学。老妇人有些难为情在向人解释道。看得出来那个小片警到店里来老妇人并不太热情，甚至有些冷淡。有两回小片警有空来店里找她女儿出去，老妇人都以她得守铺子为由推掉了。小片警就很失意地走了。

更多的时候小片警是没时间陪姑娘逛马路，出入歌舞厅、饭店的，当然去这种地方是需要花钱的。而小片警抽的烟都是低廉的牌子。

有一次王琼的同学在一家酒店里搞聚会，结束后，召集聚会的同学去吧台上买单，服务小姐告诉她说王琼的表哥已买过单了。众人就把羡慕的目光投向王琼，问她表哥在哪里发财。王琼脸红了。当然那一刻她也感受到虚荣心带来的莫大荣耀。

事后，她找到那位"表哥"，劈口就问：你在追求我？

是的，一点儿没错。他耸耸肩。

我有男朋友了，他是个警察。

他就是局长，我也要和他赌一场。

王琼没有听懂他说的什么话，问他：你说什么？张铁又这样说了一句：我说他的脑袋是不是太大了。

王琼听明白了，恼羞成怒地说：你也是癞蛤蟆想吃天鹅肉。

张铁是把爱情也看成一场赌局的，赌牌过程也是刺激激情的过程。不把关键牌抓到手是不能和牌的。

三个月后一个星期三上午，那是一个充满欲望的星期三上午，老妇人一般都在星期三上午去批发市场上货。王琼一个人坐在柜台后边百无聊赖地翻看一本街头上买的杂志。他走进来了，随后又回身挂上了店里的门，把窗板也放下来了。他做这一切时看也没看她一眼。

你，你要干什么？王琼看着他，显得很吃惊。

他一句话也没说，凶凶地把王琼从凳子上抱起来往里屋走去。王琼又踢又挠，他依然一声不吭解开了王琼的裤子。他没有想到王琼的反抗是这样强烈，可他还是做了……王琼嘤嘤哭起来，边哭边说：我会到派出所告你强奸的。他说话了，一字一句地说：为了你我挨枪子也不会眨眼的。王琼依旧不甘心地哭。他走到外边柜台里拿出一把水果刀来，递给王琼：你恨我就杀了我吧。王琼没接，他在手里把玩着，随后牙一咬把刀子扎在自己的右大腿上，血溅到床上来，和王琼身下的血融在了一起。王琼不哭了，王琼慌了，叫他赶快把刀子拔下来，他不拔，问王琼恨不恨他，王琼赶紧摇摇头，问王琼跟不跟他，王琼又赶紧点点头。他这才拔出了刀，王琼找来纱布药水给他包好了。王琼把那条带血的床单撤掉了，王琼说，我们两个人的血融在一起了，你还能叫我怎么办？他就满意地笑了。

他和王琼正式处朋友后，那个小片警就不再来店里找王琼了，也没有找张铁的麻烦。这是一个月后张铁那个赌友家被派出所抓了赌后张铁想到的。当时张铁没有在场。王琼的前男友吴兴福越是这样，越叫张铁觉得惴惴不安。他本来是想和那个小片警好好赌一赌的。可是对方没等上赌场就先输了，让他心里空落落的。

从把王琼带进我们家土棚院子的第一天起，哥就想着什么时候尽快搬出去。哥答应过王琼要给她在铁东区买一间楼房的。为这哥又背着我们偷偷摸摸开始了赌博，可哥的手气一直不顺，正应了那句话：情场得意，赌场失意。有两回还被派出所抓进去了。审他的正是吴兴福。派出所以前抓赌这种事，都是罚一笔款就放人了。可现在他身上已没钱可罚了，如果抓进去被关一个月半个月他想王琼一个人待在土屋里会受不了的。吴兴福像看透了他的心思，斜睨着眼睛瞅着哥说：有一桩事情你想不想做？

张铁警觉地问：什么事？

为我们设一场赌局，我们想钓到几条大鱼。吴兴福不动声色地说。

这是赌场上的大忌，如果被道上的人知道了就别想在赌场上混了，并且有身家性命难保的危险。哥最初的一刹那也闪过吴兴福要祸害他的念头，可最终还是抵挡不住眼前的诱惑。

我有什么好处呢？

事成之后你可以免除这次赌博的处罚，而且你还可以得到一笔可观的报酬。

吴警察靠近哥的耳边说出了一个数字。哥听了耳热心一跳！有了这笔钱他就可以为王琼买楼搬出去住了，而且赌场上他也不想再干下去了。

好吧，我做。

吴警察意味未明地很职业地笑了。吴警察这时看起来才真正像个警察，他好像忘了哥抢走他女朋友的事。

大哥从另一个叫兴城的城市里找来一伙蓝道（在赌场上混的人）高手，又从我们这个城里找来一伙对阵高手。令人意想不到的是大哥竟把赌场设在了城外的垃圾场上。为选赌场大哥苦苦思索了几日，头天哥问过我，这个城市什么地方最安全又没人愿意去？我脱口而出：城外的垃圾场。哥顿时眼睛一亮。

次日一早，城里的赌客和兴城来的赌客在垃圾场上会合了。几辆黑色轿车停在垃圾场的大坑下，尽管光天化日之下垃圾场上气味难闻，赌徒们还是夸哥聪明。那几个常来捡垃圾的衣衫褴褛的人早让站在大坑外围的黑衣保镖用钱票打发走了。除了乌鸦在垃圾堆上方盘旋外，一整天都没有谁来打扰。钱都是用黑色密码皮箱装的，别说是别人，连哥在赌场上混了这么久了，都从来没见过这么多的赌资。仿佛那不是钱，就是垃圾场上任意被风刮走的垃圾。两伙赌徒从早上赌到天黑，赌得昏天黑地。哥说他们的眼睛都被太阳照得发绿了。

夜幕降临，悄悄围过来的几台警车的警灯突然打开一齐照射过来，整个垃圾场又亮得如同白昼，被晃得睁不开眼睛的几个黑影像乌鸦一样"哇哇——"乱叫，抱头鼠窜。慌乱的赌徒滚下垃圾堆去才发现，这个地方是无法逃出去的。方圆十几里视野十分开阔，都在警车的照射范围之内。

这场轰动全城的抓赌行动上了本市的新闻。哥那几天失踪了几日，后来出现在家的哥脸上透着一种神秘的兴奋和疲惫，很快这种兴奋和疲惫就被一种焦虑和等待取代了。那几日哥白天晚上都叮嘱我和弟弟要锁好院门，并告诉嫂子白天不要出门，甚至娘家也不让她回。哥没说为什么，可我总感觉哥要出什么事。

随着盛夏的到来，我家的土棚院子里变得燥热不堪，哥的等待也变得烦躁不安起来。

那一天晚上他终于忍不住出去找吴警察了。在这之前哥曾打电话找过他两次，要他兑现他事先答应给他的报酬。吴警察的答复是要他再等等，这笔钱得局里批。吴警察这时已是派出所的副所长了，由于抓获这起赌博大案有功，吴兴福被提做了派出所副所长。吴兴福被提做了副所长哥并没有多想什么，他甚至还天真地认为吴兴福提做了副所长对自己答应的条件更容易兑现。

　　张铁那天晚上到鸿宾楼里请吴兴福去喝扎啤时并没有多想什么。张铁只是想要回属于自己的两万块钱。那天傍晚张铁在家里热得实在待不下去了，就走到街上一个西瓜摊上吃西瓜乘凉，吃西瓜时他想该把自己新婚不久的妻子王琼一起叫出来。可是这个想法很快就被另一个烦恼打乱了，五个大人挤住在两间土棚子小院里真不像话，夜里热得敞窗睡觉，上有老爹下有两个已经长大的弟弟，别说做那事，连夜里起夜都不方便。张铁就想尽快搬出去住。张铁就给吴兴福打了手机。吴兴福说他在管区一家饭店里，自从吴兴福提升了所长以后请他吃饭的人忽然多了起来。吴兴福说他八点钟以后才有空去鸿宾酒楼。张铁就又蹲在西瓜摊上吃西瓜，张铁边吃边等得心焦。刚从看守所里出来时他就跟吴兴福提过这事，吴兴福吞吞吐吐说叫他再等等，说还得请示分局。他当时挺生气地说：不就是两万块钱嘛，要是从前还不够老子点两把炮的呢……吴兴福就定定地拿眼瞅他。张铁就憋住了下面要说出的话，垂下了头。真是英雄气短，张铁在这之前还从来没为两万块钱的事上过火。那件事做成之后张铁实际上是为自己断绝了财路。看过一些港警片之后，张铁明白了他实际上是为吴兴福做卧底。张铁和那伙人一起被押上了囚车，拉进了看守所里，关了一周后才被偷偷放出来。事后想想张铁觉得脊背上直冒冷汗，当时吴兴福要是买通了看守所的人，偷偷走漏一下风声，里面的人整死他他都不知道脑袋该朝向哪边。而外边的这个女人还会属于自己吗？……

　　张铁是八点十分离开西瓜摊去了鸿宾酒楼的。离开西瓜摊时他趁摊主没注意，顺手牵羊把切西瓜的片刀揣进白衬衫里。张铁这样做只是下意识地做一下防身用。蹲在那里吃西瓜时他的右眼皮老是跳。自从那次"砸局"事件发生后，张铁总感觉有人在暗中跟踪他。

张铁赶到鸿宾酒楼 5 号单间雅座时，吴兴福已支着他那颗大脑袋坐在那里了。多日不见吴兴福发福了，胖胖的脸透着一种油汪汪的红光。他的大檐帽挂在墙上。张铁阔阔地点了一个菜单，吴兴福剔着牙签说你就省点儿吧，只要了四个冷盘，两人喝起扎啤来。喝了很久张铁才提起两万块钱来。

哦，哦，这个……我问过局长了，局长说奖励这么多钱的事局里还没有过先例，不过作为立功表现可以对你以前的事既往不咎。

张铁显然没有听懂吴兴福的话，他还在向吴兴福说：我需要这笔钱，我要买房子搬出去住，这么热的天我不想让王琼和我挤在那个小院子里受罪。

吴兴福听了就幸福地笑了，一丝快意从他嘴角边不易察觉地掠过。他好久没这么痛快过了，他独自喝了一大口啤酒。这比他提职加薪还叫他痛快。

你要买房子是吧，我个人可以借给你一万块钱，我只有这么多了，不过是看在王琼的面子上。

张铁不吱声了，张铁眼神很复杂地看着吴兴福，嘴里憋了好久才说出一句：吴兴福你欠着我的了。

吴兴福就又笑了，吴兴福被啤酒弄得脖子都红了。

张铁你听着，我的媳妇都被你小子撬走了，怎么能说是我欠着你的了呢。

她不是你媳妇，她只是你女朋友。

好，好，就算是女朋友，你也不该那么做呀，是不是？吴兴福很宽容地摇晃摇晃他的大脑袋，吴兴福的大脑袋就在张铁的眼里摇成了个大麻团，晃得张铁心里乱糟糟的。这个麻团渐渐解开后他就觉得这是一个阴谋了，他以前是小看了这个小片警了。

张铁就从衣衫背后的腰间抽出那把片刀来，吴兴福还没明白怎么回事，切西瓜的片刀一抹，吴兴福的大脑袋就像西瓜一样骨碌到酒桌上了。

吴兴福的嘴里还在说着话，那张翕动着啤酒沫子的嘴唇在说：王琼是我的媳妇，是你把她夺走的，张铁你早就欠着我的了。

张铁走时没忘记从这个掉了脑袋的警尸身上解下腰间的五四式手枪来，并把5号单间的门反锁上了。

张铁慌慌张张回到家中，他没有进自己的西屋，而是去了东屋，对父亲说：我杀人啦，我把片警吴大脑袋杀啦……父亲听了一口气差点儿没憋过去，把一泡尿尿在了裤兜子里。父亲有气无力地说：还不快点儿换换衣服和你媳妇跑……张铁本想自己一个人往外地跑，可他又不忍心丢下新婚的妻子，再则老爹在他耳边耳语了几句什么，他才走进西屋来。王琼看见他白衬衣溅着的血点就知道出事了，张铁没跟他说是杀了吴兴福，张铁跟她说是杀了一个追杀他的蓝道上的人，叫她赶快收拾一下东西跟他走。王琼二话没说收拾东西，连夜跟他出逃了。

张铁携王琼出逃的这个夜晚，我和张天还在城里捡垃圾没有回来。第二天警察来我家搜查，我才知道张铁杀人了，并且杀的是一个警察。父亲气若游丝地卧倒在床上，警察问大哥逃到哪里去了，父亲摇摇头说他也不知道。父亲向警察撒了谎，父亲知道大哥带着王琼逃到父亲的乡下老家去了，王琼还怀着身孕，在乡下老家躲一躲是比较安全的。

父亲一直没有跟我们提起过他的乡下老家，不仅仅是怕勾起他的伤心往事，而是他的老家实在没有什么亲人了，只有一个他的瞎眼舅舅。瞎眼舅舅收留了大哥大嫂，他和村里的乡亲也相信了大哥的话，那就是他们作为城里人到乡下来分娩，乡下地气旺，吃的都是没污染的五谷杂粮，生出的孩子也长得壮实。瞎眼舅舅打开了父亲在乡下多年没人住的老屋，让大哥他们住了进去。老屋里落满了灰尘和老鼠屎。

大哥在父亲乡下老家躲藏的这段日子，除了村里人偶尔问到他母亲让他觉得难堪外，日子过得相对平静些。三个月后大嫂分娩了，给他生了一个男孩儿，起名叫路生。大哥这才告诉王琼，他在家里时杀的不是蓝道上的人，而是吴兴福。王琼就睁大了眼睛，半天才说了一句：你好狠。大哥说：你要是恨我就恨我吧，我也不想连累你，你要离开我我也

71

不挡你，只是把路生给我们张家留下。王琼听了就像第一回被他破身时泪眼婆娑地哭了，边哭边说：我们都到了这种时候你还讲这个？我妈妈早就找人给我算过命，说我命里该着有这一劫。唉，我认命了。大哥就搂过王琼的嘴又亲又啃，刚刚出了月子的王琼把孩子放在一边，迎合着大哥酣畅淋漓地做了一回房事。完事后，两个人光着身子像被搁浅在沙滩上的带鱼一样躺在老家炕火充足的火炕上。地上有老鼠乱窜，吓得王琼又搂紧了大哥。

王琼是过不惯乡下这种连上厕所都叫她为难的日子的。大哥也不想再从村里人嘴里听到母亲的名字。这样没过多久他们就从乡下回来了。大哥对父亲说，他想一个人到南方去闯荡闯荡，带着大嫂和孩子目标太大，还是累赘。父亲听了没有说什么。大哥夜里走时，父亲背着我们颤颤巍巍递给大哥一个信封，后来我们才知道那上面有他母亲的地址。可是大哥只是随便地揣进怀里，大哥后来并没有去信封上写的那个城市找他的母亲。大哥还是去了南方。

大哥张铁从此开始了逃亡生涯，同时也打破了我们家原来安宁与世无争的日子，我们像父亲一样整天为他提心吊胆的，我希望他永远不要再回来。这可能比被警察抓去要好些。大嫂王琼在大哥离开的第二天就抱着孩子回娘家了。我们谁也没有权力也没有能力劝她在西下洼子留下来，让她与我们、与垃圾为伴。

三弟还没有放弃寻找母亲的想法，他有点儿不太喜欢和我在一起捡垃圾了，因为我曾经这样劝过他，我们是被别人扔掉的垃圾，谁也不喜欢把扔出去的垃圾再收回去。他经常去的地方还是城里的酒店、歌舞厅、夜总会这一类的地方。我还喜欢去楼区里，我同开垃圾车的清洁工都厮混熟了，他们常常要我帮着把垃圾桶挂上去。这样做的好处是，在别的地方碰到桶里有用的垃圾他们也会留给我。

有一天我正在一座红楼区里捡垃圾时，听到有人在喊我：喂，捡垃圾的，你等一下。听声音是一个女孩子，我本想拉低破草帽低头走过去，她却轻盈地走过来，将手里的一个空饮料易拉罐盒扔进了我的塑料袋里。谢谢。我不得不这样说了一句。她歪着头盯着我看——你是……张……对不起，小姐，你认错人了。我赶紧提着垃圾袋子走开了。那边还有两个女孩子在等着她，我听到她走过去时她们问道：你认识他？她迟疑地向这边看了一眼，摇了摇头：也许看错人啦。

其实我早就在心里认出她来，她叫李丝琪，是我上到小学三年级时的同桌，这么多年没见，没想到她出落成一个漂亮的大姑娘了。很久以来在这个城市里无论是见到我小学时的男同学还是女同学，我都是这么低着头走开的。当然他们也许认不出我来，谁会主动去认识一个捡破烂的小学同学呢？有时我真为成为他们那一段短暂的小学同学而羞愧。

这件事并没算过去，在以后我再到那里去捡垃圾总能遇到一双目光在默默地注视着我。她出入的是一家报社，刚刚到这里来做一名见习记者。我不知道她为什么非要认出我这个"同学"来，这对她来讲是不体面的。这里我常来，每次来我都穿得稍稍干净些，这楼里面有许多废弃的报纸可捡。自从三年级辍学后，我后来认识的好多字都是从这里捡回去的旧报纸上认识的。我喜欢读报纸，读报纸让我知道这个城里每天发生的好多事情。

我还想起来上小学时李丝琪的作文就是不错的，有一回老师留过一篇这样的作文《我和雷锋叔叔比童年》，老师把李丝琪的作文当着全班同学念了，开头一句是这样写的：一群鸟儿从天空中飞过，我们就像鸟儿一样幸福地生活在祖国的蓝天下……一点儿不错，她是一只幸福鸟儿，而我只是只黑麻雀。想到这一点，我就十分自卑，只有冷冷地扭过脸去转身走开。

这几天有位"眼镜"常出现在她身边，这一点儿也不奇怪，像她这样漂亮的女孩儿是应该有男孩子追求的。只是我心里头会没来由地嫉妒一下，就像小时候看到别人家男孩儿穿上一件新衣服，自己没有一样。其实也没什么可嫉妒的，我和他们本来就是生活在两个不同世界里的人。

晚上收了工，我会去找那伙和我一起捡垃圾长大的伙伴，我们每人买上一瓶啤酒坐到天桥底下铁道旁边去喝。我们下酒的花生米不知是谁从饭店别人吃剩下的碟子里捡来的。火车轰轰隆隆从我们面前开过去，卷起的灰尘带进了我们的嘴里，可我们还是嚼得津津有味。就在几天前，这火车道轨上还轧死过一个捡垃圾的老头儿，他是在过铁道时被火车头轧死的，身子轧成了两截，肩上背的垃圾袋子被撞飞了四五米远，垃圾扬撒了一地。老头儿的尸体好几天没人认领，当作无名尸体处理了。垃圾则被我们这些捡垃圾的捡了去。这就是我们的生活，我们的命像垃圾一样不值钱。

啤酒醺红了我们脏兮兮的脸，城市傍晚雾气一片。有人喝醉了，就席地在天桥底下蜷缩着身子躺下了，像只没人管的猫或狗在这里过夜。

这座城市每天会发生许多事情，可都与我们这些人无关。在收来的城市晚报上我留意到了她的名字，仅仅是留意而已。我并没有打算去认识她。

你很像我的一个小学同学。有一次她突然截住了我，让我猝不及防。

对不起，我从来没上过学。我冷淡地说。

为躲避她追踪的目光，我仓促转身要离去时，撞在了一个从楼里面出来的人怀里。这个人就是"眼镜"，他怀里的报纸被我撞散在地上了。你眼睛瞎啦！……要说这个"眼镜"以前也主动给过我旧报纸，给我的印象不坏。一定是这些日子她对我的注视，让他有了无法说出的鄙视和愤怒。对不起，对不起。我直门儿道歉，并弯下腰去把散落在地上的报纸替他捡起来。走开——他喝道，眼睛像盯着什么怪物似的盯着我的手，我不知所措茫然地看着他，又低下头来看自己的这双手。瞅瞅你这双脏手，这么大的人啦，年纪轻轻的干点儿什么不好，非要来这儿捡破烂。他竟然掏出手绢捂起了鼻子。

我的手握起了拳头，血直往上涌，真想一拳头朝他脸上砸去。

可是我最终还是默默地低头走开了。

从这天起我决定不再到报社门前去捡旧报纸了。可我没想到没过多久我还会再见到她，并且叫她认出我来。早知这样，那天我就不去出这个"风头"了。

那天我在穿过马路时，看见一位妇女从对面的马路走过来，那辆大卡车像疯了似的迎面撞来。她惊吓得呆了的一瞬间，求助地看了我一眼。我一定把她当成我的母亲了。我也疯了似的冲过去，奋力把她推出去，咚——我被什么东西顶出去四五米，倒在路边，就失去了知觉。

我是在医院里醒来的，据医生讲当时多亏我肩上扛着的垃圾袋子了，替我挡在了车前灯上，否则我的身体肯定被撞零碎了。我只是脑震荡晕了一下，身体并无大碍。那个妇女和她的儿子感激涕零地坐在我床边，她的儿子好像是一个什么单位的科长，他们替我付了医药费。她的儿子还根据我随身的垃圾袋判断出我的身份，找到了两个在楼区里捡垃圾的伙伴，他们认出了我，并叫他们找来了我的弟弟。

令我没想到的是那位科长还自作主张，找来了记者来采访我。而采访我的记者恰恰就是李丝琪。这一次我无处逃遁了，而她的脸上则露出双倍的惊奇。

第二次来她还送来了一篮鲜花，这真叫我哭笑不得，这种娇贵的东西可不是我们这种人能够受用的。她还不如买几瓶罐头来得实惠。我心里嘲讽地想，脸上是一如既往的冷淡。

没等鲜花打蔫，我就出院了。她又来接我来了，我没告诉她，一定是那位科长告诉她的，他好像看出什么苗头来。

真没想到呀，你果真是张地。她一边陪我在马路边上走，一边说。

我说：是没想到我就是捡破烂捡垃圾的张地，很让你们这些城里人看不起是不是？

她的脸红了，嗫嚅地说：对不起，我为胡编辑那天的话向你道歉。

我这才知道那个"眼镜"姓胡。不管他是不是她的男朋友，我都知道癞蛤蟆想吃天鹅肉的讽喻，是因为癞蛤蟆永远在地上而天鹅永远在天上。我是有自知之明的。

李丝琪试图唤起我对童年美好的回忆，比如同桌时我们一起画过的三八线，比如她送给我的一块带香蕉味的橡皮。可是我的记忆里只有父亲领我和三弟走出学校大门的那个下午。对我和三弟来说那是个黑色的下午。李丝琪说她忘不了我那天回头的眼神，正是这个眼神让她后来一直老想着我。她说那不是我的错。

那是谁的错？是我父亲的错吗？他被两个女人抛弃了。还是我母亲的错？她压根就不该生我到这个世界上来，我母亲是我父亲从垃圾堆上捡来的，我至今还不知道我的生身父亲是谁……我们这种人天生就是这个城市里的一块垃圾。

李丝琪听完吃惊地睁大了眼睛。我从来没有告诉过她这些，现在我一股脑儿统统告诉了她，我觉得了一种恶毒的畅快。

快到西下洼子家了，我不想邀她进家里坐坐。真奇怪那个破烂小院，小时候还没觉得它是那样丑陋，甚至觉得父亲捡回的垃圾是我和弟弟最好的玩具。可是现在我却像被人戳穿了什么秘密似的，有点儿恼羞成怒地冷冷说道：你以后还是不要再来找我吧……说完我就大步走开了。

过了几天，我在收来的旧晚报报纸上看到李丝琪写的那篇报道《一市民奋不顾身马路边上救人》，她竟然把我当成这个城市里的市民？当然，没有谁会知道张地这个人的。没有谁会在意这篇报道的，除了那个老妇人和他的儿子。

我还是回避着不再到那个红楼区里捡垃圾，可李丝琪总能在城市里的某个角落找到我，这可能是他们当记者的本事吧。我不忍心再生硬地把她推开，我想她爱咋的就咋的吧，等她厌倦了或者难为情了，她就会自动走开的。她这样做不过是满足她的好奇心和同情心罢了，女孩子都这样。可我不需要这些。

有一次她请我到一家餐馆里去吃饭，我不得不硬着头皮跟她去了。我很拘谨地走进去，坐下来才发现这家餐馆吃饭的人很少，也很幽静，彬彬有礼的服务生站得远远的。我放松下来，差点儿被她想得这样周到所打动了，可我身上的怪味提醒我还是坐得离她远一点儿好。

　　父亲整日在为潜逃在外的大哥担着心，自从大哥走后一直没有给家中来过信。大嫂王琼也没有回来过，父亲曾叫我去王琼家里找过王琼。我知道父亲的心思，他是在惦记着他的孙子。我不好到王琼家里去，就在那片巷子里捡垃圾时去王琼家开的小店堵她。她刚从店里走出来，我走上前去跟她说：我父亲叫你带孩子回家看看。她认出了我，暗暗一惊：你大哥回来了？我摇摇头说我父亲想看看他孙子。她冷冷地打量了我一眼，说：你想让我的儿子将来也跟你们一样去捡垃圾吗？我脸红了，无言地看着她扭着腰身走了。不知怎的从这个女人进我们家那个小院第一天起，我也像父亲一样认为她是一个灾星。

　　父亲三天两头卧在床上咳嗽起不来了，我想他那麻秆一样的身体之所以能硬撑着，都是因为惦记着在外边生死未卜的大哥。说不定哪天他就会倒下再也起不来了，就像我家这个四处漏风的破棚子，说不定哪天就会被大风刮倒了。而我们还像蚂蚁一样为每天的生活忙碌着……

　　张天还在一心地想着怎么能找到母亲。他出入夜总会、歌舞厅这一类的地方，常常被保安像狗一样地撵出去。有两回看到他脸上挂着伤，问他怎么弄的，他什么也不说。第二天我从一个捡垃圾的伙计嘴里知道，他是叫人家保安打的。我想和他一起出去，可是没等我醒来他就走了，有时出去一整天，到了晚上很晚的时候才回来，有时就干脆不回来了，不知像条野狗似的躲在哪个门洞里过夜了。父亲已无暇顾及他了，我很为他担着心。

　　这样的日子真叫人感到迷茫。有一天下午，我在巷子里看见王琼和一个男人走在一起，并且还是个警察，这让我吃了一惊，细一瞧那个警察不是吴兴福吗？吴兴福死后作为烈士他的照片在报纸上登过，我见到过。真是大白天活见鬼了，我差点儿吓出声来！扭了一下大腿，大腿还有点儿痛。我揉了一下眼睛，真真的看见王琼和警察走在一起。后来我才知道那个警察不是吴兴福，是吴兴福的弟弟吴兴旺。吴兴福死后，吴兴旺作为内招顶替他哥哥进了公安局。

这个贱女人，她什么时候和这个吴警察勾搭在一起的？怪不得上次见到我那么冷淡。为了证实自己的猜测，我悄悄拉下了破草帽跟在了他们后边，我倒希望那个警察找她是为了公干，哪怕是为他哥哥报仇。可是一切都没像我料想的那样，她们走进了食杂店里，那个老太太没在店里，她出去上货去了。这个吴警察看来常来，他轻车熟路地把敞着的门关上了，从里面反锁上。我贴上去猫在了窗台下，看到那个警察一进去就把王琼抱住了，王琼迎和着他，身子发软地倒在了他的怀里。他把她抱到柜台里面的后屋去，连里面的门也没关。警服乱扔在地上，接着传来王琼的呻吟声和那人凶狠的动作声……我的血在往头上涌，我真想一脚踹开门冲进去。我猛地一抬头，头撞在了窗板上，哗啦一声响。里面的声音戛然而止，女人像受到惊吓的猫一样叫了一声用被蒙住了头，一切都停止了。

我猫腰离开窗下时，门开了，是那个警察走了出来，他衣着不整地警觉地打量着我。

有易拉罐吗？

快滚开。他低声喝道。我赶紧背着身离开了。

谁呀？

一个捡破烂的，真他妈的扫兴。

我心里的火气、憋屈更无法向人诉说，我知道这件事不能让父亲和弟弟知道，否则有一天大哥真的回来万一他们说漏了嘴，他会杀了王琼的，还有那个警察。这无异是自投罗网啊。

女人真是水性杨花，大哥到今天这个地步生死不顾还不是为了这个女人。可是没想到她这么快又和别人好上了。

我一个人跑到一个小酒馆里去，在那里把自己喝得烂醉。

李丝琪在一个楼角底下找到我，那时我已醉卧在那里。外面下起了毛毛细雨，我像条狗似的卧在雨地里无人理睬。不知是不是捡破烂的伙计把她找来的。她叫了一辆出租车，把我弄进车里，又把我送回家。

她把我扶进小院子里前屋去，父亲和三弟都没在家，自从大哥走后我们家的院门又像从前一样不用锁。王琼不在我们家住，我和弟弟就搬到前屋住了。我们都受不了父亲拉破风箱一样的咳嗽。

家里没人，李丝琪并没有马上走开，而是打来一盆冷水，浸了一块湿毛巾搭在我的头上，我胸膛热得乱抓乱挠。她把我吐在地上的脏物也收拾走了。

滚开，贱女人，我不要你管！……我在说醉话，推开她的手。蒙眬的醉意中我一会儿把她当成王琼，一会儿把她当成李丝琪……你为什么要管我，我是一块垃圾，不配和你这样的大小姐在一起，你走吧，去找你的胡编辑去吧，只有他才适合和你在一起……

我的头在发烧，她一遍一遍地把浸湿的毛巾放在我的头上。

别这样，张地，你喝醉了，你的头在发热，你要好好休息一下。

她帮我脱掉鞋子，又扯过来被子盖在我的身上，我一下子抱住了她，她突然慌了起来：你要干什么？张地，你要干什么……我狠狠抱着她的身子在摇着：你告诉我，你为什么要对我这样，你是不是在可怜我？我眼睛发红地盯着她凶残地问。她浑圆高耸的胸脯在我眼前晃动，她的嘴在大声地说：不是的，张地，我是喜欢你才来找你的。你很善良，你活得一点儿也不比别人差！

这是真的吗？我身子像触了电似的僵住了，怔怔地问她，又问自己。长这么大还从来没有人说喜欢过我，来到这世界上连我母亲都没说过。我总是像狗一样被人撵来撵去，我的眼睛湿润了，头一沉又重重地向床里倒下去。

那·晚张天没有回来，李丝琪也没有回去。她就在我的小屋过的夜，我和她都穿着衣服躺在一张床上睡的。屋外屋顶上响着雨声，屋里房角也滴答着雨滴……

到了早上，李丝琪说你昨天晚上好凶呀，你干什么出去喝那么多的酒？

我当然没有告诉她王琼的事。我只是怔怔地瞅着她，她怎么可以在我的小屋里和我过夜？

你会嫁给像我这样的人吗？我突然发问。

为什么不能呢？她稍稍一愣神，很快这样歪着头瞅着我说。

有你这话就够了……我摇摇头，叫她赶快回家去，家里人一定会担心她昨夜没回去的。

她说她给家里打过手机了，她在报社里加夜班赶稿子。

她又用手轻轻摸着我的头，看我是不是还在发烧。小时候发烧母亲就是这样摸我的头，这回我真的流泪了，嘴里久久地品尝着从没有过的新奇的甜甜的滋味。

自从这个夜晚以后，我变得主动和她约会了。每次约会前，我都换上一件最干净的衣服，有时还去浴池里洗个澡。为了能够每天见到她，我又去报社楼前收旧报纸了。

我的举动终于激怒了"眼镜"，有一次他把我堵在了小胡同里，一脚踢翻了我的垃圾袋子，说：你这个癞蛤蟆也想吃天鹅肉，你最好离李丝琪小姐远点儿。我说：就怕有的人连癞蛤蟆都不是。他看见我握紧的拳头，悻悻地离开了。

不知这个"眼镜"向报社其他人说了什么，每到下班时间从里面出来的人就朝我指指点点的，说这个人就是李记者的小学同学……就有目光朝我围拢过来了，我不能站在那里了，逃也似的离开了。

谢谢"眼镜"以前说过的话提醒，垃圾我不想再捡了，我想干点儿别的。我想开车，我以前在楼区里捡垃圾时认识的一个开垃圾车的师傅，他曾经教过我开车。我想买台旧夏利车开出租。可是钱呢？我去过城市旧车交易市场打听过了，一台四成新的夏利车至少也得两万块钱，可我上哪里去找两万块钱呢？我暂时还不能把我的想法向李丝琪说出来，我这么做完全是为了她。我不想要她的同情和资助。只有没出息的男人才靠女人改变生活呢。

大哥张铁在入冬前的一天夜里突然回来了，令我们全家都大吃了一惊。大哥身穿黑色大氅，戴着墨镜，脚上的黑皮鞋贼亮，手上提着黑色密码箱。完全是电视剧里看到的一副黑社会老大的派头。后来坐下来果真听大哥告诉我他这两年多混迹于广东一带的黑社会当中了。他这次回来是接王琼出去的。大哥刚一提到王琼的名字，我的腿肚子哆嗦了一下，目光赶紧移开不敢与大哥对视。

父亲听了大哥这两年在外逃亡的经历后，叹了一口气。他好像有话要问大哥，瞅瞅我们又把话咽了回去。

天刚亮，大哥就打发我去叫王琼。我犹豫了一下，还是去了。

我依旧到王琼她妈家开的食杂店里去找她，到了食杂店我没敢贸然走进去。等到那个老太婆出去了，我才走进去，看见王琼一个人正百无聊赖地坐在柜台里边打着哈欠。

我说，我大哥回来了。

她吓了一跳，问：什么时候回来的？他怎么样？

我说，他昨晚回来的，挺好的，他叫我过来叫你过去。

她稍稍镇定了一下，说，我这会儿走不开，你跟你哥说中午我过去吧。

我怕她耍滑头，给那个姓吴的警察通风报信，就虎了脸说：你最好现在过去，否则叫警察知道就不好办了。我有意将"警察"二字咬得挺重。她听了脸都白了，说，那好吧，我现在跟你过去。她锁了门，放下窗板来。

大哥一见到嫂子，满脸的杀气就消退了，二话没说把嫂子拉进小屋里去。

关在小屋子里，大哥把嫂子弄了一天，中午也没出来吃饭。大哥做出的动静很大，像狼一样呼哧带喘的。看来这几年在外头，大哥并没沾过女人，他好像把劲都攒下来用在这个女人身上了。

到了晚上，大哥出来了，提着那个黑色密码箱。嫂子跟在他后面，她脸颊红酥酥的，眼睛里有了活气，不再那么战战兢兢的了。大哥说他今晚就得走，还回广东去，是和嫂子一起走。我以为她会犹豫，可是她听了大哥说的话很快点点头。

大哥从箱子里拿出八万块钱来，说是给父亲四万，给我和三弟各两万，算是那年要买房子从家里拿去我们全部积蓄的加倍补偿。三弟不要。他还在记恨大哥曾对他说过的让他忘了自己有母亲的话。大哥说要不要在你，你就是把它当垃圾烧了我也不管。父亲替三弟保存了。大哥又给王琼妈拿出四万块钱，说是给她妈帮助照顾孩子的。他们这一走还不知什么时候回来，孩子还得由她妈照看，放在我们家由我们三个大男人照顾也不合适。

大哥一一交代完就带着大嫂趁着星夜出走了。有好几次我想把大哥扯到一边，悄悄告诉他嫂子和吴兴福弟弟的事，叫他小心一点儿。可话到嘴边，我还是忍住了。我想大哥一个人在外边，是需要人照顾的。再则我也希望王琼跟大哥此次远走高飞，能死心塌地忠实于大哥，千万别为了看中大哥的钱才跟他走的。

大哥走后，我用大哥留给我的二万块钱去旧车市场买了一台四成新的夏利车，跑起了出租。跑出租的第一天，我就把出租车开到报社门口，等着李丝琪下班出来。

她下班走出来了，我把车靠了上去停在她身边，推开车门我手一招说：小姐，请上车吧。她一看是我，满脸是惊喜：这是你的车？

嗯哼。

她坐了进去。我看到刚刚走出门来的人里有"眼镜"，故意慢点儿启动，把车从他身边擦过去，他吃惊地扶了扶眼镜，而后就愣愣地站在那里了。这正是我想要的效果。

你哪儿来的钱买的车？在车内李丝琪不由得问我。

我说我是贷款买的车。我没说是张铁给我的钱。自从和她交往以来，我还没有跟她说我有一个潜逃在外的大哥。我怕她为我担心。

我把李丝琪拉到以前我们去吃过饭的那家餐馆里，以前来都是李丝琪付账，这回我要用我上午赚到的八十块钱请她。以前我走进来总是猥猥琐琐，这回我却把腰板挺得直直的。连门口那个服务生都对我客气了许多，刚才下车时是他给我拉开的车门，来这里许多次了，我还是第一次听到有人称呼我"先生"。真他妈的！

你弟弟他还好吧？坐下来后李丝琪这样问我，而我的眼睛还在环顾着四周。

他，他还好。我从那边收回头来。

他还在捡垃圾？

是的。

他还在想着找回他的母亲？

是的。

我以前向她提到过张天的事，并说当记者的消息灵通，有机会帮忙打听一下那个女人的下落，不管是死是活找到了也好让那一根筋的家伙死了这份心。昨天晚上我还劝过他，叫他和我一起跑出租，给我押车，可他没同意。这真是没办法的事情。

菜上来后，餐厅的背景音乐放出一支十分好听的曲子，我一下就被打动了。以前来这里这支曲子也常放，可我怎么没注意听？看来有钱的感觉和没钱的感觉就是不一样。

我问李丝琪：这是什么曲子？

《回家》。

什么？

《回家》。李丝琪又告诉了我一遍。

我停住了筷子。

李丝琪告诉我，写这支曲的人，在他童年的时候，他母亲常常坐在家中的大厅里等着他回来，无论他出去干什么，回来得多么晚，他母亲从不问他，总是默默地坐在椅子上等着他回来，然后才去睡觉……

她不值得他为她这样寻找。

谁？

我弟弟。

我心里有一块硬硬的东西被触动了一下。

我明白了李丝琪为什么以前总带我到这家餐馆里来了。

三弟张天在大哥和王琼走后不久出事了。那时三弟已不再捡垃圾了，三弟在城市里一家名叫夜来香的夜总会里做保安。我想三弟去夜总会的目的是为了借工作之便更容易打听到母亲的下落。尽管一身华丽的红色保安服叫三弟穿在身上有些不太舒服，可三弟还是尽职尽责做了那家夜总会的前厅保安。三弟笔直着身子站在玻璃门后迎送客人。五颜六色的灯光在夜晚晃得三弟的长脸像抹了浓彩一样，还有那刺鼻的香味，绝不比垃圾堆里的气味让人好受。据事后那家夜总会的老板讲，张天连跟女人说句话都脸红，真没想到他会杀人。

我也不相信一向老实厚道的三弟会杀人，可三弟真的把人杀啦。

张天出事那天，父亲说他的右眼皮一直在跳。父亲说大哥出事的那天晚上，他的眼皮子也是这么跳的。父亲就叫我不要出车了。

张天那天夜里一个人在前台当班。那个客人走进来时张天并没有过多地去留意。出入这种地方的男人都是一种表情，一种暧昧的表情。张天尽管很痛恨这种表情，可是他已经习惯了。张天只是偶尔地这样想一想，二十年前若不是张地的母亲和一个来这种地方的男人上床，就不会生出张地来（很可能是使用的安全套出了问题），若不是那个女人生产时昏倒在垃圾场上，被一个捡垃圾的男人捡走，那么也就不会有一个叫张天的人存在。

这天晚上那个男客离开里边单间时大约是晚上十一点钟，脸上似有不悦。一个女人从后屋单间里追了出来，喊了他几声站住他也没站住，就叫站在大厅里的张天拦住了他。那男人稍有愠怒地站下了，回过头去对跟上来的女人说：小费不是给你付过了吗，还叫我干吗？

还差一百，你怎么赖账？

谁赖账了，咱们不是说好做成二百，没做成一百吗？

没做成是你那东西不行，磨磨蹭蹭这么老半天都耽误我接待别的客人了。

男客脸红了一下，羞怒地说：有你这么接待客人的吗，简直是污辱人！

谁污辱你啦，本来就是你那东西不行。

这一下男人更加恼羞成怒了，说：你、你……你个臭婊子，老子今天就不加钱，看你能把老子怎么样？

起初张天还没明白他们在说什么，后来就听明白了。这种加小费的事情在这里并不少见，他们保安并不愿管这种事情。老实说作为男人他们对一些来这里消费的客人也是很同情的，并不是人人来钱都那么容易。而一些人还要狮子口大开，非要把他们连人带钱榨干了才死心。千不该万不该这个男人不该这样骂了一句。衣衫不整的女人扑过来撕扯男人的衣服，不依不饶地说：没钱你来这里干什么？不加钱别想走。

张天觉得该履行他的职责了，他上去把他们拉开了，想把那个男人带到老板那里去。那个男人挣脱一下胳膊没挣脱掉，瞪了他一眼，说：放开我，婊子养的，老子上公安局那儿告你们。张天愣怔了一下，就真的放开了手，他刚才随口说出的那句话张天真真切切地听到了，婊子养的……

男客大摇大摆地朝门口走去。张天回身从吧台里抓起一瓶法国香槟酒，想也没想就追了过去，从背后照准男人的头顶砸去，咔嚓！——大肚子香槟酒瓶和男人的脑袋一起开花了，男人倒在地上，花花绿绿的脑浆子和冒着气泡的香槟酒流淌在地上，鼓起一堆好看的气泡。

妈呀——死人啦！那个女人吓得惊叫着变了脸色向后屋跑去。刚才坐在吧台里还有点儿犯困的服务生也翻着白眼从高脚椅子上倒下去……

张天怔怔地看着自己手里的半截瓶子嘴，像不明白刚才究竟发生了什么事一样。

这是一个迷乱的容易让人脑子出问题的该死的午夜！

半个小时后，张天回到了家中，他是穿着那身红色保安服跑回来的，身上的血迹不是特别显眼。父亲叫他赶紧换下衣服，给他打了个简

85

单的包裹，叫他连夜出逃。他本来是想等我回来同我告别一声的，可是父亲不叫他等了。这样我们两兄弟连最后一面也没见上。那一晚我没有出车，我是和李丝琪待在一起，我们先去了卡拉 OK 歌厅唱歌，唱到挺晚我把她送回家去。那一晚她那当外科医生和护士的父母同时在医院里有个手术加班，我们就在她的家中品尝了爱情的禁果。

后来我才知道张天出逃的那天夜里，父亲给他写了一张字条，叫他逃到双城去。父亲直到这时才告诉他，我们的母亲在双城。父亲在他垂危的时候为这个决定后悔了，因为张天那时已在双城死去了。如果他不告诉他我们的母亲在双城，他是不是可以活下去？

张天很顺利地逃到了双城，他先在城郊结合部租了一间平房，等身上带的钱花光了，他又重操了旧业，在城里捡垃圾。

虽然说父亲告诉他母亲就在双城，可是要找到母亲并不是一件太容易的事。父亲只告诉了他母亲的名字，至于母亲现在在双城干什么，母亲现在的丈夫是谁，干什么的，父亲也一概不知道。

好在双城并不是很大，张天想如果像在油城那样寻找那么多年一定能够找到的。张天只是奇怪，自己在油城寻找了母亲这么多年，为什么父亲一直没有告诉他母亲不在油城，而在双城。这个道理直到张天死时才明白。父亲一定怕我们到双城去寻找母亲。父亲那晚一定像大哥出事的那天晚上一样急疯了，想让张天活下去才想到让张天去双城找我们的母亲。父亲在张天死之前一直没让我知道他去了哪里。

李丝琪在得知了张天出事的第二天上午跑来问过我：张天到哪里去了？他们记者总像苍蝇一样最先知道哪里出了事，然后围拢上去，撵也撵不开。

我说逃了。

逃到哪里去了？

我说我不知道。

李丝琪对我说让张天回来自首吧，他不是故意杀人的，香槟酒瓶子并不是凶器，再说去那种地方的男人也不是什么好男人。他才十七岁，还不够法定成人承担刑事责任的年龄，法院量刑时会考虑的，你还是叫他回来吧。

我说我真的不知道，你别再烦我。

就在我和李丝琪为张天日益担心的时候，张天已在双城里捡了半年的垃圾了。不过张天还没有找到我们的母亲李双秀。三弟在双城的那段日子担心的不是被警察抓住，而是担心母亲会像水一样再从这个城市流走了。我后来才知道，母亲的老家并不在双城，母亲是跟着她最初的恋人逃到这个城市里来的。这个人是母亲老家同一乡下的，他们自小青梅竹马。母亲正是为了供他上大学才进城打工的，后来母亲到夜总会做那种事情也是为了他，为了救治他母亲得的绝症，她不得不想办法赚更多的钱，直到母亲怀了孕堕胎不成被父亲救下嫁给父亲后，才狠心彻底断绝了与他的联系。母亲不想让他知道自己在城市的那种地方做过那种事情，可是没想到他大学毕业几年后还是能把她找到……

张天在双城一天一天渐渐感到疲倦绝望时，一个偶然的发现重新燃起了他的希望。张天一天在捡垃圾路过一个十字路口时，一个叫双秀服装公司的牌匾叫他心里怦然一动。李双秀的名字已在他心里重复了上百遍了。这不是一种巧合，他很快就打听出这家服装公司的老板娘姓李，他激动的心快要跳出来啦。

第二天他换了干净一点儿的衣服，早早地守在了那家公司的门口旁边。上班的人穿梭不停地从玻璃大门走进去。过了一会儿，一辆小轿车停在了门口。他听到那个司机拉开车门时喊了一声"李经理"。张天有点儿不敢正视地往她身上瞧了一眼。她拎着一只小巧的红色坤包款款地走上台阶来，张天一下子出现在她面前，竟吓了她一跳。

你、你干什么？她警觉地打量着他。

李经理……张天也像别人那样小声叫了她一声，把父亲写的字条掏出来递过去。

李经理把字条拿过去，看完她脸色一瞬间呆住了，可是她很快地扫视了周围一眼，把字条还给他：对不起，我不认识这个人。

张天张大了嘴，并没有去接字条，字条飘然落到台阶上，被风吹走了。

中年女人款款地向门里走去。

张天想跟进去，可是他很快被站在玻璃门后边的保安伸手挡住了。

接下来几天，张天摸到了女人家的住址，除了看见这个女人出入这个门洞外，他还看见一个男人和一个上小学的女孩儿出入这个门洞，他想一定是李双秀现在的丈夫和女儿了。那个小女孩儿很可爱，她还让他上楼收过她家里积存的易拉罐。当然是那个女人不在家的时候。他站在门厅里打量着这个很是豪华的家。从那小女孩儿嘴里他知道她爸爸是一名中学老师。那个男人开始对他并没有注意，只是有一次李双秀下班回来，他在楼下拦住她时，那个男人下楼来倒垃圾，问他是谁。

李双秀说，一个捡垃圾的。

背过身走去的张天听了身子怔了怔。

张天觉得他必须私下里和这个女人好好谈一次，他知道他不能去她的公司找她，也不能叫她家里人看见。就在一天傍晚那个男人去给学生补课没在家时，他在他们楼下附近的一条胡同口里等她，他看见她在马路边上下了车，看见她朝这条胡同口走来，走进胡同口时，他就出现在她面前。

你？怎么又是你……

我找你好多年啦，父亲一直没有告诉我们你在双城，在油城还有我的哥哥张地，这么多年了你为什么一点儿音信也不给我们，我们就是那么让你讨厌吗？张天眼睛默默流泪了。

对不起，我不知道你在说什么。李双秀往胡同口外看了一眼，转过身去。

等一等。张天奔过来，他从怀里掏出一张照片来，递给她。那是一张他一岁时的照片，在油城寻找时他一直揣在怀里，这会儿这张照片已揉搓得有些烂了。

那女人接过照片背着身看了一眼，夕阳暗影里他感觉到她身子抖动了一下，可是她很快镇定下来，把照片还给他，说：对不起，我不认识。

就在那女人再转身要离开时，妈妈……他像那个小女孩儿一样这样轻声叫了她一声。她听到了身子一怔，慢慢回过头来：你——你如果再这样，我就叫警察啦。

她从钱夹子里飞快地抽出几张一百元的钱，递给他。叫他赶快回到油城去，这里没有他要找的人。

张天没有去接那钱，张天躲开了身子。女人匆匆背转过身去走了。

张天并没想到她会真的去叫警察，不过她说到警察时让他想到自己是一个杀人在逃犯，他就绝望了。张天看到那个小女孩儿奔下楼来，牵着妈妈的手走上楼去了。那个小女孩儿上楼前似乎还回头朝暗影地里站着的他张望了一眼。

第二天一早，张天如往常一样出现在那条街的十字路口上，他远远地看着那辆红色蓝鸟车开过来。

张天就痴痴地站到马路中间上去，在张天站到马路中间的同时，他看到更远处有一辆蓝色警车疯叫着警笛开过来。前面的蓝鸟已打起了喇叭叫他闪开。可是他没有闪开。他张着身子往前一跃，像只大鸟似的落到了车轮前。车里传来女人失声惊恐的叫声，车窗外鲜红的血污染了他的面孔，他睁大的眼睛一动不动望着天空，天空变成了红色——蓝蓝的天上正有一朵白云轻轻飘过双城的上空。他手里还紧紧攥着那张揉搓得发烂的旧照片……

警车很快开到跟前来。看热闹的人群很快把十字路口团团围住了。警察费了好大的劲才把人群拨开，然后又把他们像轰苍蝇一样轰走了。

三弟的死亡通知书送达家中的时候，父亲已在家中卧床不起了。苟延残喘的父亲说他这回胸口疼得特别厉害，说恐怕等不到再见到我大哥从南方回来了。三弟的死亡通知书送到家里，父亲吐了一口血，叫我去双城把三弟的骨灰收回来。死亡通知书有法医签发的证明，三弟畏罪自杀死于车祸。

我去了双城。直接去了警方那里，把三弟的尸体从一个冷冻间里取出来，又直接送去火葬场火化了。在火葬场火化时，高高的火化烟囱里冒出一股白烟，在刚才那个院子里一个窗口收费的老头儿看见了说，真是奇怪，别人冒出的都是黑烟，你兄弟冒出的却是白烟。

我说那不是白烟，那是白云。

老头儿听了怔怔地看我，又抬起头来，果然看见烟囱上方飘过一朵白云。

我说，张天，你好好地走吧。

抱着张天的骨灰盒子走出来，远远地看见大门口处站着一个身穿一身黑衣服的女人，戴着墨镜死死地盯着我手中的骨灰盒。她不认识我，我也不认识她。我从她面前走出去时，好像听见手中的盒子里在说：张地，你停一下。我没有听他的，一直没回头地走了。

我把三弟的骨灰盒从双城捧回来，父亲当天晚上就咽气了。我把父亲火化了，把他的骨灰和三弟的骨灰一起埋到城外的野地里了，下葬的坟穴就在我们以前常去的那个垃圾场的旁边，是父亲生前自己选的。为了不让乌鸦扒开，我在上面放了两块石头。在父亲右侧下葬的是弟弟的骨灰盒，父亲说在他的左侧再多挖一个坟穴吧。我问是留给谁的，父亲说是留给张铁的，他很快就会回到我身边来。

我认为父亲是在胡说。

可是果然不出一个月从南方传来了张铁亡命的消息。大嫂把张铁的骨灰捧回来了。我按照父亲的叮嘱把他葬在了那个事先挖好的洞穴里。我是和大嫂一起去埋的，埋过之后我问大嫂大哥是怎么死的，大嫂说是吴兴福的弟弟吴兴旺打死的。我问他是怎么找到大哥的，大嫂就哭了，说这都是命，命里该着发生的想躲也躲不掉。大嫂当初跟大哥走时，让她娘家里的人跟左右邻居说她跟着一个表姐嫁人嫁到海南去了，时间长了邻居们都相信了。吴兴旺也不再到小店里来找大嫂了。在外面大哥严禁大嫂往家里打电话。有一天大哥说他夜里突然想儿子了，就让大嫂往家里打电话。家里没人接就往小店里打，这工夫老太婆有事出去了没在店里，是一个邻居帮忙给照看店的，偏巧这天下午吴兴旺没事晃悠到店里来，一听邻居说王琼来的电话，他立刻去电信局查清了这个电话是从哪里打来。其实自从大嫂走后吴兴旺一直都不相信大嫂家里的说法，他相信大嫂一定被大哥带出去了。只是一直苦于没有寻踪到证据，上面才没有派他们出去追查。这回找到了证据，他马上报告给了分局，分局派出他们追捕组赶去了南方Z城。

要说大哥那天晚上也该着出事，平时每次出去上街，都是跟大嫂一起出去，或跟同伙的人一起出去。偏偏那天是大嫂的生日，王琼的生日是八月十五，大哥要给王琼一个惊喜，就一个人上街去给王琼买礼物去了。大哥是在傍晚的时候出去的，他去了城中心一家金店，给王琼挑了一条金项链。他拿着金项链盒往回走，在街上就被吴兴旺盯上了。

开始大哥并没有察觉，在走过一条背静的胡同口，他听到后面有脚步声，就本能地转过头来。这一下就看见吴兴旺了。大哥吓了一跳，他并没有见过吴兴福的弟弟吴兴旺，月光下突然相见，他以为吴兴福又活过来，暗白的面孔冲他阴阴地笑。顿时大哥的冷汗就下来了：你、你是人还是鬼？

吴兴旺还是不说话阴阴地笑。

大哥就去拔枪，枪拔出来了，却怎么也打不开保险。这把枪还是吴兴福的那把五四式手枪。

你抢了俺的女人，又要了俺的命，张铁你就是逃到天边，俺也要把你抓到……

张铁头皮发乍，向街中心空空地望去，吴兴旺还在那里阴阴地笑着。

张铁扔掉手里的金项链，枪保险打开了，可是抬头，吴兴旺早已把枪拿在了手里，对准了他。张铁就觉得腿脚发软，月亮在头顶上虚晃了晃。

张铁，你拿的是俺哥的枪哩，你把俺哥的枪放下。

对面的人终于说话了，张铁这才知道他是吴兴福的弟弟。

张铁并没有放下枪，张铁的手扣动了扳机——轰！张铁手里的枪炸膛了，张铁的手指头齐刷刷炸掉了五个，血淋淋掉在地上蹦跳起来，像几个血精灵在舞蹈。同时，一颗子弹从对面飞来，正中张铁的脑门。张铁的脑门像开了一朵花，身子向街中央慢慢倒下去。

大哥张铁被击毙的事发后，我因为窝藏罪和占用赃款罪被抓进了看守所。李丝琪去看守所看我时，我才向她说出了我大哥的事情，并说那台出租车也是我用张铁给我的钱买的，我欺骗了她，我劝她和我离婚吧。因为那时我们已领了结婚证书，就等着举办婚礼了。

哪知李丝琪听完后，摇了摇头对我说：不，我会等着你出来的。

过了几天法院判决书下来了，我因为上述两项罪名被判处有期徒刑四年。这期间李丝琪在外边已替我把出租车卖了，交还上了那两万赃款，而被缓刑两年。

两年后我从监狱里出来，李丝琪来监狱大门口接我，走出监狱大门口，李丝琪像每一个来这里接犯人出来的亲人一样问我想去哪里。

我说我想回家。

李丝琪告诉我，我们家原来住在西下洼子的那片房子前不久被城市管理部门拆迁了，那里要重新进行城市改造。

我的家在哪里？我应该到哪里去？我喃喃地茫然地问。头上的太阳晃得我有些眼晕。

李丝琪冲我神秘地一笑，说：你跟我走吧。她从包里掏出一个崭新的房证和一串钥匙来。原来她用她的积蓄和我头两年开出租挣的钱，在铁东区给我们买了一处新房子。

临上车前，我又改主意了，说我想到西下洼子去看看。

李丝琪愣愣地看了我一眼，顺从地依了我。

车开到了西下洼子，我走下车去，几台高大的推土机果然把那片破烂不堪的平房区夷为平地。我在寻找我家破棚子的痕迹，看见在那边的土堆上空盘旋着几只久久不肯离去的黑麻雀，它们好像也在寻找着什么……

我就是一只黑麻雀。我嘴里喃喃地说，眼里不知不觉已蓄满了泪水。

你说什么？李丝琪似在问我。

我就是一只城市角落里的黑麻雀！我对着她，对着轰鸣作响的推土机奋力地大声喊道。

大　鹿　岛

如果不是因为离开岛前一天下午发生的那件事，王谣认为岛上的一切给他留下的印象都是美好的。大鹿岛是一个刚开发的旅游景点，来岛上旅游的游客还不是很多。上岛的第一天船一靠上码头，他就被四周飞起的一大群白色的水鸟惊呆了。它们长久地盘旋在码头周围停泊着的渔船桅杆上空，阳光闪亮，海天一色。"看看，我们打扰它们休息了。"游客里有人这样说了一句，说这话的是他刚刚在船上结识的一个游客，他叫聂广智，笑眯眯的一个胖子。

岛上林木葱葱，几十户人家散落在冲南面的山坡上，家家都以打鱼为生，这从屋前晾晒的渔网和屋后废弃的旧渔船可以看得出来。

他们下榻在岛上唯一新建成的旅游宾馆，名叫"北岛假日宾馆"，房间里设施一应齐全，推开朝南斜坡顶上的窗户就能望见外面的大海，听见海涛声。

因为同是散客，王谣自然和胖子安排在了一个房间里。胖子一住进房间，手里就在摆弄他的手机，岛上信号不好，他在翻看短信。胖子是从山西来的，在船上听他说起好像是一名工商局干部。

"你是作家？看看现在电视剧都拍的什……"胖子用手里的遥控器在调换着电视台，这里的电视信号同样不好，电视屏幕上不时闪动着雪花并有沙沙啦啦的杂音。

好像现在电视剧拍得不着看与他有责任似的，他是从来不看这些烂俗的电视剧的。王谣忸怩一笑，拿起毛巾走进了洗手间，他要简单冲洗一下再去吃午餐。

吃过午饭后，房间里刚上岛的游客都去赶海了。这个时候正是海水退潮的时刻，赤足走到海边，海水已退去两千多米。朦胧中一眼望不到海水，湿漉漉的海滩淤泥中，隐藏着海螺、扇贝和小螃蟹，游人手里拎着塑料袋低头向前捡拾着。王谣对这些东西没兴趣，随手捡了几个贝壳又丢在了海滩上。

在东边的一座礁石旁，盘旋着一大群白色的海鸥。王谣朝那边走过去，走近了他才看见那块礁石滩上蹲着一个老人，老人约莫有六十岁，一张古铜色的脸，脸上的皱纹深深的，黝黑的胳膊上的青筋如同蚯蚓毕现。他蹲在那里正从身边一只木桶里捞着小鱼向空中抛撒着，他在喂海鸥。不远处一只渔船搁浅在沙滩上，看来那是他的渔船。有两只白色的鸥鸟落在他的肩上，盘旋在空中的鸥鸟啾啾……好听地鸣叫着。鸥鸟对游人并不惧怕，有两只鸥鸟还张着翅膀朝王谣这边飞过来，翅膀掠过的风让王谣感到了一丝凉爽。他在那里站着看了好久。

回到房间，胖子聂广智向他展示着战利品，两大塑料袋的扇贝、海螺和小螃蟹。聂广智说他一会儿拿到宾馆餐厅里去，晚上再加两个菜。胖子问他要不要晚饭时跟他坐在一个桌上喝两杯冰啤酒，王谣摇摇头。房间里弥漫着一股海腥气，这已经让他倒了胃口。

床上的手机这会儿响了，胖子似乎吓了一跳，他接过来，从手机中清晰地传来一个女人急切而哀怨的声音："你在哪儿……"

"……鹅（我）在大鹿岛。"

"你就躲吧。"

"……鹅（我）在开会。"胖子看了他一眼。他装着什么也没有听到，走到斜坡屋顶窗前，推开了天窗，把头探出去，一股海风扑面吹来，炽热的洒满阳光的海边已看不到一个人影了。

"女人真是麻烦。"胖子扔掉手机后，烦恼地又像是对他解释地说了一句。

晚上，王谣走到海边上去，海水慢慢地涨潮了。站到白天离岸边很近的海滩上，能听到哗——哗——海水涌过来的涨潮声，黑暗中，能看见一道白线向眼前推过来，快到跟前时那道白线突然炸开一道白色的浪花，随后就消失了，接着又是一浪白线从黑暗中涌过来。

"太美啦！"有位女游客拍手叫道，她赤着白腿肚子似乎要追逐那道消失的白浪花而去，跑了几步又停住了，过了几分钟那道白线又推过来，没过了她的腿肚子，她又发出一声尖叫来。海浪花在黑暗中有一种炫目的美丽。

在那边，有几个男游客大概喝醉了，对着大海在歌唱："大海呀，大海，是我故乡……"刚才过来时看见海滩附近到处都是那种露天烧烤海鲜大排档，门口挑着盏灯泡，几个赤膊袒胸的男游客围在一张桌子前，一边对着啤酒瓶子吹，一边扒着螃蟹，脏分分的海鲜壳被乱扔了一地。这伙游客到岛上来，好像就是为了吃海鲜似的。

直到海边的人走光了，王谣才离开海边。

回到房间，胖子还没有回来。他大概也去海边的大排档喝啤酒去了。胖子的手机丢在床上，响了几声又不响了。很晚，胖子才摇摇晃晃走进屋里来，他嘴里喷着酒气。他拿起手机看了一眼，又丢在床上说："女人真是麻烦。"他挥挥手，像挥去什么烦恼。

胖子一头倒下很快就睡着了，并且打起了呼噜。王谣则躺在床上半天没有睡着，他有神经衰弱的毛病，头枕在枕头上听外面传来的阵阵海涛声。夜深了，海涛声压过了对面床上的呼噜声……

天刚蒙蒙亮时，王谣又走到海边上去。海水涨潮了，而且一下涨到了水泥台阶的岸边，浪花拍打着岸边，高高的白色浪花尖上，有海鸥追逐浪花飞翔的身影。在岸边不远处，他又见到了昨天中午见过的那个老渔民的身影，岸边的水里泊着他的渔船。看来他刚刚出海起网回来，岸上卸着一堆白网，他正蹲在地上摘挂在网眼里的小鱼，一群鸥鸟飞过来，围着他身前身后转。他把从网上摘下来的小鱼抛到空中去，鸥鸟飞快地叼进嘴里，在低空中盘旋着，发出啾啾的鸣叫声。

他浑身上下湿漉漉的透着一股海腥气，被海风吹得干燥的脸上略显疲惫，赤色的胳膊上沾着许多鱼鳞片，被从晨雾中露出的一缕朝阳照得闪闪发亮。

"你是来旅游的?"他背后像长了眼睛，看他走过来并没有回头也没有停下手里的活计。

"是的。"王谣站下了。

老人眼里掠过一道晦色。

"这个岛早晚要祸害完了。"

王谣听了，心里不由得一沉。刚才走过来时，他看见岸边不少昨晚游人丢弃的矿泉水瓶子、塑料袋、香烟盒被海水推到岸上来。

"您是什么时候到岛上来的?"王谣小心地问。

老人的目光往远处的海面望了一眼，嘴里慢吞吞地说："打俺爷爷那辈就来岛上生活了，是从山东蓬莱过来的……"怪不得他口音有些耳熟，王谣的祖父也是从山东闯到东北来的。这叫王谣觉得亲切起来，他蹲下身去与老人攀谈了起来。老人现在家里有四口人，大儿子已成家。全家人以打鱼为生，原先出一次海能打四五千斤鱼，现在打鱼的人家多了，只能打两三千斤鱼。上岛上来买海产品的人越来越多，因为上岛旅游的人在逐渐增多。怪不得老人刚才眼里有怨色。

海鸥鸟在老人头上盘旋着，早上的海边很安静。

王谣走回房间去，胖子还没有起床，他走进去时胖子正披着被子在对着手机吼："你还有完没完?"

"我知道你和别的女人在一起。"手机里传来一个女人哭哭啼啼的声音。

"鹅（我）和谁……"胖子一回头看见了他，关掉了手机，马上换成了一副笑脸。

"你去海边了?"

王谣点点头。

"女人真是麻烦。"胖子似乎在解释刚才自己的失态。胖子这才告诉他，他陷入了两个女人的纠缠中，一个是他离了婚的二婚老婆，一个是小他二十几岁的情人。他到岛上来本来是借一次公出机会来躲清静的，可是……想不到胖子还是个风流之人。

"你们作家就没点儿浪漫的事？"胖子一边穿着衣服，一边揉着惺忪的厚眼皮问。

"没、没有……"王谣又忸怩地脸红了。

中午他又走出去到海滩上去，海水照旧在这个时候退潮了，海滩上照旧裸露着，一些游人顶着烈日在捡海螺壳和扇贝，他朝一艘搁浅的旧渔船走去。一顶红阳伞出现在木船的另一侧的阳光地里，伞下是一个穿着橘黄色泳装的年轻女子，他认出来是他昨晚在海边见过的那个追逐海浪花的女子。昨晚天黑他没有留意打量过她，她身材修长，四肢白皙，不过她脸上却有一种淡淡的忧郁，她目光有些迷茫地望着那消失在远方的海平面，炎炎的烈日下海水混沌一片。

"你也没有去赶海吗？"她好像对着远方的紫色雾岚在说话。

"没有。"他站在了桅杆的阴影里。

"他在做什么？"她转过头来向东边望去。

那个老人和昨天他见过的一样又坐在不远处那块岩石上，一大群白色的鸥鸟又在他的头上亮着翅膀盘旋着。

"他在喂鸟。"

"真叫人羡慕呀……"

王谣不懂她是在说鸟还是在说老人。

一个胖胖的身影顶着烈日远远地走过来，他手里拎着两三只塑料袋，里面装得满满的海扇贝、海螺还在往下滴水。他的上身已有些晒爆皮了。

"你也是一个人来岛上玩吗？"聂广智走近后同这个女子搭讪。

"是的……"女子淡淡地答。

"你会游泳吗？"聂广智的目光贪婪地盯在她的泳装曲线分明的腰

身上，接下来他告诉她海水什么时候涨潮什么时候退潮，什么时候出来游泳最合适。

王谣走开了。这个家伙总是知道怎么向女人献殷勤，怪不得……

下午王谣在房间里是被胖子的手机吵醒的，这个时候是下午三点钟，对面胖子的床上空空如也，床头胖子放在枕头边上的手机一声不罢一声地响着。王谣站起身来推开天窗，看到胖子和那个女子正在海水里游泳，这个时候海水刚好涨到他们中午站过的木船边，除了他俩还有几位游客也在海水里游着。胖子像个气球浮在水面上，而那个女子则像个美人鱼，一跃一跃把头潜伏在海水里。她的水性不错。

床头上的手机直到打没电了才息了声，王谣想一定是胖子说的那个情人给他打来的，这个女人在追着要和他结婚。胖子说打死他也不会再结三婚头了。胖子昨天和他说这些时，脸上是一副很悲壮的表情。他有点儿可怜胖子了。

直到吃晚饭时，胖子也没回到房间来，晚饭在大厅里他也没有看到胖子，看来胖子一定还和那个女子在一起，这么快就和人家混熟了，让他有些吃惊。吃过晚饭回到房间胖子才回来，他的胖脸红红的，不知是啤酒喝的还是在海里让太阳晒了一下午的缘故。他说他刚才在外面的大排档吃过了。他头发上在滴着水，脸上看不出什么表情。

夕阳沉进了海里，将一片橘红染在了海面上，几只海鸟在红色的海面上空低飞着，从他们这个房间打开的天窗，正好可以看见正面的沙滩。她不知什么时候又走到沙滩上去，身上换上一件白色连衣裙。

"你知道她为什么一个人来到岛上吗？"胖子在说她。

王谣摇摇头。

"她来岛上是想自杀的……"

"自杀？"

"是的，她的情人刚刚不久把她甩了，唉，女人呀女人……"胖子叹了一口气，咽住了下半截话。他不知道胖子到底想说什么。

胖子给手机又换上了一块电池，手机又响了，胖子拿到卫生间去听……"刚才手机没电啦……鹅（我）真的没骗你……"

夜幕完全遮住了海滩，一道一道白色浪线向岸边袭来，她又迎着浪花朝海水里走去。他想起了胖子说的话，不由自主地走了出去……

岸边还有游客大声喧哗着，一股烧烤海鲜的味道随风飘过来。他赤脚走进海水里，任凭浪花一阵一阵扑打着脚面和腿肚子，凉丝丝痒痒的，好像一只温柔的手在黑暗中牵着他走。那扑过来炸开的白色浪花，将一堆泡沫堆积在身边，又漂荡着散开去。

她的裙摆早已让浪花打湿了，她顺势迎着一道高浪线扑进海水里。他没来得及发出一声惊叫也跟着顺势扑进了海水里，白色四溅的浪花立刻拥抱了他，身体不由自主地被吸出去好远……岸边喧哗的游人都撤去了，胖子聂广智也没有到岸边来。他的水性一般，游了一会儿就挺吃力了，看见她还在迎着一道道浪线在黑暗中游着。"回来……"他奋力朝她那边喊了一声，可是很快就被哗哗的海浪声吞噬了。

在他精疲力竭时终于看到漂浮在黑暗水面上的那个白影朝岸边折去了，他的恐惧和心跳才稍稍平息了些。她并没有马上上岸，而是游到白天他们见过的那块礁岩石上，她爬了上去。一群白色的鸟扑棱棱飞了起来，他吃力地跟随着爬了上去。

"你没事吧？"

她惊异地看着跟上来的他，在黑暗中说了一句："我没事……"

他们显然惊动了那群栖息的鸟，它们围着礁石在盘旋着，她身上的白色连衣裙让它们误认为是它们的同类，黑暗中响起了十分好听的啾啾的鸟鸣声……"真想做一只海鸟。"她下来时这样说了一句。

他是和她一起走进那家灯火辉煌的宾馆里的，胖子老聂在窗前看到了，等他走进屋里，脱去身上湿淋淋的短裤在卫生间拧水时说了一句："这样的女人都是危险的。"怪不得他晚上没去海边。

老聂的手机又响了，他听出那个女人在手机里说："你再不回来我就死给你看。"老聂控制不住地喊了一声："你要死就死吧。"后来他又在卫生间里听到老聂在小声地哄着对方说："鹅（我）后天就回去了，你等着鹅（我）回去好了——鹅（我）的心肝。"

"女人真是麻烦。"老聂把手机关掉在睡下时又这样跟他说了一句，他不知他是在说他的情人，还是在说他们在岛上遇到的那个女子。

他们这批游客明天一早就要离开海岛了，下午胖子要王谣和他一起到海边的海产品市场去买点儿海产品。王谣本不想去，可架不住胖子软磨，就跟他去了。

走在海滩边上，阳光暴晒，王谣在想这个海岛没有人烟以前会是个什么样子呢？王谣听那个老人讲，这个岛在人移来居住之前曾经是个鸟岛。现在随着来岛上旅游的人越来越多，来岛上栖息的鸟类也越来越少了。他看到老人眼里流露出的哀伤，他仿佛被什么东西蜇了一下。村子里许多年轻人不再出海打鱼，开始做生意了。

海滩路边上摆着不少卖工艺品的小摊，制作的工艺虽很粗糙，但确是用贝壳、海螺壳制作的，还有雪白的珊瑚礁制作的盆景、海珍珠项链，胖子聂广智买了三条珍珠项链，看来是给他的三个女人买的，他还买了一个大海螺，说是给他儿子的。卖东西的是个头发有些卷曲的小伙子，他看了王谣一眼说："这位大哥，买个工艺品带回去做个纪念吧。"他随手拿起个海螺壳粘成的小兔。王谣想想女儿挺喜欢小兔的，就要了。刚要掏钱，聂广智把小贩随手找给他的一张五十块钱又要推给小贩，要替他交钱。王谣没让，赶紧从兜里掏出二十块钱给了小贩。

他俩又走到卖海产品的自由市场摊位前，这个时候大部分游客还在房间里午休。一见到他俩走过来，凉伞底下一双双目光纷纷把他俩包围了起来："买螃蟹由（肉）吗？""买鱿鱼丝吗？""要虾银（仁）吗？"

聂广智很老练地走到每个摊主的摊位前，翻捡着。不时地还把小干鱼、虾米放到鼻下去嗅嗅，很随意地问着价格。

王谣走到一个竹筐前，竹筐里装着一竹筐湿漉漉的小鱼，显然是刚打上来没多久的。王谣问多少钱一斤，摊主是一个黝黑皮肤的青年渔民，他答：十块钱一斤。王谣说："给我称三斤。"摊主刚要弯下腰去称，聂广智转悠过来，他赶紧阻止他："这种刚打上来的小鱼你带回去还不得臭了啊？"渔民端着秤盘子瞅瞅他，又瞅瞅聂广智。王谣没管他，他叫摊主把小鱼倒进两只塑料袋子里。

聂广智又走到那边的摊位去与人讨价还价去了。

暴晒的沙滩上，这种遮阳伞支起的摊位就像海边长出的蘑菇群。那一张张伞下黝黑的面孔透着和城里小贩不一样的质朴。至少在那件事发生之前，王谣是这样想的。

王谣待在刚才买小鲜海鱼的伞下等聂广智。那边突然传来的争吵声，让王谣和这个摊主都有些发愣。王谣听出了聂广智的声音就走了过去，那边已围上了几个人。王谣问怎么回事，聂广智正急赤白脸地向他和围过来的人讲："我刚才买了半斤螃蟹肉、一斤鱿鱼丝、一斤小干鱼，一共是三十五块钱，我明明给她一张五十元钱，可她说给的是一张十元钱。对啦，你（指王谣）刚才看见我手里拿着一张五十块钱来着的，现在没有了。"聂广智又翻一遍自己的兜给人看，他的确没翻出整张的五十块钱来。而那个摊主是一个黑瘦的妇女，也展着自己手里一张十元钱，说自己手里的钱没动，大国（哥），你刚才确实是给的这张十元钱。聂广智冷笑了一声："你们这种把戏我见得多了……"见人越围越多，聂广智悻悻地说："我会找地方说理的，东西我也不要了，算我倒霉。"他从她手上拿过十元钱和王谣走了出来。

一边从沙滩上往回走，聂广智嘴里一边还在愤愤地说道："真没想到这里的人做生意也学坏了。"

王谣在想这是不是也是一种污染呢？

晚饭前，王谣又一个人走海礁石那边去，他带着下午买的小鱼。在海边他又见到了那个老人，他蹲在那里，一群白色的鸥鸟在他的头上盘旋。夕阳给老人的背影镀上一层金色。他走近了，从塑料袋里抓出一把小鱼向空中抛去，可是鸥鸟并没有去捕食小鱼，而是警惕地发出啾啾声。老人回过头来，看见是他，又看了看他手里拎着的两塑料袋鱼，似乎明白了他的意图。嘴里向空中发出一声呼哨，就有两只鸥鸟俯冲下来，叼起飘落到海水里的鱼。他又抓起一大把鱼向空中撒去，这回不等小鱼落下，就有几只鸥鸟在空中叼住了小鱼。

"从来没有游客像你这么做的，你和别的来这里的游客不一样。"老人又默默地瞅了他一眼说。

橘红色的夕阳渐渐沉进了海平面，礁石滩上也跟着暗了下来，涨潮的海水拍打着沙滩，天黑下来，鸥鸟们也飞走了。

吃晚饭时没看见聂广智，回到房间他收拾一下行包，要躺下时才看见聂广智脸喝得红红的走回房间来。"你去哪儿啦？"他问。"你猜、猜我去了哪里啦……"聂广智摇晃着胖胖的身子有些得意地说。王谣摇摇头。

"我、我去找了他们岛上的村长了……"

"你去找了他们村长啦？"王谣有些惊讶。

"是、是的，我一去我就把我的工作证拿给他看了……村长立刻对我变得客气起来，又是端茶又是递烟，直门儿对我赔不是，说天太晚了，摊主都撤了，他明天一定找到那个摊主给鹅（我）一个说法。鹅（我）说鹅（我）们明天一早就走了。村长就拍了一下脑门，说那、那咋办呢？要不我赔你四十块钱？鹅（我）说鹅（我）不能要你的钱是不是？……再说这也不是四十块钱的事是不是？这是关系你、你们岛上生意信誉问题，鹅（我）们一起来的有位作、作家，鹅（我）问他你知道作家是干甚的吗？要是他把这件事向外宣、宣传出去，你们岛上的旅游信誉就完啦，你猜这个村长怎么着，他一听我这么说就急了，非要留鹅（我）坐下来吃饭不叫鹅（我）走，并说代表村委会给鹅（我）道歉……这酒喝的，他还找了村妇女主任过来陪酒，那个山东娘儿们可真能喝酒，比鹅（我）们山西妹子厉害多啦……"

说到这里，胖子喉咙里一咕噜又推开卫生间的门，摇摇晃晃到里面去吐去了，一股腥臭的海鲜味儿弥漫出来让王谣不由得觉得一阵恶心。

王谣对他抬出自己的身份有些不太舒服。

好在胖子一出来，就一头倒在床上睡死过去，呼噜声震得山响。

　　第二天一早他们在码头上船时，聂广智似乎酒还有些没醒，他的胖脸红红的，目光有些呆滞。胖子并没再提昨晚去找村长的事，只问了王谣昨天晚饭前干什么去了，说找他不在。王谣说他去海边看鸥鸟了。王谣说时目光又落在了码头东侧的海礁石旁，他又远远地看到了那个老渔民的身影，那群鸥鸟聚集在他的周围。正在这时，他看到那个两天来他在岛上认识的穿白连衣裙的女子也站在旁边，她像他一样用塑料袋里装着的刚买到的小鲜鱼在喂食着鸥鸟，有两只白色鸥鸟落在了她的肩头上。

　　轮船慢慢启动了，离开了码头，忽听胖子聂广智一声惊叫："咦?"王谣回过头来，看见胖子正从他给他儿子买的海螺牛角口里抽出一张五十元钱来——正是他见过的那张五十元钱。

　　"这怎么说呢，这怎么说呢……"胖子喃喃道，他的手机这时候又响了，胖子看了一下就狠劲按掉了关停键，"女人，都是这女人闹得叫鹅（我）晕了头。"胖子烦躁地终于找到了发泄口。

　　王谣没有再去看他，王谣把目光又一次抬起打量大鹿岛。船渐渐地离开了郁郁葱葱的大鹿岛，那群鸥鸟远远地似乎向他发出一声送行的尖叫……

丢 手 绢

丢啊，丢啊，丢手绢，

轻轻地放在小朋友的后边，

大家不要告诉他，

快点儿，快点儿，抓住他……

陈大生在上小学的时候脑袋是有些迟钝的。老师领着全班同学做丢手绢游戏时，往往第一个被抓住的就是陈大生。手绢丢在了陈大生的身后，击掌声停了，陈大生脸红着站了起来。陈大生既不会唱歌也不会别的节目，只好定定地罚站在那里。校园透明的阳光将他落满灰尘的身影久久地斜射在地上……这样的情景好多年以后还留在他同学的记忆里。

陈大生后来做了警察。这是许多人没有想到的事情，包括他的同学杰。杰现在是他的妻子。

小学同学聚会是在一家很高档的饭店里。如果不是一一介绍他们恐怕都认不出谁是谁了，他们（除陈大生和杰外）差不多都有二十年没见面了，想想看他们的儿子、女儿年龄都超过他们当初的年龄了，时间过得真是快啊。

杰一直在默默注视着自己的女儿倩倩，在这帮同学带来的孩子中，他们的女儿应该说蛮漂亮的，这让杰心中隐隐生出一丝骄傲，可女儿身上的衣着又让她隐隐有些不安。这件黄格呢上衣显然不太适宜这个季节了。杰本来不想带女儿参加这样的聚会的，可浩在电话里说一定要把孩子带来，或许是想从他们身上找回他们逝去的童年。

杰在当初是他们班里最漂亮的女同学，两条细长的辫子扎着蝴蝶结，夏天总爱穿一条粉红色带白点的布拉吉。许多人是从他们的女儿倩倩身上认出杰的，她简直是她母亲的翻版。果然一进来浩就对她说："你女儿长得可真像你小时候。"他现在是一家公司的经理，这次聚宴就是他请大家的客。

不知谁挑的头，唱起了这只《丢手绢》的歌，陈大生没有脸红，陈大生觉得很温馨。后来就有人问起陈大生是怎么把杰追到手的，结婚时怎么不告诉大家一声。陈大生讷讷的脸就红了，说当时忙忘了。问的人不依不饶的，要陈大生罚酒喝，陈大生就把罚酒喝了。陈大生已经喝了不少的酒，胃里隐隐作痛。有人还要给他倒酒，杰替他挡了驾，杰说陈大生有胃病。

大人的情绪显然与孩子无关，倩倩有点儿郁郁寡欢地坐在灯影里。她想不明白这些快四十岁的人还要疯闹到多久，已经很晚了，饭店里别的客人都撤了。这个时候在家里通常是她母亲催促她写作业的时间。

子夜时分，聚会散了，浩开车把他们一家三口人送回家。浩执意要送，陈大生已喝多了，杰就由他去了。临分手，浩摇摇头感慨地说了一句："……想不到啊！"

陈大生依着习惯还每天放学后到学校里去接倩倩，倩倩已上中学。这所中学就在陈大生的管区里，陈大生也是下了班来这里的。陈大生推着一辆旧自行车，站在门口向校园里张望。直到把脖子望酸了，才将女儿望出来。倩倩是最后一个走出来的，她低着头，并不去瞅他。走出去好远，倩倩说："是妈妈叫你来的吗？我跟你说过多少遍了，不用来接我。"

"……是我顺便路过这里。"陈大生笑笑。

"那你以后不要路过这里了。"

陈大生穿着警服在校门口一站是很扎眼的，倩倩不想让所有的同学都知道这个虾米似的大个子警察就是他的父亲。

陈大生并没有去听倩倩的话，陈大生还依旧去接倩倩，只不过陈大生不站在校门口张望了，陈大生站在一个角落里。初三的学生常常放学挺晚。有一回陈大生在校园绿栅栏外看见倩倩班的同学围坐在草坪上做游戏，这很难得，大概是哪位老师生病了。这是一种陈大生也熟悉的游戏，有人把一块花手绢丢在了倩倩的身后，倩倩很快察觉了，站起来飞快追了过去……倩倩奔跑的身影像一只蝴蝶在陈大生眼里飘动。她跑得一脸的潮红，放学后还带着一脸兴奋的潮红站到呆呆的他面前。

"这种游戏爸爸小时候也玩过。"

"你那时常常被抓住，是吗？"

显然，倩倩是从大人的那次聚会上听说的。他脸红了，扫兴下来，喃喃说道："……是的，爸爸那时很笨。"

"真奇怪，妈妈那会儿怎么会看上你？"

陈大生一顿，倩倩陌生的语调让他感到吃惊，之后默默无言地落在了女儿后头。

陈大生每天要做的工作就是骑着自行车下到管区去巡查，有时还带个户籍本，作为一名老户籍警察，陈大生并没有记住每个户主的名字。当然要把这近一千户人口的名字都记下来，对陈大生来讲并不是一件轻松容易的事情。

倩倩这所中学学校旁边有一座小公园，公园里有一片柳树林。陈大生还习惯到这片树林里来背户口，这里比较清静，天热起来的时候还可以乘凉。陈大生在刚一当警察时就负责这片管区，如今，他管区里的住户差不多都换了一茬了。主要是城市的平房区改造搬迁，而这所中学还依旧是市重点中学。

夏天如期而至。陈大生又一次见到他的小学同学浩的时候，是倩倩考上高中的时候。浩的儿子大力也转到这个中学来念高中了，当然浩的儿子不是考上的，而是浩花钱办的走读生。开学那天是浩开车来接送大力的，在校门口他们意外地碰面了。

"真没想到你们的女儿就在这所学校里读书呀!"

陈大生也没有想到浩的儿子会来这所中学走读。自从那次同学聚会后,他和杰都有意无意回避着和那些同学联系,这自然包括浩,杰和浩是同桌,后来还听到过浩在那次聚会后打听过杰。不过那时杰已从原来的街道办事处调到另外一个街道办事处去工作了。

"杰还好吧?"浩叼着烟,眼睛瞅着别处。

"杰还好。"

"我听说杰在大学毕业以后曾当过老师?"

"不,不……杰从来没有当过老师。"陈大生说过之后,脸也扭向了别处。

浩的脸上布满了莫名其妙的神色……大力出来了,浩的车屁股留下一溜烟走了。

可能是由于他们的关系,倩倩和大力很快就熟悉起来。以至于有一天在小公园那片绿荫里见到他俩的身影时,陈大生着实吃了一惊……

倩倩在早恋,而且早恋的对象正是他们同学的儿子。陈大生不知该不该把这个情况告诉杰。陈大生更怕杰担心,杰早就说过要把倩倩调出这所中学去(至少在倩倩刚上初中时就说过)。陈大生那会儿想,这是一所重点中学,而转到别的重点中学去,既要托人找关系又要花一笔钱,这对于小片警陈大生来说都是难以办到的。

杰最终还是从倩倩嘴里听说了浩的儿子大力也转到了他们中学来念书,并且看出来倩倩和大力在悄悄谈恋爱,这深深让她感到不安。当晚,她把倩倩单独叫到房间里,对她说:"你必须和他断绝交往……"

"为什么?"

"因为这会耽误你学习。"

倩倩不吱声了,她很难过也很费解地走出了房间。之后杰又把陈大生叫了进来,陈大生刚洗过碗,往围裙上擦着两只手,有点儿惶惑不安地望着她。

"我早就说过要把倩倩调出这所中学，转到别的中学去。"杰抱怨地说。

"是的，这都怪我，可现在要到别的重点中学，要花很大的一笔钱。"陈大生唯唯诺诺应承。

"不管怎么说，一定要让倩倩转学。"

"好吧，让我来慢慢想想办法。"

"唉，嫁给你这么个窝囊废。"杰轻轻叹息了一声。

第二天早上杰的情绪好了许多，吃早饭时，她跟倩倩心平气和地说："你年纪还小，还应该以学习为主……"

倩倩看了他一眼（陈大生惶惑不安地低下了头），点点头。

陈大生近来觉得胃部隐隐有些痛，就去了医院做了 X 射线钡透。门诊医生看过钡透单子后，还要他再做一下胃镜检查。做胃镜检查需要预约，而且要空腹让医生把一根一米多长的胃镜管子插到肚子里去搅动。陈大生觉得这很麻烦，况且还要花钱，陈大生就没有打算做，开了点儿胃药走了。

一连好几天去接倩倩时，陈大生都没有看见倩倩和大力在一起，他也就放心了。

这天派出所有一个案子，陈大生下班晚了。去学校时学生都走光了，他想倩倩也许回家了，转身推车往回走，路过小公园时，他恍惚看见两个熟悉的身影，相依坐在林荫里的长椅上。少女穿着一身白纱连衣裙。这条白纱连衣裙让他错看出另一个人来，那是杰。

他想起了二十多年前的那个夜晚，那是他和杰小学毕业后的初次相逢，而且是那么尴尬的初次相逢。至今想起来还令他耳热心跳……

夏日里，夜幕笼罩下的公园是那么静谧，那个等在长椅子上的姑娘显然是忘记时间了。常来公园里散步的人都走光了，只有她还在痴情地等在长椅上。也许她考虑这里离学校很近，再加上这是一座家属区公园，生人很少会到这里来的。婆娑的树影渐渐隐去了她的身影，一声惊叫打破了这样的寂静——"啊！你是谁？别、别这样，求你了……"姑娘的哀求声并没有阻止那个下水道修理工的欲望……据那个强奸犯交代，他以为这个腼腆的姑娘不会报案。当晚姑娘找到了派出所，他是这一带的管区民警，案子自然归他调查。他们的相见，各自都吃了一惊。后来姑娘告诉他，如果知道他在这个派出所里工作，她那天晚上是绝对不会跑到这里来报案的。他相信这一点。无论是作为办案人，还是作为她后来的未婚夫，他都想知道那天晚上她在等的究竟是谁……可是她始终没说。她也许想把那个浑蛋彻底忘掉（如果那天晚上他不失约，这一切都不会发生了），也许她还爱着那个人，她不想让他知道自己已失身。她曾在自己的单身宿舍里自杀过，吞下了两瓶安眠药，多亏陈大生及时赶到，把她送去了医院……后来他们相爱，结婚了。婚后她调离了她所工作的这所中学。他在调查这起案件的当天夜里，曾来到过公园里，在小树林里那个长椅子上，他拾到一块沾着血迹的梅花手帕，这是她第一次破红。这块梅花手帕他似曾在哪里见到过，不知为什么他没有将它作为证据交给刑警队的人，而是悄悄留下了。至今还藏在他办公桌的抽屉里。

看来倩倩已长成大姑娘了。倩倩看见他出现在公园里有些惊慌，像小鹿一样和那个男生分开了，从长椅子上站起身来。他装作什么也没有看见走过去。

"不要告诉妈妈好吗？"出来，倩倩说。

"好吧，不过你要答应爸爸，你们最好少在一起来往。"他本来想说等你们毕业了再来往，可不知为什么，话到嘴边却改了口，他对自己的心软无奈地叹了一口气。

"爸爸。"

"嗯。"

"妈妈那会儿在班级里是文娱委员吗？"

"你听谁说的……"他听了不觉有些诧异。

"大力听他父亲讲的，他还说妈妈中学毕业后考的就是音乐系。"

"是的，你妈妈那会儿歌唱得很好听。"他打断了她要往下说的话。

"可我从来没听过妈妈唱歌……难道是街道工作把她变成了一个爱絮絮叨叨的老太婆了吗？这真是难以想象。"

他愣怔了一下，而后正色道："不许你这样说你的妈妈。"

秋天以后，倩倩有了晚自习，高中生本来可以住校，可是住校又要花一笔住宿费。这样陈大生就在晚自习后到学校来接倩倩回家。大力住校，浩每周末开车来接他回去。

"哪天我们再聚聚。"浩说过好几次这样的话了。陈大生说："我恐怕没时间。"陈大生不是没有时间，而是杰不想再聚了。陈大生当然明白杰是因为什么，杰是怕再问到那个话题，漂亮的杰是怎么看上老实巴交的陈大生呢？这的确是个叫人害怕的话题。而浩好像什么都知道。浩在最后一次邀请时，不经意说了一句："是杰不想聚吧。"陈大生脸立刻红了。

后来他就躲避和浩碰面了。每次周末，来早了，他就躲到公园小树林里去等倩倩。而且在晚上他都不着装了。这天晚上是周末，陈大生所里搞夜查，没有像平时那样来小公园里等倩倩，而浩的公司里有应酬，也没有在晚自习后开车来接大力。

两个中学生又走到公园里那片小树林去。晚风习习泛着凉意，地上落着初霜打过的黄树叶。夜色渐渐遮去了两个年轻人的身影……由于复习期中考试，他们差不多有两个星期没有见面了。彼此对今晚的意外相逢都有些惊喜……他们从心底里希望自己的父亲今晚能有事走不开，那样他们就可以住在学校里了。

"唉，真不知道下周的期中考试我会考得怎么样……"一阵卿卿我我之后，想到下周的考试，男中学生沮丧起来。

"别泄气，你会考好的。"不知什么时候，女中学生已悄悄握住了男中学生的手。

"真的吗？你不会瞧不起我吧？"神情有些脆弱的男中学生停下脚步来，有些渴望什么地看着女中学生。黑暗中他看到一双圆圆的、亮晶晶的眸子定定地望着他，点点头。他激动起来，伏下头去双手紧紧抱住了她的腰身，她好像有点儿冷，身子有点儿发抖……

"站住！别动，把兜里的钱掏出来！"

仿佛被什么东西击着了，他俩迅速松开了拥抱，定睛看去——两个蒙面黑影无声地从树林里跳到他俩跟前，他俩惊呆了。

"快点儿！"一个矮个子黑影比画着雪亮的匕首向前靠过来。

"别，别，大哥，我掏……"男中学生战战兢兢往外掏钱包，刚掏出来就被矮个子一把夺了过去，接着又叫他把手表摘下来，他乖乖地把腕上的那块瑞士表撸下来，递了过去。

"还有你，快掏。"匕首又指向了女孩儿，女孩儿惊叫了一声，随后也把自己的钱包掏出来递给了他。矮个子黑影接过钱包时注意看了她一眼，眼里流露出淫邪的目光，他冲高个子黑影使了个眼色。高个子黑影对发呆的男中学生说了一句："你，可以走了。"

而矮个子黑影却向女中学生身前逼来。

"你们不能……"

"怎么？嗯……"男中学生刚想说什么，矮个子回了一下头，闪亮的匕首冲他指来，他就住了口，退缩着脚步向后退去。"别、别、别丢下我……救命啊！"女孩儿颤抖的喊声并没有阻挡他惊慌的脚步，快到公园门口时，他怯懦地跑了起来。

公园门口正有一辆黑色轿车驶到他身前，他险些撞到车灯上。车门打开了一道门缝——"爸爸，快，有流氓。"

"快上车，别管闲事。"男中学生愣怔的一刹那，被拉进了车里去，轿车掉转头离去时，从车灯光柱里闪出一个穿警服的身影，飞快向公园里跑去。轿车慌慌张张开走了。

"住手。"

两个黑影正撕扯姑娘的手，停了一下，矮个子看清来人只是一个人时，举着匕首走了过来："走开，别多管闲事。"

"我是警察。"

"警察？别是冒牌的吧，哥们儿，别跟他耽误工夫了。"

高个子手并没有停下来，继续扒着扯着地上姑娘的衣服。来人闪开了矮个子的匕首，一头向高个子撞去。高个子被撞倒在地，来人紧紧抱起了姑娘。"爸爸！"姑娘认出了来人，大叫了一声。两个黑影人一怔，随后矮个子黑影就握着刀捅过来，瘦弱的中年人一把推开了姑娘，用身子挡住了矮个子的去路，匕首捅进了中年人的腹部，他紧紧握住了，捂着肚子向那个吃惊后退的矮个子逼去，踉跄栽倒了……夜幕里传来了姑娘惊惧的呼叫："爸爸，救命啊，快来人哪！"……两个黑影慌慌张张向夜幕里跑去了。

一周以后，民警陈大生在医院里死去了，他不光是因为那一刀，还因为胃癌，癌细胞已经扩散了。派出所的人在整理他的遗物时，打开了他的办公桌抽屉，发现了那块已经洗去血迹的梅花手帕，就把它交给了杰。杰怔怔地望着这块手帕，眼里蓄满了泪水。

送陈大生的骨灰到公墓下葬时，陈大生的小学同学差不多都去了，只有浩没有来。有的同学私下里已知道了这样一段隐私，就是杰在刚大学毕业时，曾和浩恋爱过一段，后来不知道为什么突然分手了。

将陈大生的骨灰盒安葬在墓地里的时候，身着黑色衣服的杰把那块梅花手帕拿出来，恭恭敬敬摆放在陈大生的墓前烧了，而后跪在地上，嘴里喃喃唱道：

丢啊，丢啊，丢手绢，

轻轻地放在小朋友的后边，

大家不要告诉他，

快点儿，快点儿，抓住他……

大家轻轻地跟着默默哼唱起来。唱毕，杰双肩耸动着，已泣成了一片秋天的黄树叶。

关于手枪的记忆

听说张亚文出事了，我那时已不再是个警察了，不再是荒城车站候车室里那间无论是早晨还是下午光线永远是那么暗淡充满苍蝇屎味和来苏儿味执勤室里，那个假模假式让人开包检查的执勤民警了，而是一个整天坐在五楼家里像憋大便一样憋得难受装模作样的狗屁作家了。记忆像一道闪电，一下子划破了二十年的时空，把埋在尘埃中的影像一点一点凸现了出来。荒城车站候车室永远透着乌烟瘴气，永远是那种说不清楚的声音，千万张嘴好像同时在说话，嗡嗡嗡的，苍蝇一样。

许多我后来认识的人跟我说，二十年前就认识你，在荒城车站上，你那时真年轻真威风哩！我瞅着对方的眼睛，想起来，就不由得忸怩地脸红了。那个一米八的大个子警察穿着白警服，臂上戴着执勤红袖标，腰间扎着皮带，斜背着棕色皮手枪套，在如蝇的人群中一定很扎目。你的枪套里真的有枪吗？问的人不甘心。有，怎么没有。我说。那是一把很旧的五四式手枪，枪身上的烤蓝都磨得差不多了，不过装在枪套里外人是看不出它的旧来，何况枪还被我们包在一块红绸子里。啧啧，不过你走路有些晃里晃荡……我又忸怩地脸红了，在警校我就走不好正步，立正和稍息就做不大好。好在我们不是铁路警察，用不着像钉子一样立在安全白线上。可作为执勤民警，所里也要求我们做得标准些。特别是在月台上，闹不好是要出国际笑话的。有一回通过国际专列，站台上没有旅客，只有站上服务员和铁路警察站在白线上。没什么事我就站在一处僻静的铁栅栏口旁，感觉眼前被什么东西晃了一下，抬头看去，国际快车开动了，一个大鼻子老外正站在车门窗背后向我晃动了一下手里的相机，我恨不得追上去扯下他相机里的胶卷，他一定把我松散站着的姿势照下了。我那时就想起吴兴跃来，他是我们班的军体委员，要是换了他，是很乐意让那个鹰钩鼻子老外拍照的。

是吴兴跃告诉我张亚文出事的。他老了，也发福了。二十年了啊。他正带着他的老婆和孩子回家。这是一个很不错的女人，是当地的一名采油工，见人笑眯眯的，很和善。还有他的孩子，他居然有两个儿子，还是双胞胎，长得酷似吴兴跃，简直就是大小吴兴跃。吴兴跃现在是葡萄花镇派出所所长，可谓"衣锦还乡"。吴兴跃家是佳木斯的，上警校时就因为他家是佳木斯的很牛皮。

还记得我们上警校时多大吗？

十八岁。

只比他俩大两岁。吴兴跃指着在一旁嬉闹的大小吴兴跃说。

这真应了那句老话，二十年又是一条好汉，他是两条好汉！吴兴跃的眼睛在寻摸着车站，别说是他，连我都认不出荒城车站原来的模样了。二十年前那个古旧的俄式票房子在我调出站前派出所的第二年就拆除了，换上了这千篇一律的外面用花哨瓷砖贴墙面的三等站楼厅。我和吴兴跃是坐同一趟列车来的。人往往只对他人生落脚的第一站地格外关注。站上的服务员包括那两个执勤民警我都不认识。相同的是这也是一个风雪交加的下午，吴兴跃把他的头龟缩在他竖起来的黑棉警服大衣领子里。他的胖脸被风吹得有一点儿红。

还记得张亚文吗？吴兴跃就是在他要坐的那列火车一点一点喷着白气要进站时提到张亚文的。

记得……他怎么样啦？

他疯啦。

疯啦？

火车头启动喷出的白雾气像个巨大的问号，卷起的雪尘把我俩的声音都淹没了。去往佳木斯的直快列车开走了，我坐上了另一趟开往家乡的火车，我们都是赶回家过年的。而这个时候张亚文还在省城公安厅下属的一家精神病院里，他已经在那里三年了。记忆就是这么个东西，它说不清楚什么时候会停留在某一站地上，又在你没弄清楚怎么回事时，它又匆匆溜走了。总之，那年春节我过得一点儿也不愉快。

上警校那阵儿，张亚文是我们寝室的寝室长。这个土里土气的家伙，见人总是憨厚地一笑。他负责寝室的开灯闭灯，晚上九点整熄灯哨声一响，三班二寝室总是第一个先黑灯的，分秒不差。时间长了，就有人喊他"老×灯的"。这个字与"闭"是谐音，在北方这个荒城是骂人的俚语。张亚文听了见怪不怪地笑笑。

寝室长除了负责开灯闭灯外，还负责寝室的内务卫生。这内务卫生在警校要求是非常严格的，完全是军事化内务管理标准，什么毛巾一条线哪，脸盆一条线哪，牙缸牙刷一条线哪等等。张亚文是从农村出来的，做这些自然是赶鸭子上架。不过他能做到让那个黑脸包公一样严厉的区队长满意也真是件挺不容易的事，否则就不会让他做寝室长了。我就这样投机取巧过，到商店里去偷着弄来一个装烟的空纸壳箱子，拆去一面纸壳子，把罩被子的白布包在纸壳箱外面，早晨起床把被子卷成个方形，扣在纸壳箱里面，棱是棱角是角。不料没几天被区队长察觉了，狠狠地教训了我一顿，并扣掉了我十分。十分就是五元助学金呢，我有点儿心疼。曾有人看见张亚文在早起起床哨声吹响之前一小时摸黑摸索着在自己床上叠被子，而那时我们正是十八九岁的小生荒子，整日被军训科目练得腰酸腿疼酣睡得连一分钟都懒得起来呢。我们起来时，张亚文的被子已叠得板板正正的，四个角像刀削的一样笔直。有人被罚，也是要扣寝室分的。张亚文就帮叠不好被子的我等叠被子。时间长了，又有人喊：张亚文你将来会娶个懒婆娘的。张亚文听了脸红脖子粗与人争辩：你才会娶个懒婆娘哩。这一激并没有激出张亚文心中的一个秘密，其实张亚文那时在乡下已有对象了，乡下人定亲早，张亚文上警校时已经二十二岁了。这个年龄在乡下家里给定了亲也不是件稀奇的事。只是

117

学校规定警校生不允许谈恋爱，所以从入校到毕业张亚文一直没有跟我们提起过家里有对象的事。

张亚文每回从家里返校，都会给我们带来一些解馋的嫩苞米和香瓜。当然他还会从他的黄书兜里翻出一双新做的圆口黑布鞋来，那均匀的针脚密密实实。警校发衣服、发帽子就是不发鞋，所以同学们依家里情况而定，有穿皮鞋的，有穿黄胶鞋的。那时穿这种农家做的布鞋并不多见，看得出张亚文家在乡下生活很不宽裕。不过这种黑口布鞋上军训课练擒拿格斗很实用，腿脚轻便不容易伤人。我们就问张亚文是谁给他做的。他说是俺娘。再问，他就拿瓜和苞米堵住了我们的嘴。

警校坐落在接近市郊的王家围子，几幢破平房，原来是一座驾驶学校，周围有一片很大的操场。星期天到市里逛街要坐那种带长挂的交通车，车上的售票员都是一些小姑娘，对警校生颇有好感，上车从不要我们的票（谁知道她们在打我们什么主意呢？），我们就忸怩作态装作领情的样子。只有张亚文吭哧吭哧非要去扯那一角钱的车票。而他在学校为了省钱往往连点儿带荤腥的菜都不舍得买。

我们住的平房，地面是用砖铺的。年头久了，地面已看不出砖的颜色来了。张亚文就想出一个办法来，他去找来一块废弃的半截砖头，蹲在地上吭吭哧哧蹭起来，不一会儿就露出了一片鲜红的砖面来。区队长看见，就把这个办法在所有寝室做了推广。张亚文的名字也上校园黑板报了，从那个时候起不管认识不认识的别的班的同学都知道了张亚文的名字。

张亚文的上铺是吴兴跃，小伙子人长得很帅气，标准的一米七八的个头，方圆脸，大眼睛，正步走得极其标准，所以入校不久蔺区队长就让他做了军体委员。

他往队前一站，三班也跟着帅气了许多。嚓、嚓——无论是走正步，还是做擒拿格斗分列式他总是第一个挺着步子走出去。引得操场上鸦雀无声，许多别的班的同学也纷纷把目光朝这边投过来。

而这时倒霉的是我了，我怎么练也走不好正步，走着走着就顺拐了，引得围观的学生一阵嘲笑。蔺区队长就叫停了下来，喝令我出列，单兵训练。越这样我越四肢僵硬，大脑也不听使唤了。大概是作为惩罚，蔺教官叫我孤零零站在队前听他发口令，"向右——转！""向左——转！向后——转！"他喊向右转时我转成了左面，他喊向左转时我转成了右面，一分钟转十次，总之我转晕了。从操场上增大的笑声中我知道我成了一个滑稽的小丑。终于蔺教官泄了气，他说：你反应这样迟钝，将来会做个好警察吗？

老实地讲在警校时我就曾动过退学的念头，那是对将来有一种惶惶然的困惑。尽管上警校并不是我第一志愿，我属于大学漏子，被筛到警校来的。从内心来讲，我是想报考大学中文系的，当个作家或干个记者什么的才是我认为一种比较体面的职业。对于当警察，除了满足我一点儿神秘的虚荣心和一点儿小时候糊涂的想法外，再没有别的了。小时候我曾有过参军的梦想，就像那个时候所有男孩子都有这个幻想一样，我想有一把枪，一把不再是牛皮纸做的不再是泥捏的不再是木头削的或柳条编的枪，一把实实在在挎在腰里的枪，瓦蓝的漆、沉甸甸的感觉，多神气，多威风，多了不得！这种想法随着年龄的增大越来越和现实缩短了距离，如果不是恢复高考我也许和那时许多够参军年龄的青年一样会报名参军去的，这是那个年代所有青年人的光荣和梦想。上大学为青年人提供了新的理想，不再备战、备荒、时刻准备打仗了。不过在和平的年代走在大街上的人群中只有警察可以腰间别枪，所以被警校录取对我来讲并不是件绝望的事情。只是走正步叫我感到了绝望。

因此，在上警校时我最佩服的两个人，一个是张亚文，一个是吴兴跃。张亚文把被子叠得那么笔直和吴兴跃能把大腿走得那样笔直对我来讲都是一件不可思议的事情。

分到荒城站前派出所不久我就摸到了枪，尽管这是一把老掉牙的五四式手枪。持枪证上写着公用枪，可我还是激动得不行。我们执勤组一共是三个人，分成三班倒，就是说这把枪有三分之一的时间是属于我的。

交接班验枪时，老蔡做得最认真，他先把弹夹退出来，从花孔弹夹里挤出那三发蹭得发亮的子弹，再把枪口冲地下拉开枪膛看一下，然后把弹夹子弹装上，锁好保险。老蔡是军人出身，做得一丝不苟。老刘却不这么讲究，交班接过枪，连枪套都懒得脱，随意往桌子上一放，既不验枪，也不往身上背。老刘长着五短身材，以前在分局便衣队打过现行（反扒窃），不习惯背枪。看我挺奇怪地瞅他，老刘就说：谁知道这破玩意儿能不能打响了。又说：小王你愿意背就再背一天吧。我巴不得他这样说呢。回到寝室我管一个铁路警察要来了一点儿枪油，把枪卸开来，一件一件仔细擦拭一遍，再装上。这样的活计我能从早上做到天黑，其乐无比。

就在我在荒城车站那间执勤室里差不多快要适应了做一名外勤民警的时候，张亚文找到了我。他跟我说吴兴跃出事了，要我跟他一起去市里看守所去看看他。他之所以先来找我，一来我和吴兴跃都是外地的同学，在警校时吴兴跃单独教过我走正步；二来我待的站前派出所比较容易找，一下车就找到了。张亚文是坐早上的那趟市郊车来的，天还下着细雪，初冬的天气有些阴霾。

我知道毕业时吴兴跃和他一道分到了荒城最偏远的一个分局葡萄花分局。此时是从他嘴里知道吴兴跃分到了葡萄花分局下边一个最偏僻的派出所立志派出所。我有点儿为他惋惜，凭他在警校警术科目那样好，他应该分到刑警队才是呀。

他是怎么出的事？听到这个消息我大吃一惊。

防卫过当，开枪打伤了人……在去看守所的路上张亚文并没有向我多说什么，他一门心思想马上见到吴兴跃，嘴里念叨着：不知道他现在怎么样了，不知道他现在怎么样了。这个乡下人由于担心显得有些语无伦次。

市看守所以前送犯人我来过这里，我找到一个熟人，他带我们走了进去。不过在看守员打开号子门，我们要进去时，他悄悄贴近我耳边说：不要向他问事情经过。我听懂了，他们有纪律，就点点头。

吴兴跃显然没有想到我们会来，见到我们时他并没有显出难为情。他朝我们和在警校时一样热情地微笑着，若不是他蓝棉警服衣领上被摘去了领章和头上剃的光头，让人想不到这是在号子里。这个号子也干净些（据说这是市局一位副局长指示把他们单独关在一个号子里），吴兴跃把和他同屋的那个三十多岁的男人向我们做了介绍，说这是他们所长。那个不怎么爱说话的所长也同我们握了握手。

坐下来我们说了些别的，都是吴兴跃在问我们。从他活跃的眼神里看不到忧伤和悲观来。窗外落过雪的电线杆子上有几只麻雀挓挲着羽毛在蹦蹦跳跳。有时我俩刻意把目光从他脸上移开移到窗外去。难道他真的没有想过这是在什么地方吗？难道他没有想过以后吗？十几年以后当我住在他家里问起他当时在看守所里的情形时，他黯然了，沉默了好一会儿红着眼圈说，怎么会不去想呢？到了那里边后，所有的人想法都是一样的，不管你是警察还是杀人犯，所有的人渴望都是一样的。你知道我每天早上起来看窗外电线杆上的麻雀是怎么想的吗？他瞪着一双被啤酒醺红的眼睛问我。我说我知道。不，你不知道，你永远也体验不到，作家！他趴在桌子上呜呜地哭了……这个时候他已经有一个幸福的家和一份不错的工作。而这些在看守所那间冰冷的号子里我们是连想也不敢替他想呀。

走出看守所，我心情很沉重，张亚文心情也很沉重，不仅仅是为他感到难过，也为我们选择的职业感到悲哀，好端端的一个人，一眨眼就成了阶下囚。他才刚刚二十岁呀！换了我和张亚文，我们会怎样呢？

张业文当晚在我这里住下了，他要赶第二天一早的市郊车回去。从他嘴里我知道了事情的全部经过。

吴兴跃所分去工作的小镇子很荒僻，附近村子里只有十几户人家。他们派出所一共才三个人，出事的那天下午是个星期天，家是当地的那个民警回家去了，所里只剩下他和所长两个人。那伙在镇外修公路的工人是省筑路队的，或许是天高皇帝远的缘故，也或许是太寂寞的缘故，他们常常窜到村子里干些偷鸡摸狗的勾当，村子里的人敢怒不敢言。那天下午所长在院子里洗衣服，有一个流着鼻血的卡车司机慌慌张张跑进院来报案说，有人在那边的公路上设障截道，搜了钱不说还打了他。吴兴跃问明了情况后，知道是省城来的那帮筑路工人干的，就对所长说了一句：我去看看。所长说：把我的家伙带上。吴兴跃听了就转身把所长桌上的那把五四式手枪带在身上了。我想吴兴跃把枪带上身时并没有想到会真的用上它，吴兴跃不过是把这看成是警察身份的一种象征。那天他没有穿警服，他的警服还泡在所长的洗衣盆里。美丽的肥皂泡沫沾着所长的两手，那一刻所长也没多想别的。这只不过是一起民事纠纷案。

卡车司机领着吴兴跃到来显然使那伙人恼羞成怒了。在这之前他们已在这里收了十一辆从公路上通过的车了，其中包括镇子上的两辆毛驴车。还没有一个人像这个外地卡车司机使他们这样难堪。他们远远地望着他俩走过来，手里拿起了锹镐把，还有人不断地从路边的帐篷里跑出来，手里也操着家伙。公路上人越聚越多，卡车司机浑身有些筛糠了，他停下了脚步。

我是警察，把你们打人的人、收费的人交出来。吴兴跃冲他们喊道。

那伙人没有听他的，继续朝他俩跟前围过来。

站在那里别动，不许胡来，放下手里的家伙。

你别多管闲事，赶紧走开。那伙人里走在头里的一个家伙低声说了一句，那是他们队长胡万。

站住，再不站住我就开枪了！吴兴跃又喊了一句，他和那些人只有四五米了。

上啊，弟兄们，再给那小子一点儿教训，警察是不会把咱们咋样的。

啪！吴兴跃先朝天上开了一枪，不知谁喊了一声，上啊，下了他的枪，打他个狗娘养的。这几个人一时间挥舞着镐把、木棍包抄着从路基边围了过来。

砰——

吴兴跃瞅准扑在前边的那个家伙脚前的路面开了一枪，妈呀，我操——那家伙腰一弯捂着肚子滚倒在路沟里，这时人群才哄的一声作鸟兽散开了。

当晚他们叫上两名工人先把受伤的胡万送到葡萄花医院去。那颗子弹吴兴跃其实只是想打到他脚前的地面吓唬住他，没想到这是一颗跳弹，击中了他的腰，穿过了他的肾脏。吴兴跃和所长连夜返回镇上对这起案件做进一步调查，没想到第二天检察院的吉普车开到小镇上，他俩因涉嫌防卫过当和滥用、私借枪支罪被逮捕了……

次日早，张亚文离开我这里时，看到我刚刚交接完班，对我说：你们也配枪了？

我点点头。张亚文摸了摸我的枪套，又放下了手，叹了一口气说：这不是什么好东西。

我兴趣索然地送他上车走了。许多年过去后，我才明白了为什么张亚文在当了派出所指导员以后，从来不把配给他的枪带在身上，而是锁在他的办公桌的抽屉里。

吴兴跃被判了刑，尽管市局的宋副局长对我们警校生厚爱有加、据理力争，还是被判了刑，是判二缓二监外执行。那个所长也因为职务过失被判了六个月。

据说吴兴跃和那个所长在押回立志服刑时，小镇上的人像欢迎英雄一样夹道迎接着他们。据说宋副局长在他们去服刑走时托人传过话来，他俩刑满后还回到公安队伍来。

吴兴跃出事在我们这届警校生中都留下了一道阴影。好长时间我不再去摆弄那支值班枪了，交班时我也不再像老蔡一样去验枪了。在那间执勤室里我把更多的精力投入到练习写小说上。执勤室的门常常被我反锁上，候车室里的噪音让我紧紧挡在了门外。那里有铁路民警在，不会有谁轻意打扰我们的。我把那把值班枪随意挂在墙上，组长老蔡认认真真提醒过我，值班时要随身携带好武器。可我像老刘一样宁愿相信它是一块打不响的废铁了，还有那三颗子弹，谁知道是不是三发臭子？不过在听说了在警校生中发生两起丢枪事件后，我就把它掖在裤腰里了，上站台去时背着那个空枪套。它让我感到是一个累赘，再也抖不起刚带上它时的威风了。

我在荒城车站当警察的第三年，没想到会用上它。老蔡说他背它在这里干了六年了，还没有真正用上过一次它。老刘很吃惊它居然能打响。

那天下午，一个六十多岁的老太太敲开了执勤室的门，结结巴巴跟我说她的钱包被人偷走了。随后她给我看她的后腰被人用刀片割开了一道口子。我从恍惚中明白过来，叫她带我去站台上找那个贼。

站台上站满了等车的旅客。老太太在人群中悄然地快步穿行着，使我很难相信她是六十多岁的人了。在我快要跟不上时，她悄悄贴近我身边说，就是前边那个人。我定睛看时，那人也正在看我，他目光先惊慌了一下，随后就移动着脚步向人堆背后躲去，我跟了过去。唠嗑的人惊讶地给我让着道，目光跟随着我的身影。这是个大晴天，日头明晃晃地在人群头上晃来晃去。这是个聪明的家伙，在人群里不动声色地绕来绕去，我跟得有些磕磕绊绊，又急不得恼不得。他是看准了这一点才敢跟我玩起了捉迷藏。在那列客车快要进站时，贼突然抽身从第一站台跑到了第二站台上。第二站台上对面正有一列货车通过，他显然瞅准了这个脱身的机会，在最后一节车厢通过时，贼一个闪身跃上了车皮上的梯镫。我顾不及多想了，抬起已掂在手里的枪朝天扣动了扳机，啪——啪——两声脆响，震得我耳根发麻。妈呀！——站台上的人惊叫着顿时大乱了起来。

再去看贼，一哆嗦从车皮上跌了下来，四仰八叉地倒在路基上，我脸色苍白地奔过去，一把把他提起来，嘴里吼道：跑，跑，我叫你再跑……

大哥饶命，我不敢啦！他哆嗦成一团。我牵着他从站台上走过，手

124

里还提着张着扳机的手枪，站台上的人惊魂未定吃惊地看着我。

带进执勤室，所长不知怎么得了信也跟了进来。他先从我手上拿下枪（我不知怎么忘记关保险了），把保险关掉，随后把那人带回所里审问去了。我像不明白发生了什么事，呆坐在执勤室里喘了一会儿气，身上的汗已将后背的警服溻湿了。那个老太太一个劲儿跟我说：孩子呀，吓死我啦，早知道这样，我不……她已经领回了她那个黑钱包，那里面只有十九元多一点儿的钱。我做完笔录叫她回去了。

傍晚所长又来到执勤室，他阴沉地看了我一眼说：算你真走运，下午站台上那么多人，撂倒一个，就不是他坐牢而是你坐牢了。

我那一刻想起了吴兴跃，一阵胆寒。过了几天，分局的表彰通报下来了，那老太太的儿子还找人做了一面锦旗送到所里来，上写"机智勇敢，行动果断的人民卫士"。所长的脸上有了一丝我为他争得荣誉的悦色，他希望我好好在派出所干下去，并说要给我们执勤组配一把好枪。可那会儿我已有两篇小说在省里一家刊物上发表，区里文化馆正想调我过去。

总之，那是我短暂警察生涯当中第一次放枪，也是最后一次。那之后不久我就离开了荒城站前派出所。据说在我离开派出所后那把老掉牙的五四式手枪也被分局收缴了上去，分局又给派出所配了一把新的六四式手枪。所里又把这支枪配给了执勤组，可惜我没能摸到。

在我们班这届警校同学中，张亚文算是幸运的。他刚刚分到葡萄花分局下边的乡派出所不到一年就提做了副所长，随后又成了家（果然是在上警校时就在家处的那个对象），结婚的第二年又被提拔为指导员。可谓家庭事业一帆风顺。

在他被提做了副所长时，就给他配了枪。应当说他是我们同学中第一个个人配枪的人。可是他从来不把枪带在身上，而是锁在自己办公室的抽屉里，逢到外出执行任务再把它拿出来。

张亚文在那个乡派出所当指导员一当就是十年，这十年中和他搭班子的三任所长都提到分局去了，而他依旧还窝在乡里。就风闻有人说他性格太弱了，工作上缺少魄力，还有人说他和几任所长闹不和。对于后一种说法我不能相信，张亚文在警校时说话做事都是慢条斯理的，依他这种性格没有人会处不好的。

离开了公安队伍以后，有一年市里组织作家为公安干警写一本报告文学集，要求下到各分局去采访。我就指名要去葡萄花分局采访，一来听说吴兴跃刑满出来又回到葡萄花分局，而且还当上了刑警；二来也想再去看看张亚文。看看能不能以他俩为原型写点儿东西。

葡萄花分局对我的采访很重视，没等动身就先打来电话要来接我。随后就把他们局长坐的那台本田车派来了。葡萄花镇距离市区有一百多里地，路还不太好走，到了那儿就到中午了。分局长和政委直接把我接到了饭店里。作陪的还有县里面的一位检察院副检察长。席间，分局长打发人把吴兴跃找来了，他好像还在乡下搞个什么案了，风尘仆仆开着一辆破吉普车赶来了。一见面他愣了一下：怎么要采访的作家是你？

为什么不能是我？我给了他一拳，亲热地拉他在我身边坐下。与十年前在监狱时见到他相比，他黑了也瘦了。坐下后他悄悄贴近我耳根问我：你是什么时候当作家的？我开玩笑说了句：从在警校正步不会走的时候。他脸红了。

大概有分局领导在场，他显得很拘束。我看到那位副检察长从他一进屋就盯着他看，几次要端起杯子和他碰杯，吴兴跃都装作没有看见，没有动杯。

酒过半酣，副检察长脸红脖子粗端起酒杯站起来说：小吴，我敬你一杯，不错，你进去时是我搞的卷宗，你恨我怪我都行，可我那也是奉上边的指令行事。我知道你是冤枉的，可当时谁敢说你是冤枉的呀……吴兴跃依然坐着身子没动。分局局长说：好啦，过去的事就让它过去了，来，来，喝酒。我心下这才有些明白了。看得出分局局长和副检察长私下关系很好。

狗屎。从饭店喝完酒出来，吴兴跃带我去他家，路上他在车里说了一句。

到了他家里，他妻子还没有下班。吴兴跃让我坐到沙发上，他去里屋换了一条大裤衩子出来，也歪倒在沙发上，跷着二郎腿。他右脚脖子上缠着一个枪套，一把小巧玲珑的六四式手枪斜插在里面，是那么随意。

过了一会儿，他妻子下班回来了。吴兴跃给我做了介绍。他妻子是油田上的采油女工。我就冲吴兴跃眨巴眨巴眼说，吴兴跃你很有福气啊。吴兴跃说，我刚出来那会儿没有人给我介绍对象，不管怎么说我也是从牢里出来的，谁愿意跟我背这个污点。是她父母把她介绍给我的，她父母就是立志小镇子上的人。

吴兴跃的女人到厨房里忙活去了。他的两个儿子也放学回来了。我又说，吴兴跃你有福啊。吴兴跃就很知足地笑了。他说，这算不上是钻计划生育的空子，谁让咱的女人这么会生呢？

他的那个丰臀的女人在厨房里听到了，忸怩地从布帘后回头瞋了他一眼。

晚上喝酒时，我问起张亚文怎么样了。吴兴跃大着舌头说，他还那样，婆婆妈妈的。

在咱们同学当中，他可是第一个结婚的，孩子挺大了吧？

嗨，到现在还没有孩子呢。

当着他老婆的面，我还不愿问起他那两年在监狱度过的情况。等他两个儿子在东屋睡下，他老婆替别人上夜班走后，我才问到这个话题。他说着说着就哭了，他说他曾经绝望过，判决书下达那一刻他几乎崩溃……他说，你别以为你们到看守所去看我时我又说又笑装作没事，其实我心里慌得要命，每天一觉醒来看铁窗外面的小鸟那种心情你永远体会不到，别看你现在是个作家……

我俩一直唠到天快亮了才睡去，其实我没有睡着，是他响起了均匀的鼾声。经过一夜的宣泄他畅快了不少，我没有想到那件事的阴影还一直在跟着他。他说他想调出刑警队。我一听不由得愣住了，我知道他在

127

警校时最想去的地方就是刑警队。他现在如愿以偿了怎么会想到调出来？他说尽管他已破获了几起漂亮的刑事案子，可是每次去抓捕犯罪嫌疑人，他掏枪时手总是在发抖，还有一次他掏枪慢了些，犯罪嫌疑人一颗子弹就从他的耳边擦过。他不是怕死，他怕他死了后秀梅（他妻子）怎么办，还有他的两个儿子……

我无法把对他的采访进行下去了。他夜里也告诫我不要把他说的话写到本子上，他不想成为什么英雄，他只想平平安安。

第二天早上，吴兴跃陪我一同去了张亚文所在的那个乡下派出所。他的那台破吉普在坑洼不平的土路上跑了小半天。到了乡派出所，张亚文一见到我们很惊讶，结巴着嘴愣了半天才说道：老同学，你们怎么来啦……他把我俩让到他的办公室里，给我俩倒了茶。虽然这是乡派出所，可是屋子里收拾得窗明几净，窗外的院子里还用砖砌了菱形花池子，里面正开着五颜六色的扫帚梅花。听说我现在当了作家，是来采访的，张亚文述像模像样地拿出笔记本来，并把墙上挂着的几个黑皮记录本拿给我看。随后又带我俩去参观他们的会议室，墙上各种图表一应齐全，各项法规和派出所承办的事项都是用彩色塑纸剪的字贴上去的。我想这应该是张亚文的功劳。

回到他的屋子里刚坐下，就听走廊上有人喊：小张，小张，分局上周要的那个报表你做了没有？接着从门外走进一个胡子拉碴的中年人来，张亚文赶紧起身来给我们介绍：这是我们魏所长，这是我的两个同学。那人很冷漠地看了我们一眼，接着张亚文就从抽屉里找出一个报表交给他。张亚文本来还想向他介绍什么，但看他转身走了出去就住了嘴。

过了一会儿，那个魏所长又在走廊上喊：小张你过来一下，乡里收上来的治安款你收一下。张亚文就出去了。

张亚文回来时说，中午你们两个在我这里吃饭，我给你俩领到一个养鱼户家里，给你们做鲇鱼炖茄子，保准吃得你下回还想着来。

可是我们刚刚坐下聊了一会儿，又听那个魏所长在外面喊：小张，李家屯来人报案说他们屯发生了一起邻里土地纠纷案，你带个人去处理一下。张亚文听了怔了怔，随后有些歉意地对我们说，李家屯离这里有五十里地，中午怕是赶不回来了。我俩就站起身来告辞了。

张亚文临了和那个民警蹬上自行车还在说，等下回我们来他再带我们去吃鲇鱼炖茄子。

他怎么会那样命令他呢？在回去的路上我这样不解地问道。

也怪他自己，他俩本来是平起平坐的，可他是扶不起来的阿斗，做事像个娘儿们婆婆妈妈的让人看不起，就怨不得别人了。吴兴跃说。

乡下的日头很歹毒，走不一会儿就烤得我后背冒汗了。

第二日我就回到市里去了。我以吴兴跃为原型写了一篇报告文学《葡萄花，一个男人的名字》。

时间和记忆就是这么个无情的东西，没想到那次去乡下派出所见到张亚文，竟成了永别。从吴兴跃嘴里听说张亚文出事了，我和许多认识他的人都不能相信，那么一个老实人，那么一个与世无争的人会出什么事？好不容易挨过春节，一回到荒城我就向文联请了假，坐车去了葡萄花。

十年过去了，葡萄花镇已开发成了新油田矿区。吴兴跃的家也从平房搬进了楼房，三室一厅。吴兴跃的两个儿子已长大了，他老婆所在的采油矿盖了一批新楼，而吴兴跃已从分局刑警队调到了葡萄花矿区派出所任所长。吴兴跃如愿以偿地调到派出所里来工作了，他再也不用夜里出去办案了。全家人也用不着跟着他担惊受怕了，因此全家人的身体都胖了。

到他家的头一天晚上，他没有让他的妻子在家里给我做饭，而是带我出去吃的。

第二天我问起张亚文当时是怎么出事的，吴兴跃告诉我他开枪打死人啦。

开枪打死人啦？打死的是谁？我不免觉得有些意外。

开枪打死的是他们所长老魏。

因为什么？我的脑子里就模模糊糊记起那个见过的他们所长老魏，老实地说对那个魏所长我也没什么好印象……但也不至于打死他呀。

据吴兴跃讲也不是什么大不了的事引起的，那天上午张亚文一起和老魏从分局开会回来，一起在所里召集全所民警开会传达分局的会议精神。分局的会议精神有两个，一个把近期各乡镇派出所辖区发生的各类治安案件压下去，再一个就是涉及个人的事，分局给他们派出所一个奖励工资指标。上次分局给的奖励指标给老魏了，这回本应该给张亚文，可张亚文在会上表了态，说自己不要了。这样就有了两个竞争对象，一个是治安组长，一个是外勤组长。张亚文本来是想给外勤组长的，可老魏偏偏同意给治安组长，这样在会上老魏就一锤定了音。

散了会后，张亚文在走廊上碰到外勤组长，就安慰他几句，要他发扬风格，工作上不要有什么情绪。

这时老魏从他办公室出来看见了，就说，小张你有完没完，会上已定了的事，你还私下交流什么？

张亚文一听就愣住了，张嘴想解释什么，可是张了张嘴说不出话来。那个外勤组长扭头就走了。

老魏又说：你快把分局要的治安案件发案率统计报表抄完给我送过来。

张亚文就回他的办公室去了。

过了一会儿，他从办公室出来，手里拎上了他的那支枪，径直走进魏所长的办公室去，从里面传出惊讶的声音：我要你拿报表，你拿枪做什么？

啪！啪！两声枪响紧接着从屋里传出，随后张亚文空手舞舞张张跑到院子里来，嘴里喊：我杀人啦，我杀人啦！

别的屋子里的人闻声跑到所长室一看，老魏已捂胸倒地，当场就没气了。

张亚文被闻讯赶到的刑警队的人押回分局受审，预审科长问他为什么杀人。

他一会儿瞅着预审科长笑，一会儿瞅着预审科长哭，说：工作压力太大，大脑一片空白。预审科长被弄得莫名其妙。

后来市局从省厅请来精神病鉴定专家，通过鉴定认为他是突发性精神分裂症。再查他的家族史果然有精神病遗传病史。这样张亚文就被遣送到省里公安厅监管的一家精神病医院去了。

唉，想不到他成了一个废人。说到这里吴兴跃叹了一口气。

片警温良友

　　温良友的大头照片在管区楼墙头上挂着，认识和不认识他的人都知道他叫温良友来着，细高的个儿，背有些微驼，瘦瓜脸上那双眼神和照片上一样，始终是那么温和。

　　这片楼区是老楼区了，住户不断有搬出去的，也有不断搬进来的。搬出去的都是在别处又买了新楼换了大一点儿房子走的，再不就是儿女结婚迎亲嫁娶走的；而搬进来的呢，多是一些城里低收入的群体，买不起城里越来越水涨船高的楼房，就或买或租这憋憋屈屈离城中心区较远的旧楼区住。晴天小区敞着口的马葫芦下水口（马葫芦盖早不知被谁人偷走了），脏水四泄着，散发着一股驱不散的酸腐恶臭味儿。雨天楼区过道上的积水又会没膝深，得穿高勒靴子才能走出来。住在这里的住户多是一些下岗工人，还有蹬三轮的、做小生意的、卖菜的……

　　无论是从小区搬走的，还是从外边搬进小区来住的住户，都要找温良友签字注销户口卡或迁移户口落户。许多小区居民只有在这种时候才算是真正跟温良友温警官打交道。当然那些乔迁新居搬走的和结婚出去的年轻人，还会把一把喜糖和一支好烟撒在他的桌上。那些从小区里搬走的人家总是很喜悦，还会在小区里放上一挂鞭炮。那些结婚出去的人家孩子，有的还是温良友看着长大的。那天他走进小区，就看见一长溜迎亲的车队，打头的还是一辆锃光瓦亮的奔驰车。他正推着自行车躲在一边时，从车里下来拖着白纱长裙的女孩儿。女孩儿喊了他一声"温大哥"，并叫她的新郎官给他递烟。温良友接了，可是他却想不起来女孩儿叫什么名字，是谁家的孩子。这要是搁十年前，他会不打奔儿地叫出女孩儿的名字来，并会叫出她父母家人名字来。可是这会儿他有些发愣发呆，他看见女孩儿笑得像一朵儿花似的钻进了车里，车从小区里开走了。她很幸福，幸福就那样搁在她的脸上。

搬进小区来的新住户也多得让他有点儿记不住了。现在不比十年前了，现在都是微机管理户口了。上边也不经常抽查考核他们管区片警熟悉常住人口的业务了。何况现在他的管区里多的是临时户口。十年前温良友曾拿过全分局片警熟知常住人口目标考核的第一名。戴着大红花上台从分局局长手里接过奖励他的一床拉舍尔毛毯来，那是何等的风光啊。

近来，倒是所长常常跟他说，让他没事多往管区里跑跑。年底分局可能要对他们片警考核，希望他再拿第一。温良友嘴上应着，可并不见得他有多大的行动。他近来的心思并不在这里。

温良友的片区警务室在北辰街道社区给他腾出的一间门卫平房里。这间光线不太好的警务室里摆着一张铁床、一张破旧办公桌，靠窗前的一只长凳子上摆放着一个长方形玻璃鱼缸，里面养着几尾红黄两种金鱼。这个鱼缸本来是放在家里养的。于小敏说："人都没地方养了，你还养鱼？"温良友一听这话就把鱼缸搬到警务室来了。

温良友每天来上班做的第一件事就是给鱼缸里的鱼换水，用手制胶皮球管给水里充氧，然后再把从早市上买的鱼食撒到鱼缸里去。鱼们浮到水面上来叨啄着食物，然后又快乐地四散地游来游去。望着鱼儿在玻璃缸里无忧无虑游动的身影，呆坐了一会儿的温良友，常常会叹出一口气来："人要是像鱼一样没有烦恼该多好呀……"

温良友的烦恼是从女儿升中学开始的，原来女儿一直在他们居住的这片老楼区里上小学。小学毕业后许多家长就开始给孩子选好的中学上。他妻子于小敏也早就想给女儿找一所好的中学就读。他们这个北辰居民区里也有一所中学，是市六中，可六中的中考升学率还不到百分之三十，更别说高考了。六中是他的管区他常去，原因是学校里老发生男学生打架斗殴的事，再不就是女生怀孕被家长告到派出所来要起诉学校的。把温晴放在这样一所学校别说是于小敏，就是他也是不放心的。择一所好中学上就是跨学区借读，要交一笔不菲的借读费不说，还要找人走后门才能送进去。他和于小敏想遍了所有亲戚朋友，也没有想出这么个人来。要不想交借读费就要有当地所在学区的户口，而有户口就要在学校附近的楼区买房子。而好学校附近要卖房的楼户，已摸准了这些望子成龙家长们的心理，房子已炒成了天价，就是买一户和温良友现在这样两居室的旧楼也要三十三万。于小敏已请过几次假去一所市中心的好学校旁边问过了。就是把他们住的旧楼卖了，只能卖十万，再加上家里的存款三万，还差二十多万呀！他们不敢想了，于小敏就把憋在心里多年的怨气一股脑儿发泄了出来，都怨自己当初瞎了眼，嫁了他这么个又穷又老实的小警察，自己住这么憋屈的楼房不说，还要女儿跟着受委屈……

温良友听着就有些理亏底气不足。自己的家里底子薄，他家是乡下农村的，父母至今还在乡下种地，没有能力帮衬他们。就是当初买这幢旧楼时，还是于小敏从她娘家拿了四万块钱帮着买的。每次跟于小敏回家，他都觉得有些抬不起头来。好在多数的时候是于小敏领着孩子回去，他借着节假日不休息，很少跟她一起回去。

所以他们的女儿温晴只好先在六中里就读着。

秋天的阳光温吞吞地照着。走在管区里，认识他的年纪大的人喊他"小温子"，年纪轻的人叫他"温警官"，他都一概应着，冲人点点头。虽然有心事，他每天还是上午往他管区里的重点场所里走一遭，一个市场大棚、几家餐饮饭铺，还有两家临街的超市。转到楼区里来，已是晌午了，他看见楼区里过道上有卖秋白菜的，两个青年农民正站在小四轮的车斗里往铁筐里装卸白菜。今年的白菜这么早就上市了？每次看到农民进城来卖秋白菜，他都会想起乡下的老家来。他的乡下老家宽甸县也盛产秋白菜，不知道家里今年的收成怎么样了。他有两年没回乡下了。

一股秋白菜清新的味道钻进他的鼻孔来，他想要不要买点儿秋白菜？就想起去年他买秋白菜买早了，堆得满楼道、阳台都是，于小敏就抱怨他不该把秋白菜买回来这么早，于小敏不会腌酸菜也不愿动手去弄。他就打消了这个念头。

他中午回去给女儿温晴做饭。于小敏的单位离家远，每天都是温良友回来给女儿做中午饭。他打开家门，发现于小敏也回来了，让他有些意外。于小敏正翻箱倒柜在找什么户口本。他问找户口本干什么，于小敏说她遇到了一个熟人，说他能给温晴办到重点中学去借读。温良友一听就有些呆住了，赶紧帮着把户口本找到了。正要动手做两个人的饭，于小敏说她不在家吃了。看着于小敏急匆匆走出去的样子，温良友心里有点儿担心这事能不能成。所以温晴回家吃饭时，他也没跟温晴说这事。

到了晚上，于小敏回来了，一脸的灿烂喜色，说这件事成了，明天温晴就可以去市一中就读了。温良友也有些意外。于小敏还说她已在学校附近看好了一间往外租给走读生的房屋，她陪温晴过去住。一间屋的房租每月是四百块钱，不过他们可以把他们的房子租出去两间，这样也差不多了。至于借读费，他们已不去想那么多了。能找到人办成这事就是万幸了。看着自从上中学一直没有露出过笑脸的女儿露出了笑容，温良友十分感激自己的妻子。他问妻子找的谁，妻子说她找的是自己以前一个中学同学，这个同学以前一直在外地发展，前两天刚回到本市来让她碰上了，随嘴一说起这事，谁想竟让他给办成了呢。"他找的一中初中部的副校长是他大学里的同学。"于小敏兴奋地说。

这种兴奋一直持续到夜里。女儿早早过她的屋里去睡了，两个人这一段一直为温晴上学择校的事发愁，一松弛下来就有了要求。再个想到明天于小敏就陪女儿租房子搬出去住了，想想这日子过得也真不容易，好像忘了这方面的事。等那东西温吞吞从自己身体溜出来，温良友才想起他真的有好久没和于小敏做这方面的事了，暗暗的台灯下，于小敏那双凤尾眼角不觉有了鱼尾纹，当初她可是他们厂里的厂花。以前做这事时，于小敏一直说他不像个警察。温良友就说像警察应该怎么样呢，于小敏就不说了。其实温良友刚从警校出来当上警察那会儿，是一个很标准的小伙子，一米八的个头，身板挺直的。于小敏正是看中了自己一米八的个头才嫁给他的……是从什么时候起，他的背才变驼了呢？

第二天，温良友是和于小敏一起送女儿过去的。一中离他们这个北辰小区实在很远，他俩先把女儿送到学校去，又搬东西去租房子的那户人家。女房东看见于小敏领了一个警察上门来，先是愣了一下。于小敏跟她说"这是我丈夫"，女房东这才松下脸来热情起来。温良友进屋打量了一下，他们租的这个小屋比他家的那个小屋还小点儿，却要四百块钱。温良友就同女房主商量可不可以让一点儿。

女房主看了看于小敏，说："我们这里出租的都是这个价，你可以去打听打听去。不过看你们挺不容易的，水电费不用你们掏了。"温良友就下楼去搬东西，温良友是租了一辆三轮车把于小敏和温晴的行李和生活用品拉过来的。一趟一趟往楼上搬头上就冒汗了。等他搬完下去时，女房东跟于小敏说："哪有警察租三轮车的，你家先生真可以呀。"于小敏就觉得被人打了嘴巴子，脸上火辣辣的。

接下来的事情是于小敏要温良友把自家腾出来的一间屋子租出去，租出去一间还剩下一间可以放东西和留给他在家里住。本来于小敏是想把房子都租出去的，要他晚上到警务室去住，反正他夜里巡查的时候多。温良友想这样怕所里知道了不好，就没同意。租房子他不能像楼区里别的住户那样，往楼区墙上或电线杆上贴个小广告，他只能跟管区内联防员打个招呼，让他们帮忙给留心点儿。

仅仅过了两天，联防员胖大妈就找到了他，说有一户要租房子的，问他下午有没有时间。他说有。胖大妈就叫他下午带钥匙回来，她把人领过去。

下午，胖大妈果然把人领过来了，说了句"价格你们谈"，就转身下楼去了。要租房子的是一位三十来岁的女子，还带着一个十来岁的小女孩儿。她说她姓孟，叫孟巧巧。他引姓孟的女子在两个房间里看了一下，看得出她挺满意的。问他每月房租多少钱，温良友想了想说："二百八十元吧。厨房是共用的。"他本来想姓孟的女子会跟他讨价的，如果讨价压到二百四五也行，这也是他们这里租房的价格。可是姓孟的女子很痛快地应着了，说："行，那我下午就把东西搬过来。"他把这两屋的钥匙从钥匙串上解下来，也许是职业习惯，他临走时随嘴问了一句："孩子她爸是干什么的？"姓孟的女子沉吟了一下说："我们离婚了。"

走出来，温良友心里还有些迟疑，他本来是想租给一户三口人家的，谁想这姓孟的女子竟是带着孩子离婚的单身母亲，在一个房檐下住着也不知方便不方便。想想现在孩子上学正需要钱，也不能去想那么多了。

晚上他刚回来，姓孟的女子就把一年的房租交给了他。他嘴里说："不急，不急。"看得出来，这姓孟的女子挺大方的。姓孟的女子在厨房里做完饭了，她们母子俩在自己屋里吃了起来。他这两天一个人在家里瞎对付，厨房里让他弄得乱糟糟的，这会儿厨房让人家收拾得利利索索的，炉具都擦得干干净净的。他下了一碗面条也回自己的东屋去吃了，并把门带上了。

白天，孟巧巧到他这里来签字落户，他才知道她不是本市人，也不是周边县城过来的，户口是从外省 S 县带过来的，户口有一个曾用名字叫孟云。他不知道她为什么改了名字叫孟巧巧，孩子也随了她的姓，叫孟甜甜。她只是来办临时户口，给孩子上学用，他也不好多问她什么。他把自己的私章盖在了那张硬纸上，又告诉了她派出所和小学校怎么走。孟巧巧道了谢，走出去了。

阳光晃着她的身子，她的身影细细条条的。

孟巧巧在市场大棚里租了一个柜台，卖些烟酒糖茶和调味品。温良友走进来，孟巧巧看到了，待他走近打一声招呼："温大哥，忙着呢。"他点点头。有时他也会在她的烟摊上买一包烟，付钱时，她总是要客气地推托不要，看他板起了脸，她才收了。她收他的是进价，而且主要的不是假烟。这也是温良友愿意在她柜台前买烟的缘故。而别的小贩见面热情是热情，假烟也会卖给他。他烟轻，两三天才会抽掉一包烟，也就辨不清真烟假烟了。

走过去有时会想，开这样一个货铺柜台，没个三五万是下不来的。看来这个孟巧巧是有些钱的。

前一阵子有一段为了给女儿攒学费，他都把三天一包的烟戒掉过。他很少喝酒，有时晚上就靠吸一两支烟打发寂寞的时间。

从农村走出来的他，现在既恨钱又想钱。

那天于小敏要请她那个给女儿办事的同学吃饭，说是要答谢人家一下，叫他晚上下班过去时多带点儿钱。他也曾跟于小敏说过要好好谢谢人家为温晴办的转学这件事。他就揣上刚发的工资六百块钱过去了。饭店是于小敏叫她那个什么公司总经理的同学点的，是在城中心地带的金帆饭店。实际上是请他的那个同学一中的副校长。过去之前，于小敏特意叮嘱他把那身西服换上。可是下班时，所里接到分局电话通知，晚上要全体民警参加夜查。温良友就没有去换衣服，他挤公共汽车匆匆赶到这家金碧辉煌的饭店里，本来就来晚了，还穿着一身警服来，于小敏看他的脸色就有点儿不对。他略显局促不安地坐下了。于小敏那个同学给他倒酒，他捂住了杯口说了一句："晚上有夜查任务，工作期间不能喝酒。"弄得她那同学和于小敏都挺尴尬的，后来还是那同学自己解了围："好，咱不为难人民警察了。"他们三人喝了起来，于小敏平时是不能喝酒的，那晚却喝了很多。买单时，他以为听错了，这一桌酒菜竟花了一千二百块钱。在他欲叫服务生拿来单子细看时，于小敏已在桌下直踢他的脚了。还是她那个同学打住了，他冲那个服务生打了个手势说："记在我的账上。"他在这家饭店压着支票。

那一晚，喝多了的于小敏是她那个同学开车把她送到住处的。第二天他像个犯了错误的学生过去时，于小敏酒醒后又脸子不是脸子把他骂了个狗血喷头。他自知理亏，由她骂去了。

市场集市大棚里总有几个刺儿头欺行霸市，看孟巧巧是新来的，不是今天拿走了一个打火机不给钱，就是明天一开门时从柜台下顺走了一包烟。孟巧巧都忍气吞声没敢声张。几个人里挑头的那个外号叫霍大头的光头胖子还色眯眯地盯着她看："嘿，这小娘儿们脸盘还挺靓的呀！"霍大头是倒鱼的，浑身上下沾着一股鱼腥气。在大棚里他走到哪儿总有两个苍蝇跟着他飞到哪儿。一般业主都躲着他那张胖头鱼脸。

这天一大早，霍大头往市场里推完了鱼，和他的两个小兄弟又像苍蝇一样围在了孟巧巧的柜台前。霍大头要了一包烟，撕开抽出一支叼在嘴上，憋住劲吸了一大口，将烟吸下去半截，然后从嘴里像吐鱼泡一样吐出一串烟圈来。那烟圈都是冲着孟巧巧那张白净的脸盘飘去的。孟巧巧躲闪不及，被呛得咳嗽了起来，薄薄的面孔就通红了起来。霍大头就笑了，等霍大头吸完了三支烟，突然说："你这烟怎么像是假的？"孟巧巧小声争辩："怎么会呢，我这烟都是从烟草公司上的。""不信你抽一口。"霍大头就把嘴里的烟拿下来往孟巧巧嘴里递，两个小兄弟也跟着起哄："对呀，你抽一口尝尝。"孟巧巧脸就涨红了，正不知所措时，温良友走进大棚里来了。

霍大头一见，转身就要走，被人从后边拍了一下肩头。"温警官，是您呀。"胖头鱼脸上堆出了笑。"把烟钱给人家。"霍大头乖乖地从口袋里掏出了钱，放在了柜台上。"还有你俩。"那两个小兄弟也不知什么时候各自往兜里揣上了一包烟，这会儿也只好乖乖把烟钱掏出来递给了孟巧巧。

"别再让我碰上……"温良友手用力捏了一下大头肩膀。

大头咧了一下嘴："那是……那是……她是你亲戚？"

温良友已背着身影走出了大棚去。

晚上回来，孟巧巧已在厨房里做完饭吃过了。看见温良友回来，孟巧巧感激地说："温大哥，上午的事谢谢你。"

温良友说了句："这是我分内的事。"就要动手做饭。

孟巧巧说："温大哥，你不要做菜了，我晚上做鱼了，给你留了两条在锅里。"

温良友打开锅一看，果然有两条鲫鱼留在锅里，就说"这怎么行呢"，然后要拿盘给她盛出来。孟巧巧挡住了他，说："我也是多做了两条，你也省得开火了。"

温良友也就不再说什么了，米饭是他中午剩下的，在电饭锅里加温一下就行。

相住这一段，都是孟巧巧先做完饭，他再去厨房做饭，一个是他工作忙回来得晚，再一个是他一个人好对付，偶尔还在外面面馆里对付一碗面。孟巧巧做完饭，有时还顺便把他买的菜也给洗了，有时做多了饭做多了菜也叫他吃，可是他从来都是推托了，一来他们是房东房客的关系，二来她还是个单身女子，不好走得太近，让于小敏回来看到了也不好。

应当说这母女俩作为房客还是很安静的，在这个城市没有什么亲戚往来。常常是晚上吃完饭，她在西屋里辅导一下孩子写作业就睡下了。温良友吃完饭在东屋里看一会儿电视，洗洗脚也睡下了（洗脚还是于小敏叫他养成的习惯）。有时夜查太晚了，他也在警务室住一宿。

对于这样安静的日子温良友是满意的，他的耳边也少了和于小敏在一起的唠叨。他只是偶尔打电话过去给于小敏，问一问孩子的学习情况，还问一下有没有什么东西要他拿过去。听得出来于小敏已懒得向他抱怨了，常常是没等他说完，于小敏就把电话挂断了。

其实温良友也并不是像于小敏骂他那样一无是处是个窝囊废，至少在他老家乡下村子人眼里不是这样的。温良友的乡下老家宽甸县离城里并不算太远，坐汽车四个小时就到了，可是他很少回去，一个是他当这片警很少有休息的时候，再一个是于小敏也不愿意和他回去。乡下老家的人也很少到城里办事，或到他这儿来走动。乡下人也忙啊！温良友只有在过年时给家里汇去二百块钱，家里人收到了就给他回信，回信是他姐良芬给他回的，说村子里的人都挺羡慕他们温家有个在城里当警察的儿子的。他不回来是因为警察工作忙。尽管他们并不知道他只是一个小片警，警察和警察还是有区别的。

秋天的阳光温和地照着城里的大街小巷，让马路边上的杨树叶慢慢地变黄，熟透了，就被风沙沙地吹落在路面上和路沟里，柏油马路镶上了一道黄边……自行车轮碾上去有细碎的轻响，就像黄黄的落叶一起在叹息着什么。

这天下午温良友从所里开会回来，骑车往社区办事处警务室去，刚刚拐过北辰十字街灯岗路口，就听有人在喊他的乳名："良子，良子——"在城里这么多年了从来没听到过有谁喊他的乳名。他猛地一刹闸，跳了下来，回头望去。

在十字路口左侧的路边上，停着一辆装满大白菜的小四轮子，小四轮子已熄了火，它的主人冯二宝像一棵蔫白菜勾头耷脑地坐在四轮车的驾座上。路中央的安全岛上笔直地站着一位穿白警服的交警，正挥舞着手臂指挥着交通。温良友看了一下就明白了，当他认出冯二宝那颗扁头来就走了过去。他心里想着小时候和二宝一起在白菜地捉蝈蝈，二宝扎的蝈蝈笼子不结实让蝈蝈一只一只逃掉了，二宝也是这么一副沮丧的神情。可是现在二宝恨不能自己变成一只蝈蝈从这里逃掉，因为他闯红灯了，那个交警要罚他的款。可是他兜里没钱，因为他那一车的白菜还没有卖掉。他不交罚款，警察就不放他走，还说等他下了班帮他把这车白菜卖了交罚款。二宝急得要哭了，要哭的二宝抬起头来时，看见了骑车过来的温良友，良子也是警察！二宝猛然间眼前一亮，像遇到了救星。

其实温良友和这个岗上的警察并不太熟悉，虽然都在一个分局，也只是开大会时照个面而已，他并不知道他叫什么名字。余暇时间像他们这种小警察也是各管各分内的事。

温良友把自行车支好，朝十字路口中心路蹁蹁走去。他不知道该怎么去跟他说，如果换成站在那里的是他，他也会这么做的。他像怕太阳光刺眼似的一直低着头，走到那里。

"温良友，他是你什么人？"他能叫出自己的名字来，叫温良友觉得有些惊讶，想不起来他怎么会认识他，一定是那次分局开表彰会他上台领奖时，被下边的人记住了。

他抬起头来赶紧说："是我、我的一个同乡。"

"他闯红灯了不说，喊他站下他还开车猛跑，差点儿跟一个对面来的卡车撞上，你说这还要不要命了？"

这个浑球二宝，还是这么不稳重。他以为这是在田埂里撒驴子呢。他心里骂了一句，脸上还是堆着笑："那是，那是，你扣得对……"

温良友从兜里掏出一盒烟来抽出一支烟递给他，他接了。他低下的脸挺黑。

"他是我们一个村的，头一次到城里来卖菜，没进过城。"

"你回去好好教育教育他，进城这么瞎闯可不行。"他手还在指挥着过往的车辆。

"那是，那是……"温良友一个劲地儿点头。

"人你带走吧，老温，咱们在下边当差干的活都不容易，是吧。"最后一句话说得温良友差点儿掉出泪来。看看两头的车流又多了起来，他不好和李交警多说话，就赶紧过去把二宝引走了。

"良子，今天多亏了你，你真行。"冯二宝突突地开着小四轮跟他往楼区里走。他刚才问过二宝打算把菜拉到哪里去卖。二宝说他进城来是两眼一抹黑，也不知该到哪里去卖菜。早上出来时还想菜拉进城里来就想当天卖完当天返回去，谁想在马路上被扣了小半天，也不知还能不能卖出去了。温良友就说"你跟我来吧"。刚走进这个小区，就有人上前问车上的白菜卖不卖，温良友说卖。就叫二宝把车停在了楼区中心的过道上，不一会儿就围上一群人来，温良友也帮他过秤，楼区里认识的人见了，问："温警官，你的亲戚？"温良友就笑笑说："是我乡下老家来的，一个村子里的。"买菜的人就更多了。

卖着卖着天就黑了，一车菜也差不多卖光了。温良友就说："二宝，你今天别回去了，在我家住下吧，明早再赶回去。"二宝正犯愁天黑没办法往回赶呢，听了温良友这话也就应下了。车上还有三四百斤菜，二宝说："良子，你家买秋白菜了吗？"温良友摇摇头。二宝就说："那剩下的这些白菜不卖了搬到你家去。"看看没人再过来买菜，温良友就同意了。

两个人往楼上搬菜时，孟巧巧已回来做晚饭了，她给开的门，冯二宝一抬头亲热地说："良子，这是你媳妇吧？"温良友赶紧说："你嫂子陪你侄女在外边借读呢，这是我家的房客。"又把二宝介绍给孟巧巧，说："这是我乡下进城来卖菜的一个村子里的同乡。"两人倒腾完菜，温良友才出去买菜。肉和菜买回来，孟巧巧已吃完饭了，又过厨房来帮他做菜，说："温大哥，你进屋和那位大哥唠嗑吧，我来帮你做饭。"温良友一想真有话要跟二宝说，还要问问乡下他家里的事，就进屋去了。

工夫不大，四样菜就炒好了。孟巧巧端进来，温良友赶紧放好桌子，一迭声地说谢谢，并要孟巧巧把排骨给孩子拨点儿去。孟巧巧说她们都吃过了，她还要看孩子写作业。就转身过那屋去了，他没再让。

温良友还买了一瓶花园白酒，给二宝倒上。两个人就边吃边喝了起来。二宝是有些酒量的，喝到中途二宝又说："良子，今天多亏遇见了你。"温良友也喝红了脸问他："二宝，人家喊你你跑什么？"二宝说："不跑行吗，我连执照都没有。"温良友这才知道乡下开这种小四轮车是从不办照的。今天要是罚款的话，这一车的菜钱都得罚了去。温良友就从心里感激起这个李交警来。喝着喝着，二宝就又叹了口气，说："咱乡下的日子太难了啊，今年秋旱，今年的秋白菜收成并不太好，有许多人家的白菜都没长成棵就旱死在地里了。"温良友听了赶紧问他家里种的白菜多不多，二宝说："你家里种的不多。"这才叫他稍稍放了心。其实不用问他也知道，他家里种的不多，是因为家里人手不够。他家里上面除了他姐良芬，他下边再没有弟弟妹妹了，他还在外边工作，缺少男劳动力，地里的活劳作就比村子里别的人家困难得多。以前地里的活都是父亲和良芬在做。良芬嫁到别的村子后，地里的活就是父亲一个人在做了，头些年有一年碰上涝灾父亲在抢收麦子时还累伤了腰。问到父亲的腰病，二宝说："你爹田里的活也做不动了。"

"我姐她怎么样？"

问到良芬，二宝就噤住了口，温良友也不再问了。

吃了饭，临睡下前，二宝又数了一遍他卖白菜的钱，脸上露着满足的喜色说："没想到卖了这么多的钱，这在家里是从来卖不上这个价的。"温良友就问在家里怎么卖，二宝就说在家里都是拉到县城里去卖，能卖上这一半的价钱就不错了，还要搭上好几天的工夫，没想到城里的钱这么好挣。

每年温良友都能看到附近县城里的农民进城来卖菜，听二宝这样一说他们村子里的情况，他心里有点儿发酸。他们家那儿的农民太老实本分了。

第二天冯二宝走时，他给送到出城的路口，他怕他再有人给截住。同冯二宝告别时，他从兜里掏出五十元钱来交给冯二宝，说是留在他家里那三百斤的菜钱。冯二宝就跟他急白了脸，说："良子，你打俺脸是不是，你帮了俺这么大的忙，俺都没说跟你客气，你咋还跟俺外道呢？"

温良友只好把钱收了起来。

冯二宝开着小四轮子突突地高兴地走了。瞅着冯二宝远去的背影，他才觉得有些对不起冯二宝来，当初他家里托人到家里来提亲，生生是他把冯二宝和姐的婚事搅黄的。这也怨不得他那时年轻气盛，他当初一门心思就是想把姐良芬的户口弄到城里来。

冯二宝走了很多日子，他才从他姐良芬的信里得知，冯二宝这次回去把他进城的遭遇同村子里的人说了，把他好一顿吹捧，说他在城里当警察很有本事，有的警察都得听他的，还说卖菜他都管得着。温良友接到信看了，心里苦笑了笑，没有把这件事往心里去。

大约入冬的时候，让他没有想到的是冯二宝又进城来了。这回冯二宝径直找他家里来，他没下班他就站在楼下外面等他。他肩上背着两个尼龙蛇皮袋子，一只口袋里装着五只冻笨鸡，一只口袋里装着三十斤黏米面。二宝知道他爱吃黏豆包，特意带来了乡下新打出的黄米面子给他。温良友下班回来，冯二宝已在外面站着不知多久了。

他把二宝让进屋，二宝换了鞋后向他说明了这趟进城的来意。

冯二宝这趟进城来是想让温良友帮他在城里找点儿活做，冯二宝说，冬天家里没活干，不如进城来找点儿活做。他上回进城来，就觉得城里的钱还是好挣的。温良友问他能干点儿啥，冯二宝说："俺有的是力气，干啥都行。"温良友就想起每天早上市场大棚外面聚着的几个三轮车夫，就说："蹬三轮车行不行？"冯二宝说："行呀，不就是倒骑驴吗？"说到住的地方，冯二宝说："俺想出去租房子住。"温良友说："你就先在我这里住下吧，跟我也是个伴。"温良友这样想，一是让他节省点儿钱，再一个有他和自己一起住，和孟巧巧母子俩在一个屋檐下也方便些。冯二宝就说："良子，你跟俺还和打小时候一个样。"说起来冯二宝和他家还沾点儿远表亲，论辈分冯二宝得管他叫姨表舅。

当晚他俩就把冯二宝带来的一只笨鸡炖了。温良友又去打了一斤散装白酒。鸡炖好，温良友把鸡大腿掰下来给孟巧巧送过去，说是给孩子吃的。孟巧巧就说，以后这个乡下来的大哥有什么洗洗补补的衣服就拿过来。温良友嘴上应着，心里在想，看来二宝在这里真会方便些的。

次日一早起来，温良友带着二宝去市场。他先在门卫小屋里找到市场上的张管理员，把他叫出来跟他说老家来了一个亲戚，想在这里临时找点儿活干。张管理员问他想干啥，温良友就说："你看他蹬三轮拉货行不行？"张管理员就瞅了那边站着的二宝一眼，犹豫一下说："温警官，本来咱这市场蹬三轮的就够多的了，不过既然是你的亲戚，那就先在这里干着吧。"随后温良友把站在一边缩着脖的二宝叫过来，二宝挺会来事地从兜里掏出事先准备好的一盒烟来，抽出一支给张管理员吸。张管理员交代说，三轮车得自己买或租他们市场上的旧三轮车。二宝问租一辆三轮车多少钱，张管理员说先交五十块钱押金。二宝掏出五十元钱给了张管理员，跟他取车子去了。

看看这事弄妥了，温良友就回警务室上班去了。

晚上回到家里，二宝也挺晚才回来，他把三轮车轱辘卸了，锁在楼道里。温良友问他活干得怎么样，二宝一边擦着汗，一边兴奋地说挺好，他今天挣了有三十块钱，刨去五块钱的租车金，还挣了二十五块钱呢。他说拉一趟货是三块钱，他刚来路不太熟，路要是熟的话，他还会多跑几趟呢。

温良友刚要动手做饭，二宝说不用做了，他买了熟食，也买来了一瓶花园白酒。说着二宝就张罗着支起了折叠桌，把塑料袋里的熟食摊在上面，有猪肘子、猪耳朵丝、花生米……又把花园白酒瓶盖用牙咬开，倒在缸子里。两人端起来，温良友喝了一口，想想说："二宝，你刚进城来，花钱的地方多着呢，要知道节省些。"他知道二宝家里还有老婆和两个孩子要他养。二宝说："良子，我知道，你看今天不是庆贺我找到了活干了吗？"温良友想想也是，就与二宝将茶缸子里的酒碰了，干了。

温良友替他掐指算了一下，照这样下去，二宝每天拉脚至少能挣到三十块钱，这样一个月下来快赶上他工资了。看来二宝来城里是来对啦。

一连几天，二宝晚上回来脸上都是喜滋滋的。躺在床上还跟温良友说："能在城里生活多么好呀，良子怪不得当初你是那么想把你姐办到城里来……"二宝这样说就勾起了温良友不愿想的心事。他刚进城来的当初也是和二宝一样看什么都是城里的好，可是现在他却不这么想了，每每二宝这样说时，他脑子里就会浮现出他俩小时候捉蝈蝈的乡下田野来。天是那么蓝，草是那么青……他知道自己有些想乡下的老家了。想和二宝说说乡下家里的事，可是累了一天的二宝很快就在铁床上打起了呼噜。

一提到他姐，他心里一阵痛楚，自从他姐离婚后还一直带着孩子守在父母家里过。二宝说家里的活都是他姐一个人在干。

这日晚上，二宝额头上顶着一个鸡蛋清回来了，嘴里还气咻咻地说："俺招谁惹谁了，这不是欺负人吗……"温良友问他，他才道出了原委。原来这些日子，冯二宝拉脚时不惜自己的力气，有的顾客拉货让送到家，五楼、六楼他也不加价，吭哧吭哧给人往楼上搬。别人看他拉货实在，都找他拉活。这可惹恼了那些在市场大棚外等活的蹬三轮车帮。他们警告过冯二宝，别这样抢他们的生意。可冯二宝没听，有顾客找他，他还是这样给人家跑。就在这天下午傍黑，这伙蹬三轮的在半路上截住了冯二宝，把他摁在雪地上一顿胖揍，还把他的三轮车胎给扎漏了。

温良友问是谁挑头干的，二宝委委屈屈说他也没看清。也是，二宝这些日子只知道自己多拉一些活了，很少和那些人掺和在一起，连他们里的人姓什么叫什么都不知道。看来二宝还以为这是在乡下，只管凭力气挣钱就行了。他还没学会和城里人打交道，可是城里有城里的规矩。

二宝第二天出车时有些磨磨蹭蹭的，温良友要和他一起去市场。二宝说他还要到自行车铺子去补胎。温良友就由他一个人去了。

冯二宝补完胎出车晚了，去批发市场给人拉了两趟活就近晌午了。他刚去拉第三趟活，走在半路上，就突然被七八辆三轮车围住了，二宝一看还是他们市场上的那伙人。"臭乡巴佬，昨天打你还不长记性呀。"二宝委屈地说："你要俺怎样？""我要你懂点儿规矩。"为首的是个躬曲着水蛇腰骑在车上的大个子。"啥、啥规矩？"二宝确实不懂，原来按这伙人的规矩是，头一天要是有人被教训了，第二天要去买烟撒给大家赔罪，或中午买盒饭请大家吃。而冯二宝既不撒烟赔罪，又不中午请大家客，自然让三轮车帮里的人不满了。那个戴狗皮帽子的水蛇腰大个子一挥手："看来他还是不懂啥规矩，伙计们，上呀。"众人纷纷从三轮车上跳下，刚要动手，有谁喊了一声："警察来啦。"这些人又兔子一样跳上车忽地一下散了，没命地往四下里蹬去。但那个大个子还是被来人骑车撵上了，一把被来人从车上拉了下来。"警察大哥，我可啥都没干呀。""说，你昨天是不是打他了？""不是我一人动的手……"大个子不知是吓的，还是冻的，脸色青白。温良友说："你们这些人，不好好干活，欺负人能挣到钱吗？嗯？"大个子就不吱声了。"以后再欺负我兄弟，你跟我到派出所去。"大个子乖乖点头，说："俺们再也不敢了。"

晚上回来，听冯二宝说，下午拉活时那些人都抢着给他递烟，说没想到他还有个亲戚大哥在城里当警察。他再卖力气多拉活时也没有人气得横鼻子竖眼睛了。温良友就想二宝一定向那些人吹嘘说出他们的亲戚关系了。温良友的姨家娘舅是冯二宝父亲的堂兄弟，要说他们这种表亲在屯子里是八竿子打不着的亲戚，可到了城里就显得物以稀为贵了。

那天温良友要去给于小敏和女儿送点儿用的东西，就叫冯二宝蹬车给拉去的，他顺便把冯二宝介绍给于小敏认识。去时还把冯二宝从乡下带的鸡拿去了四只。一见面冯二宝就喊于小敏表舅母，于小敏一愣，等他下去再搬东西，于小敏跟温良友说："他就是你电话里说的那个亲戚？"温良友说是。"他要在城里干多久？"温良友听出了于小敏的意思，说："干到年跟前吧。"

回来的路上，冯二宝说："表舅母好像有点儿不高兴。"温良友说："城里不习惯称长辈，你以后还是叫她嫂子吧。"冯二宝想想也是，这城里不比乡下，不好乱攀亲的。走了一会儿，冯二宝又说："你和嫂子就这样两下住下去？"温良友哀叹了一口气，说："不这样能怎样，没办法，为了你侄女能上个好中学。"当他听说温晴借读费一学期要三千块钱时，冯二宝咂了一下舌头："哇，俺的娘，这可是乡下一家老小全年的收入啊，城里娃上学咋这么贵？"三轮车碾着路边上的硬雪嘎吱嘎吱响，寒风飕飕地往脸上刮……两个人各自在想着心事，都不吱声了。

开早会时，所长说最近北辰边上的农贸商品批发市场上有"顺包"的，要治安民警巡逻时提防着点儿，各管区的片警也留意着点儿，看看自己小区里那些租房子的外来户有没有窝藏赃物的窝点。要到新年了，所长可不想让本所辖区内的发案率再往上升。

散了会，温良友刚往外走，就听和他管区相邻的片警马前进笑嘻嘻地贴着他的耳根说："听说你家里租了个漂亮的女房客？"温良友一愣，他租房子的事没有跟所里任何人说，没想到还是这么快让所里人知道了。马前进又说了一句："咱们当片警的不容易呀，能挣两个是两个吧。"他瞅瞅马前进，半天还没咂摸出他话里的意思。就听门口有人喊，所长叫他到所长室里去一趟。他一时有些发蒙。

温良友走进所长办公室，所长把门关上了后，说："小温子，听说你家里出租了房屋？"温良友就把孩子转学，老婆于小敏跟孩子在外面租房子住……还要交一笔借读费的事从头到尾说了一遍。所长耐心地听完，听完半天才说："按说咱们警察是国家公务员，公务员是不许经商的，可租房子也算不上经商，只要你手续齐全……"温良友赶紧说他手续齐全，连房租交易税他都交了。所长说："那就好，我知道你家里困难，房子闲着也是闲着。不过你是咱所里树的典型，要注意一下影响……"温良友感激地说了一句："所长我知道了。"他突然发现所长的头发里有不少白头发了，所长今年才四十多一点儿。温良友刚到所里来时，所长才刚刚三十岁，所长也是从管区户籍外勤民警提拔当的所长。

走出来，院子里的宣传橱窗里温良友戴着大红花的照片还在里面挂着，温良友对着玻璃窗里的温良友的目光望了一眼，蹬车走了。

温良友先回到警务室去，早上他匆忙赶到所里去开会，鱼缸里的鱼忘喂了，他给鱼喂了鱼食。而后他又把今天早上所里开会的内容写在一个黑硬壳警务日志本上。他特意在所长强调的"顺包"案上用红笔打了一个大大的问号。吃饱了鱼食的鱼在鱼缸里无声地游着，温良友锁好门出来了。他要按照所长说的下管区走访去。所长是个好人。温良友心里这样说。

他这个管区楼房租住的多是一些市场上卖菜卖肉的小商小贩，白天都出床子没在家。温良友走访了解的多是租房子的房东，这些老房东多是和他一样，把自己家里的房子租出去一间或两间，也有全租出去的。全租出去的有的是两家合租，有的是和父母租在一起。在问到房客的一些情况时，房东都能说清楚。有两户没有办临时户口的房客，温良友就叫房东等房客回去告诉他们去所里办临时户口。这么走访下来，温良友还顺便了解到一个情况，就是谈到房租时房东们都闪闪烁烁，更叫他惊讶的是这些房东都没有去交房屋出租税，这个不归他管，他也没多问。不过走出来他却在想，自己是个警察，遵法纳税是应该的。这样一想心里就轻松多了。

晚上走访到挺晚才回来，回来看见孟巧巧在厨房里炒菜，灶台上摆着好几个待炒的菜。孟巧巧正颠着手里的马勺，一看到他进来就说："温大哥回来了，等你半天了，等你回来晚饭咱们一块儿吃。"温良友就有些发愣。回头进屋看见冯二宝正坐在屋里看电视，问他怎么回事，冯二宝小声告诉他，今天他给孟巧巧拉了两趟货，孟巧巧非要给他拉活的钱，他撕撕巴巴没要，说一个屋对门住着要什么钱。孟巧巧就在晚上回来时买了鱼、肉、青菜，告诉他晚上温大哥回来一起吃个饭。

温良友觉得不吃不好，人家是请二宝的，就和二宝过她的屋里去坐下了。自从这西屋租给孟巧巧，温良友很少过来过，冷丁一看，这屋里让孟巧巧收拾得整整洁洁。看来女人住的屋和男人住的屋就是不一样，他和冯二宝有时早上起来被都懒得叠。饭桌放在地中央，四个人坐得宽宽松松的，孟巧巧炒了八个菜，她还买了一瓶白酒给他俩倒上，说："两位大哥，别客气，吃，吃。"温良友先夹了一筷子鱼肉给她的女儿，孟甜甜脆生生地说了句："谢谢大大。"让温良友胸口温热温热的，他好久没有和自己的女儿在一起吃饭了。看孟巧巧在用目光温情地注视自己，他赶紧端起酒来说："谢谢，让你麻烦做了这么多菜。"孟巧巧说："谢什么谢，二宝大哥这么实在，白帮我拉活，让我都有些对不住了。"二宝嘴里吞着孟巧巧给夹的鱼头，呜噜呜噜地说："大妹子你不用客气，以后上货你就吱声。"孟巧巧眼里含着感激端起酒杯又说："我们娘俩住在这里给你们添麻烦了，还有上回温大哥给我解的围，再也没有人找我的麻烦了，这杯酒是我敬你们二位大哥的。"说着将自己手里倒的一小盅白酒一口干了下去。她呛得咳嗽了两下，薄薄的白脸皮就红了起来。温良友和二宝也将杯里的酒干掉了。

二宝还要给孟巧巧酒盅里满上，温良友看出孟巧巧不太能喝白酒，又见她也买了果酒，就示意二宝给她倒果酒。二宝就给孟巧巧倒了果酒。孟巧巧不断给温良友和二宝夹菜，还说她娘俩到这个城市举目无亲，让她能碰上他们这样的好人是她的福分。二宝听她这样说，就问她老家是哪儿，孩子爸爸怎么没和她一块儿出来做买卖。孟甜甜已先吃完下桌了，温良友就在桌下踢二宝的脚。二宝好像明白过来，看孟巧巧发怔，就又给自己倒了一杯白酒说："大妹子，俺看你也是实在的人，以后你有出力的活就找俺，有啥困难就找俺大哥，是不是良子？"温良友只好跟他点点头，又把杯里的酒干了。孟巧巧也给自己杯里倒了一杯果酒，对他俩说："我知道温大哥家里的嫂子挺忙的，以后你俩有洗洗涮涮的衣服，就给我。"不知不觉一瓶白酒让他俩喝光了，温良友看看时候不早了，孟巧巧还要照顾孩子睡觉，就拉二宝回他们的东屋去了。

关上门，二宝嘴里还在含糊不清地说："看看人家多实在呀，要是嫂子也能这样就好了。"说完一头栽倒在床上，衣服也没脱就睡着了。不一会儿，就打起了呼噜。

二宝的话叫温良友稍稍一愣，半天没回过味儿来，觉得二宝在挑于小敏的理了。

孟巧巧果然说到做到了，这天他下班回来，看见孟巧巧洗衣机里泡着二宝的两件衣服，还有他要换洗的警服，温良友见了连忙说："这怎么行，这怎么行呢？"孟巧巧说："洗衣机洗一件也是洗，洗两件也是洗，一样费你的电费。"温良友觉得挺过意不去的。心想以后他俩脱下的脏衣服得勤洗点儿了，不能让她看到了。

这天晚上躺在床上又听二宝说，她要是俺嫂子就好了。温良友正色道："二宝你胡咧咧啥呢？"二宝就住了嘴。

接着他跟二宝说起了正事，他问二宝他们在北辰批发市场揽活这一段是不是上货的人挺多的，二宝说："是啊，这不是眼瞅要到年底了嘛，出货的人挺多的。"他又问，批发市场蹬三轮的他都认识吗，二宝说：

"那哪能都认识，哪儿来的蹬车的都有。"温良友又问："有没有蹬三轮的车夫给货主的货偷走的？"二宝说："那哪能那么干哩，这不是自己在砸自己的饭碗吗？"二宝看来这两天拉活挺累，说着说着就打起了哈欠先睡着了。

二宝在他这里住，一个月交他伙食费一百块钱，菜由温良友下班时买回来，二宝中午不回来吃，就在外边街头吃一个盒饭。那天晚上在和孟巧巧母女一起吃饭时，孟巧巧本来也说了，他们以后就伙在一起做饭吃得了，看他们两个大男人做饭也怪费事的。二宝也说把每月的伙食费就交给孟巧巧吧，温良友没有同意。嘴上说不想麻烦人家，人家还有一摊生意，心里却想起所长要注意影响的话。他还不想和她们母女走得太近了，这样让于小敏知道了也不太好。

早上起来，温良友跟二宝说，他这两天没什么事，想跟他到北辰批发市场上去看看，看他这两天拉活挺累的也想帮帮他。二宝说："你真的这样轻闲？"也没多想什么，就乐颠颠地装好车轱辘，让温良友坐在车上，往北辰批发市场上蹬去了。

温良友出门时换去了警服，换上了一件黑棉袄，腰间也像二宝一样扎上了一道麻绳子，头上戴着一顶狗皮帽子。

北辰商品批发市场果然很热闹，人来车往熙熙攘攘的。一大早就将仓门外的空地上站满了，还有卖冰糖葫芦，卖热气腾腾的包子、茶叶蛋的在人群里穿梭吆喝着……这是北城区一带最大的农贸商品批发市场，还有附近县城来这里进货的，除了像二宝他们这样蹬三轮的，还有赶着马车，开着小四轮、农用汽车来拉货的。

二宝果然很会抢活，他先把车子停在了一个位置很好的仓门门口，一会儿就有货主过来跟他搭话，谈好了价后，二宝就跟温良友说："良子，你在这里看车，我跟老板进去搬货。"货搬出来，温良友就叫他放在地上，他帮着往车上码货。两个人干，就比别的车主一个人干得快。车装好后，二宝又跟他说："良子你在这里等着就行了，我送去就回。"温良友就在这大棚外等着。

上午的太阳升起来，驱散了早上的寒雾，不像刚才那么冷了。温良友就抄着袄袖慢慢看这出出进进热闹的人群，他也看到了大个子那伙蹬三轮的人，不过他穿着便衣，他们并没有认出他来。除了大个子一伙，蹬三轮的有好几伙。上货的人多，他们的活也多，一趟一趟像走马灯似的。很快，二宝就转了回来，他让二宝歇歇，他跟着货主进去搬货。这样一上午工夫，二宝拉的活就比别人多跑了好几趟。中午他也和二宝一样，蹲在一个街摊上一起吃的盒饭。二宝一边吃着嘴里的饭，一边跟他说："良子，今天挣的钱，咱俩对半分。"温良友眼睛瞅着别处说："二宝，我只是帮你干，我不能拿你的钱。"

"为什么？"

"我们警察是吃官家饭的，不让做这生意。"

"那良子，我每月给你交房租吧。"

"二宝，你打我脸是吧？"

"不是，嫂子带孩子上学租人家房子住也不容易，也需要花钱。"

温良友已流露出不高兴来，可是他要是收二宝的房租传到乡下去，会叫老家村子里的人笑话死的。

下午的活和上午一样多，温良友已看出在批发市场附近蹬三轮的有三四伙。一般上货的个体老板都愿找三轮车拉货，一是运费便宜，二是车主跟到地儿也可以帮着搬货。一般拉货的货主通常找两个车夫，一趟搬不完，一个跟着自己进去搬货，另一个在外边看货。有两个蹬三轮的车夫引起了温良友的注意，他俩并不像二宝他们这样车主见货就走，而是坐在车上选货主。那个瘦子有两三个货主与他搭讪了，他都没动地方。后来过来一个戴水獭平顶帽的四十多岁的男人，跟他说了什么，他跟这个男人走进去了。温良友问过二宝，这两个人是哪伙的，二宝摇摇头说没见过他俩跟哪伙跑。过了一会儿，瘦子跟男人搬着烟箱子出来了，把烟箱子放在自己车上，跟另一辆车上的胖子打了一声招呼，两人又进去搬了。搬了三四趟，这辆三轮车就装满了，中年男人和瘦子还没出来，胖子突然跳上装满货物的瘦子三轮车就蹬车走了。等中年男人出来，惊叫："我的货，我的货呢?"众人这才回过神来，将他围了起来。此时他身边的瘦子也早已不见了。

且说这会儿胖子将车蹬进一条没人的巷口胡同里，正要打手机，手机被风刮了一样被迎面抄过来的一个人一把夺了过去。胖子回头一看是一个头戴狗皮帽子的三轮车夫，正要大怒。温良友从怀里掏出了警官证："我是警察，跟我走一趟吧。"胖子闻听后傻眼了，乖乖地把车掉过来，让温良友押着走了。

押过市场头上时，人群中的中年老板还在捶胸顿足，就他的这车红塔山香烟有两万多块呀。一见胖子被押过来，又惊又喜，恨不能上前端胖子两脚。温良友跟他说："你也跟我去派出所做个笔录吧。"中年男人就尾随在他们身后跟去了。

当天下午根据胖子交代的线索，就将瘦子和另外一个同伙抓获了。并在他们的出租房屋的窝点里搜出了大量被顺包盗窃的物品，光盗窃的好烟就价值十多万元。他们三人是一个月前流窜到本市作案的，三人分工明确，有跟货主取货的，有顺包的，有接包的。他们本想再干两起，就流窜到外地销赃后回家过年，没想到在一个小片警身上栽了跟头。

打掉了这个流窜到批发市场作案的犯罪团伙，让那些丢失货物的货主们大快人心。纷纷向冯二宝打听这个神秘的老便是谁，冯二宝就神乎其神地向他的车友们吹嘘了一通，说他的兄弟如何如何了不起。

晚上回来吃饭时，二宝还在向孟巧巧说起这件事，说："下午那场面把人都惊呆了，俺都不知道良子是从哪儿冒出来的，连人带车上的货物一起逮了正着。那个丢东西的老板哭的心都有了，还拿出二百块钱来非要谢俺兄弟，可俺兄弟愣是没要。"

孟巧巧眼里就流露出崇拜英雄一样的神色去看温良友，温良友正端着一碗面条蹲在厨房里扑噜扑噜吃着，听二宝说自己，就像在听别人的事情。

派出所破获辖区内北辰商品批发市场上这起连环顺包盗窃案，让所长脸上有了光。分局在年终召开的打击偷盗犯罪团伙集中会战总结大会上表彰北辰派出所，并奖励了他们所里五百元钱。所长开完会回来，把温良友叫到了他的办公室去，所长说："小温子，好好干，今年咱所里的先进典型，所里又给你报了上去。"温良友瞅瞅所长说："谢谢所长。"所长又从一只信封里抽出二百元钱，所长说："这次破获这个团伙案，分局奖励咱所五百元钱，我和指导员商量过了，决定奖励你个人二百块钱。"温良友想推辞，可所长说："这是所里集体的决定，你收下吧。"温良友就收下了。

走出来，在走廊里又遇见了马前进，看到他又阴阳怪气地说了一句："瞎猫碰上了死耗子。"温良友没有看他，骑车走了。

随着春节的临近，冯二宝开始张罗回家过年去了。走的时候问温良友回乡下家里那边有没有什么事，温良友就找出几件于小敏不穿的旧衣服让他拿回去给他姐姐穿，又把每年给家里寄的二百块钱叫二宝捎了回去。今年他又多加了一百，是从所里奖励他的二百块钱里拿出的，他先没跟于小敏说，如果于小敏问起，他再把另一百过年给她父母家里的钱添上。

二宝走了后，他曾试探着问孟巧巧过年回不回老家去过。孟巧巧要回老家过年，他想把钥匙要下来，让于小敏和温晴过年回来住。温晴放寒假后，一直和她妈妈住在她姥姥家里。孟巧巧说，她过年不打算回老家了，说老家也没什么人，再则摊铺上的生意也忙没人帮她看摊。温良友就没有再多问。他倒是给于小敏打了个电话，说了这事。于小敏在电话那头说，她和温晴就在她妈家住到过年了，反正他过年也不休息，每年过年不也都是她领着孩子在她妈家过的吗。听出了于小敏的怨气，他就赶紧放下了电话。

今年他倒特别想和她娘儿俩在一起过年，今年是牛年，是他的本命年。在他老家有这样的习俗，本命年年三十晚上一家人在一起团聚守夜，才会一年平平安安、顺顺当当的。

温良友是相信于小敏的，尽管冯二宝也这样说过他，像他们这样分开住，日子久了两人会越来越生分的。可是他还是相信于小敏的。倒是所里那个马前进的话越来越叫他听起来有些不舒服，那天他有些神秘地跟温良友说，他在上班的路上，看见于小敏坐在一辆本田雅阁的轿车里。他说那是她同学开的车。马前进又一脸羡慕地说："我要是有这样的同学，我也会借不少光啊。"他没有再搭理他的话茬。他还是秋天那回请她的同学吃饭，看见她的同学开的是本田车。后来他又从温晴嘴里听说过这个叔叔开车送过她上学两次。他没有太去在意。

往年春节年三十这天，他们片警都不休息，都要下到管区里去巡查。从初一开始轮流在所里值班。今年也不例外，开早会时，所长就一再强调："千万要让咱管区里的老百姓过个平安年。"马前进就在下边嘀咕："让老百姓过个平安年，咋不让咱片警过个消停年哩？一年到头咱光在下边忙乎，吃的辛苦不说，回去还让老婆臭损，说咱这警察是下三等的警察，连站大岗的都不如，站大岗的年三十都不揽活呢。"马前进的老婆的确不是个善茬子，有一年年三十早上到所里来闹，堵在门口冲所长说："如果年三十再不让我家老马回去团圆，我搬行李到所里来住。"惹得一屋子警察都笑了，连没结婚的都笑了。马前进也闹了个大红脸。过后，他倒挺同情马前进的。马前进的老婆是护士，常值夜班，两人在家夜里共枕的时候很少，所以好多年都没有怀上孩子。

散了会，他先回到警务室去，把社区联防员召集来给开了个会，布置了一下要到居民区走访，要把春节防范宣传单送到各家各户去。接着他又带着两名男联防员到管区内重点部位去巡视了一遍，除了防盗，防火也是重要的一环。过年放鞭炮的人家多，很容易引起火灾的。

下午他又去市场大棚里边外边转了一圈，市场大棚内比平时多了好几倍的人，拥挤吵嚷得连穿行都很困难。他走过孟巧巧的柜台前时，孟巧巧一边卖货，一边看见了他与他打招呼："温大哥，过年也不休息呀？"他说不休。孟巧巧又说："过年不回嫂子妈家吗？"他说回不去，他得在班上。孟巧巧就忙她的去了。从市场大棚出来，他又去家属楼区里转了转。有几户是没有儿女的老人家，他走了进去，问包饺子的面买了没有。听说没买，他就下楼到市场头上的粮店里把面给扛了回来。还有一户老头儿家里液化气罐没气了，他又跑到液化气站去帮着换罐。一连跑上楼四五趟，他就有些累了，走出来扶着楼梯歇了一会儿。有的老头儿见了过意不去，说："温警察，让你受累了。"温良友摆摆手说："不累，不累。"心里想着，人老了，活得真不易呀！如果自己不把面给他扛回来，今晚还能吃上饺子吗？

从楼道里出来，天色已有些黑了。外面已零星响起了鞭炮声，卖年货的街上已有人开始陆陆续续地撤摊回去和家人团聚去了。"温警官，买个灯笼给你女儿吧。"一个认识他的小贩叫道。印着牛头的圆灯笼挺漂亮。"多少钱一个？""十五块钱一个，您要就给我十块钱吧。""给我来两个。"温良友掏出了二十块钱。地上还摊着对联，他早上出来忘了买对联贴门上了，就又买了一副对联。

鞭炮声热热闹闹在大街小巷、楼区里响起来，就将天色燃放得黑了。晚上温良友一直在楼区里巡逻到十一点多，这才回社区警务室去写这天的警务日志。离开警务室回去时，他摘下腰间的手机看了一下，里面有一条短信，是分局局长统一给他们发来的：向辛辛苦苦工作在一线的民警拜年！身体平安，合家幸福！他心里热乎乎的，吹在脸上的寒风也不觉得冷了。走在楼区里除了有大人放鞭炮的身影，他还看见楼下有两个小孩在放鞭炮，他叮嘱离远点儿，两个小孩回过头来说："谢谢大大。"等到鞭炮噼噼啪啪响起来，他才走开。已过十二点了，他可以回去了。

走到楼上，他看到他家门口两边已贴上了红红的对联，门中间是一个大大的"福"字。就想一定是孟巧巧贴的。

听见门响，孟巧巧迎了出来，她刚才正和女儿在西屋里看春节联欢晚会。"你回来了，温大哥。""哎。"他看见孟巧巧身上新换上了一件红羊毛衫，将她的脸也映衬得红红的。他把手里的一只小红灯笼递给她："给你家甜甜的，我也给我女儿买了一个。"孟巧巧就喊甜甜出来，叫她过来谢谢温伯伯。小女孩儿接过灯笼去，眼里露出惊喜："谢谢大大。"

刚回东屋里坐下，孟巧巧就端着盛着瓜子、糖果、冻梨的盘子走进来，说："你们工作可真辛苦，每年都这样吗？"他笑笑说："是的，也习惯了。"孟巧巧说："温大哥我们一块儿吃年夜饺子吧。我早包好了，就等你回来下锅呢。"

"这……"温良友有点儿犹豫。孟巧巧说："过年了一块儿热闹热闹，刚才甜甜还吵着要我跟她下去放鞭炮，可我也不敢放呀。按我老家的习俗，年三十半夜要放一挂鞭炮的，这样能辟邪。我晚上回来特意买一挂鞭炮回来。"温良友听明白了，就说："那我带她下去放吧。"孟巧巧就给女儿穿好羽绒服，瞅着他俩下去了。他好久没放鞭炮了，以前过年于小敏不喜欢放鞭炮，说现在只有农村过年才放鞭炮，他也就懒得买了。看到甜甜在雪地欢呼雀跃的样子，这一刻他想起了他的女儿。她在姥姥家年过得好吗？

头半夜他在外边巡逻时他给于小敏发过一条短信，让她代他向两位老人拜年，祝她和女儿牛年过得开开心心。上楼时他又摘下腰间的手机看了一眼，里面静静的，没有于小敏回他的短信。

回屋，孟巧巧已将热气腾腾的饺子端上了桌……

春节一过，冯二宝又进城来了。这多少有些让温良友感到意外，温良友试探地问过他："二宝，家里开春的地不种了？"二宝一撇嘴："种地挣几个鸟钱？"又说，"良子，不瞒你说，在家里累死累活种一年的地，都不如俺在城里蹬两个月的活挣得多。"冯二宝看来是要在城里讨生活了，二宝说他想把家里的地卖了，以后就在城里讨生活了。冯二宝这样说，温良友就不能阻止二宝这样想。只是二宝要长期在他这里住下去，不知道于小敏知道了会怎么想。冯二宝似乎看出什么，二宝跟他说："良子，你帮俺打听打听，哪里有平房出租的。""做啥？"温良友不想让二宝看出他的心思。可二宝说，等他把家里的地卖了，他想把他媳妇牛翠花也接出来和他一起在城里干。看得出二宝是铁了心要进城里讨生活了。温良友只好说："等我给你踅摸踅摸。"温良友又问起自己家里的事情来。二宝说，他春节去过他家里，他父亲的腰疼病冬天又重了，家里都是他姐在照顾。二宝没有说他去他家里除了给两位老人买了东西外，还悄悄塞给良芬的孩子一百块钱。这是良芬后来来信告诉他的，不过东西良芬代老人收下了，钱良芬知道后就没有收。"你姐太要强了。"二宝最后对他说。

他姐良芬在信中还说，老人挺想孙女的，问他们什么时候有时间带温晴回乡下一趟。自从温晴上学后，他们还没有带她回去过。于小敏不喜欢乡下，也不想让温晴多接触乡下的环境。他姐良芬在信里没有提她自己的情况，越是这样越叫他惦念。良芬带着孩子离婚这么多年里住在家里一直没再嫁，这其中的原因她不说他也知道，父母年龄一年比一年大了，特别是父亲这种情况需要身边有人照顾。一想到这些他就觉得有些对不住良芬。想当初他考上警校走时，家里就是良芬一个人顶着田里的活供他念完警校的。为这良芬把好几个上门来提亲的都推了，每次放假回去都看到他姐弯着腰在田里忙活的身影，这本来是村子里别的人家男孩子做的事情。他警校毕业后，姐送他到城里当警察送到村头路口，他对皮肤粗糙手上被麦茬扎了许多口子的良芬说："姐，等俺以后把你也办到城里去，不让你再干这样的活了。"

他姐笑了，他姐是相信他这个弟弟说的话的。

后来他才知道他这个想法有多天真啊。等他当了户籍民警后，才知道乡下的户口转为城里的户口有多难呀。他甚至想都不敢再想这个念头。刚当上警察头两年回去，姐还总是到村子口去迎他，后来回去他碰都不敢再去碰姐的目光了，姐生生是把自己等老了，就连二宝都娶妻生子了，姐后来就嫁了外村那个赌鬼男人，输光了家底后，姐与他离了婚……

良芬离婚后，他曾试探着跟于小敏提过把姐接出来。于小敏说："多一个人就多张嘴吃饭，你能给她孩子办下户口吗？"那会儿还凭户口本供应粮食。他也找过现在的这个所长，所长听完他说的这个情况后，安慰他说："等往后看看有没有机会吧。"这几年城里粮食不再凭户口本供应了，可是他和他姐想进城里来的心思都淡了，因为父母年纪大了身边的确离不开人了。可是姐的婚姻一直像个沉重的包袱压在他胸口上，在农村他知道一个离了婚还带着孩子的女人再嫁人有多难。

"良子，你太老实了，俺要是你，早把良芬的户口给整到城里来了。吃供应粮食，还怕找不到男人？"二宝说。

冯二宝这回进城来变得轻车熟路得多了，没几天他腰里也揣上了二手手机，是直板二代大哥大，跟温良友说："良子，有事你给我打电话。"尽管是从旧手机市场非常便宜买到手的二手货，二宝还把它像手枪似的别在腰带上，故意把汗淋淋的外衣披在肩膀上。他也跟孟巧巧说过："需要上货你就打我的手机。"并把孟巧巧的手机号记在了他的手机里。孟巧巧也早用上了手机，不过是新的带彩铃的，手机一响像有小鸟从红壳里飞出好听的音乐来，听得二宝一愣一愣的。而温良友除了公事，很少用手机打电话，他的手机是公家给配的。孟巧巧上货还找二宝，一是人熟，二是也信得过他。

这个时候冯二宝已搬出去住了，搬到温良友在平房区找的一个出租平房里。冯二宝说过一阵他就把他媳妇牛翠花接进城，还要找温良友给办个临时户口。

看到冯二宝在城里混得人模狗样，温良友就会想起去年秋天在城里的马路牙子上看见二宝耷拉着脑袋像一棵霜打的蔫白菜的样子来，看来真是人挪活，树挪死。二宝来城里是来对啦。

那个路口上的李交警温良友还常碰到。冯二宝在马路上跑也和李交警厮混熟了，有时看见他站在马路中央，二宝蹬车到这里时，还会停下来给李交警敬上一支烟。

孟巧巧也比刚租他房子时鲜亮得多了。她的生意很好。二宝搬走以后，他回去的时候减少了，中午就一个人在外边对付一口，晚上夜查晚了，他就在警务室住一宿。

于小敏回来过两趟，大概听说了他们这个楼区房租也往上涨了，她就叫温良友抽空跟孟巧巧说说，把他们当初定的房租也往上提提。温良友觉得不好张这个口，就一直没说。温良友一直没说还有一个原因，他不知道孟巧巧还要在他这里租多久，以她的能力，她完全可以在城中心租一套房子或搬到条件好一点儿的楼区住，哪怕是为了她的女儿着想。可是孟巧巧丝毫没有动的意思。

日子就这样无滋无味地过着，天气渐渐热起来后，街上和楼区里的杨树叶子油汪汪绿了后，就被像着了火的日头晒打蔫了。这个夏天又天旱得厉害，晴天的时候多，雨天的时候少。

温良友想女儿了，就去了女儿学校看女儿。他是赶在中午过去的，中午女儿一般都在学校食堂吃午饭。看见女儿从教室放学出来往食堂走，他站在学校门口冲女儿招手，温晴就走过来。他穿着一身警服站在家长中间是很显眼的。他带温晴出去吃，学校旁边有一家王妈妈串串烧，学生都喜欢吃这个。大热的天，里面吃串串烧的人挺多，都是一些家长带着学生在吃。看着女儿吃完，他送女儿回学校去，挺足的日头晒得他后背都有些出汗了，他很想和女儿说点儿什么，可女儿什么也没说。快到学校门口时，女儿说："爸，你以后不要再穿警服来学校了。""为什么？"女儿没有说，她走进大门去。他去树荫下去推自己的那辆自行车，学校门口的空地上，挤着不少私家车，都是学校家长午后来送孩子上学的。

走在回去的街上，他听见腰里的手机响了，摘下来一听，是所里值班室打来的，说有事要他赶紧回所里去一趟。他赶紧蹬上车回到所里，还不到下午上班时间，中午值班的内勤一见到他就跟他说："刚才110转来你片里一个报警电话，是一个老大爷打来的，说他的一个疯儿子犯病了，举着菜刀砍伤了一个人，跑到楼顶上要跳下去自杀，你赶紧去一趟吧。"温良友一听就掉转车子蹬去了。

他来到了小区那幢楼的楼下，楼底下站了不少人，正仰头往上看。楼顶上的那个疯子正挥舞着明晃晃的菜刀呜噜呜噜在说着什么。刚才被砍伤的人就是要阻止他跳楼的一个邻居。有人看见他，说："温警官来了。"就闪出了一条道，让他顺着楼梯口上去了。他从楼道的通气口爬了上去，楼顶上靠近通气口站着那疯儿子的老父亲和他的一个邻居男人，那男人正抱住疯儿子的父亲，不让他靠近他的疯儿子。头发花白的老父亲一看见他来了，焦急的脸上眼睛亮了一下："温警官，快、快救救我的儿子——"温良友知道这对父子俩，儿子原来是一家工厂的工人，前几年下岗了，就一直待在家里，不知怎么就待出了精神病。好的时候还能帮家里干点儿活，坏的时候就满街跑，连小孩的屎都吃过。老头儿老伴儿死得很早，一直是这父子俩相依为命。

"你们别过来，谁过来我砍死谁。"疯儿子看见上来人了，又挥舞起手上的菜刀。

温良友叫邻居那个男人把老头儿拉住，他一点一点往前挪着脚步，挪出十步远他站下了。

暴烈的阳光把楼顶上的沥青都晒软了。白亮白亮的口头晃得人睁不开眼睛。

"你想干什么？"

"我想死。"

"你不要他了吗？"温良友往身后一指。老父亲听到这话，两眼泪水滂沱地说："儿呀，你死了丢下我可咋办呀……你要是死了我也不活啦。"

"他是谁？"

"他是你父亲呀。"温良友这个时候不知为什么想到了自己在乡下的父亲，站在这空荡荡的楼顶上，刺目的阳光下，他好像看到父亲弯腰在水田里插秧的身影。

"他不是我父亲，他是坏人，他要抓我——"

"你认识我吗？"

"你是谁？"

"我是你温哥。"

"你不是我温哥，我温哥有金鱼。"

温良友心里一亮，他的确在警务室里带他喂过金鱼。那是他犯病时在街上把他拦住，领到警务室等他父亲来领回去，他那会儿的眼神像孩子一样安静。

"金鱼在我的屋里，你跟我去喂吗？不然灰姑娘就要饿死了。"

疯儿子愣怔了一下，就在愣怔的工夫他的脚在楼边沿停住了。温良友一个箭步扑过去，在他身体摇晃的一刹那拽住了他，一把用力把他拉进怀里死死抱住。他父亲和那男人也扑了过来，帮他把他手里的刀夺了下来。

"血，血……"那个父亲惊叫。

"没事，只是划破点儿皮。"温良友胳膊上划了一道血印。

他们把疯儿子带下来，"真悬哪！"底下看到这一幕的人群里发出阵阵惊叹声。

晚上温良友回到家里，那个疯儿子的老父亲又找到他家里来，感激地说："温警官，中午要不是你……他就跳下去了，是你救了我那疯儿子呀！"他问温良友胳膊上的伤怎么样了。他还带来了一只老母鸡，非让他收下，说是他特意去市场上买回来的。温良友说他没事，又问他儿子怎么样了，老伯说他好多了……犹豫了一下又说："温警官，你不会叫我把他送到精神病院去吧？"温良友看着老伯担心的眼神，摇摇头，说："不过，以后他再犯病时你想着及时给我打电话。"

"一定，我一定告诉你。"老伯千恩万谢地走了。

孟巧巧听说了温良友胳膊受伤的事，就找了一瓶红药水给他送过来，又帮他抹上红药水。"温大哥，你们工作可真够危险的呀。"温良友就笑笑。孟巧巧的手擦在胳膊上的红药水上很轻，也痒痒的，让他一瞬间神情上有点儿恍惚。"他为什么不愿把儿子送到精神病院去，这样发病了太吓人啦。"温良友就说老人儿子已经下岗了，谁给他拿这笔住院费呀，再说一个老人也舍不得离开儿子，这父子俩相依为命习惯了。孟巧巧听了不由得跟着叹了一口气说："这对父子俩活得也真不容易。"

看得出来她也是个挺善良的女子。

　　所里知道了他管区里发生的这件事，所长开早会时表扬了温良友，说他出警及时，救了老伯疯儿子一命。散了会，马前进又咧咧嘴凑在他跟前说："你看我们这些片警都跟什么人打交道呀，你要是让那疯子砍着了脑袋或把你从楼上推下去，恐怕连烈士都不能算。"温良友想想也有点儿后怕，当时自己咋会那么镇定？

　　他回到警务室去，给鱼缸里换了水，又给鱼喂了鱼食。天气热了，鱼都喜欢游到上面来待着了。刚换完，他的手机又响了，摘下来一看是于小敏的。他就用座机给她回过去电话，于小敏叫他送过去点儿东西。他说中午送过去。

　　中午休息他把东西送过去，于小敏一看他胳膊上抹着红药水，就问他怎么了。他就把昨天的事情跟于小敏说了一遍。于小敏说："看看你这破警察当的，家里人跟着受穷遭罪不说，还跟着担惊受怕。"他说只是划破点儿皮，叫她不要把这件事跟温晴说。于小敏这段日子不见，皮肤变白了。他过去时，于小敏正坐在她和温晴租的房间里做着面部美容呢。床头柜上摆着化妆品，脸上贴着面膜。于小敏只穿着一条薄薄的粉色的裙子，露着白皙的臂膀和小腿肚子。如果不是于小敏脸上贴着面膜，他会有想法的，可是于小敏脸上的面膜和嘴里的话让他没有了想法："跟你这种苦日子什么时候是个头啊……"他就觉得挺对不住于小敏和温晴的。

　　以前于小敏老是抱怨她上班离家太远，没有大房子住，温晴上不了好学校。现在虽说温晴上了好中学了，还是于小敏找人帮的忙，虽说租人家的房子住离于小敏的单位近了，不用再骑车风吹雨淋的了，可毕竟是寄人篱下呀。

　　他走时，看见那个半老的女房东跟出来，她虚胖的脸上有一种怪味的神色，那捉摸不定的目光盯在他身上，也让他感觉好像他不是来看自己老婆和女儿的。那他是谁呢？他心里也怪怪的。

晚上温良友下班，正在市场头上的马路上溜达，冯二宝看见了他，把他拉进马路边上的香香小饭馆。这家小饭馆他俩常来，多是二宝一天跑的活好，拉他进来喝两杯，再不就是二宝有时想老家了，也会拉他进来和他说说老家乡下的事，说说他媳妇翠花……说："这个婆娘还不同意跟俺进城来，你说这不是天底下最最傻的女人吗?"有一次二宝跟他说起城里的事，二宝说他们一起蹬三轮的汉子还去街头洗头房泡脚的事。温良友听了正色道："二宝你可不能去'泡脚'，你可不能做对不起翠花的事。"二宝说："俺知道，俺哪能呢。"二宝说："俺不能让辛辛苦苦挣的钱打水漂了。"二宝说他开始听伙计们说"泡脚"并不知道怎么回事，这城里花花绿绿的事头就是多，虽说二宝来城里也有半年了，可以前是跟温良友在一起住，晚上并没有闲工夫上街上去闲逛。二宝听那几个伙计第二天讲夜里"泡脚"，舒服是舒服，但让"泡脚"的妹妹把半个月的拉脚钱都刮走了，这才明白是怎么一回事情。二宝虽不想泡脚的事，可二宝却想翠花，二宝想过几天就把翠花接到城里来，到时让良子也给她办个临时户口。这临时户口就像田垄里的草，是不会在庄稼地里生根的。

靠窗的桌子上摆上了一盘酱猪耳朵、一盘咸花生米、一个尖椒炒干豆腐、一个烧茄子。二宝又要了一瓶花园白酒，给自己的杯子里倒上，又给温良友的杯子里倒上，两个人就慢慢喝起来。他俩一边喝一边打量着傍晚街上的景致。天色一点一点在敞着的窗外黑下去，热闹的消夏街头上，摆起了乡下农民刚拉上市的香瓜、西瓜摊，在市场外边的一块空地上，还支起了几家大排档，有烧烤羊肉串的、海鲜类的，也有大楂子粥、包子摊。热热闹闹吵吵嚷嚷的说话声从窗外飘进来，还夹着烧烤的青烟味儿。

"良子，我说句话你别不爱听。"

"你说吧。"

"你和嫂子这么分开住可不是个事。"

"……我们习惯啦。"

165

"你们还要这样住多久？"

温良友想了一下，这得住到温晴初中毕业，温晴考上高中就可以住校了，就说："还得两年吧。"

二宝嘴里嚼着几粒花生豆，眼睛看着窗外瞅了半天又说："那天我看见嫂子了。"

"是吗？"

"那天我蹬车去送货，我刚从一个胡同口拐出来，迎面开过来一辆轿车，差点儿没把我撞着。我赶忙把车子刹住，那辆车里跳下来一个人来，冲着我骂，我自知理亏，没敢抬头，等那人上了车开过去，我才抬头看见在车里后座上坐着的人像嫂子……"

"那是你嫂子的一个同学。"温良友说。

桌上的白酒瓶喝空了，二宝又叫服务员拿啤酒来。温良友没有阻止他，冰镇的啤酒下到胃里十分凉爽，让刚才脸上身上的汗气消了些。

"城里女人都他妈的太势利啦。"二宝有些喝多了，发泄着什么。

"二宝，你不能这么去说你嫂子。"温良友嘴上这么说，心里却有些发飘。于小敏手上拿上手机了，是新款式红壳的。不会是她自己买的。其实她在单位做出纳，是用不着拿手机的。

他像二宝一样将一瓶啤酒咕嘟咕嘟一口气从嘴里灌下去，一阵透心的拔凉，就像小时候喝从辘轳井里刚打出来的井水一样拔凉。

"良子，你知道我为啥非要进城里来吗？"二宝瞪着一双红眼睛看他。

"嗯？"

"就因为你当初非要把良芬办进城里来，俺非要看看城里有啥好，俺冯二宝能不能进城来……"

头有些发晕的温良友怔怔地看着二宝，摇了摇头，他像不认识冯二宝一样张大嘴吃惊地望着他。

两个人脚步有些趔趄地从小店里走出来，已经挺晚了。二宝问用不用送他回去。温良友摆摆手说："没、没事。"

温良友回到住处，走上楼。孟巧巧听到门响迎了出来，问他吃没吃。温良友说他和二宝在外面吃过了。孟巧巧问他胳膊上的伤好了吗，他一挥胳膊说结痂了。孟巧巧就说再上一次吧，说着又把红药水找出来拿过来，温良友执拗不过，就由她去了。孟巧巧用棉签在他胳膊上轻轻地擦拭着，一种凉凉的挺舒服的感觉。

"巧巧……谢谢你，你男人真是一个没福气的人。"

孟巧巧没说话，有两滴凉东西滴到了他的胳膊上。他一惊，自知是酒喝多了，说漏了嘴，就抽回了胳膊。

早上起来，看孟巧巧在厨房里忙活，他不好意思地说："昨晚喝了点儿酒，说什么你别介意……"

孟巧巧莞尔一笑，说没关系的。孟巧巧一笑时还露出俩酒窝儿。

一周以后，冯二宝回乡下把他媳妇接进城里来了，两个孩子暂时没有跟来，因为城里上学太贵。冯二宝打算等他两个儿子初中毕业后再接进城里来，给他俩找点儿活做。他媳妇牛翠花来的当天晚上，冯二宝把温良友找了去，就在他们租的平房里开了伙。冯二宝的媳妇牛翠花是个很能干的女人，一会儿就把屋子拾掇得很像样了。又到厨房去炒从家里带来的青菜，还杀了一只从家里带来的笨鸡。二宝去食杂店里打来了酒，就坐在炕上摆上桌子与温良友喝起来。二宝的眼睛一直围着圆鼓溜溜的翠花身子转，恨不得把她媳妇也当菜吃了，温良友看得出来。温良友更多的是向翠花打听乡下他家里的情况，问他姐姐带着孩子还好吗，村子里有没有谁给她介绍婆家。翠花就叹了一口气说："难哪，咱乡下谁家会找一个拖油瓶的女人呢……"后来翠花就埋怨起他这个警察兄弟来。他姐的情况她也知道一些，翠花比良芬小两岁，结婚前良芬一直跟同村的姐妹说，她兄弟会把她办成城市户口的。她们当时还挺嫉妒良芬的，谁想把自己等大了也没走出村子去，又嫁了那样一个男人……

温良友重重地叹了口气，不知不觉酒就喝多了。二宝叫翠花住嘴，二宝说："良子哥太老实了，这也怪不得良子哥，要怪只能怪咱乡下人的命……"二宝越这样说，温良友心里越难受。

出来到房头撒尿时，从这城郊菜园子里吹过的带着青菜花香的风，叫他嗅到了一股浓浓的家乡田地里的味道。恍惚中从屋里飘出翠花的话："你是不是还惦记着良芬……""瞅你胡咧咧啥呀。"迷迷糊糊的温良友听了赶紧走了。

温良友这回是真喝醉了，他掏了几次钥匙开门也没有打开门。是孟巧巧给他开的门，"温大哥，你喝醉了……"

"我……我没喝醉……"孟巧巧就把他扶到东屋去，让他坐到沙发上，又过西屋去给他倒了一杯浓茶来。

"姐……大……妹子，谢谢你。"有一瞬间他蒙眬醉眼里把孟巧巧当成了良芬。当他看清是孟巧巧时，就重重地叹了一口气。

"温大哥，你好像有心事？"孟巧巧关切地问。

温良友先摇了摇头，又重重地垂下了头，借着酒劲向孟巧巧说起了自己乡下的那个姐姐来……末了，他眼眶有些发红湿润，他说："是俺这个当弟弟的没能耐，不能把俺姐姐带进城里来。"

孟巧巧听了温良友的姐不幸的婚姻遭遇后，也跟着叹了一口气，良久，她突然这样说道："温大哥，那你何不现在让你姐到城里来，现在也用不着落城市户口了，有个临时户口在城里干点儿啥都成。"

温良友听了怔怔地摇了摇头，说："难呀，她现在还带着一个孩子，到城里能干啥呢？"

孟巧巧想了想就说："我的柜台刚好缺一个帮手，不如叫你姐到我店里来干。"

温良友听了这话，就愣愣地看了看她。

温良友第二天白天过派出所去给二宝的媳妇牛翠花办临时户口，拿给所长签字时所长问他："温良友你是不是有个离了婚的姐姐还在乡下一个人带着孩子过？"温良友说是。所长就说："前几天去分局开会，上头年末有一批给进城务工人员的农转非户口指标，那你看看是不是这样，先把你姐弄进城里找个事情做，等站住脚到时候再把她跟孩子落成城市户口。"温良友有些感激地说："谢谢所长还记得我姐。"

所长说不用谢，他再过两年就退休了，到时想帮他也帮不上忙了。他听明白了所长的话，心里更是一阵感动。

从所长室里走出来，他想起昨天晚上孟巧巧跟他说的话，没准这事真能成，就让良芬进城来先在孟巧巧那里干着……只是这事得先和于小敏商量一下，良芬来了就先住在他家里。骑车拐到楼区时，他又改了主意，这事先不跟于小敏说了，先叫他姐来了再说。他就先到警务室去给家里写信，一来是想先告诉姐这件事让她高兴高兴，二来这件事得抓紧办了。写完信他又马上骑车到邮局把这封信投进信筒里发了出去。

没过几天他姐良芬来信了，他姐良芬并没有像他想象的那样高兴地接受他的安排。他姐说，她现在在家里走不开了，父母越来越离不开她的照顾了。她还是待在乡下生活的好。再说像她这样带着孩子进城来，一定会给他们造成拖累的。她隐隐读出了良芬的顾虑，这让他心里又很难受。

良芬实际上是把老温家的担子都替他担在了自己肩上了，她难道就这样一辈子厮守在父母身边不再嫁人了吗？

自从那封信发出去后，这几天温良友的脸上一直展着笑纹。他甚至还想象得出良芬和孩子高兴的样子。他还想好了如何去和于小敏说这件事。可是他姐的来信让他晴朗的脸上布上一块铅一样的阴云。他兴奋了几天的事情就这样一下子破灭了。他不知道该和谁去说这件事情。他去找二宝说，二宝正要去市场上装货，他媳妇牛翠花肩上垫着蓝围裙也在帮他装货。

看见他，二宝问："良子，良芬回信了？"

他说："回信了。"

"她咋说？"

"她不想来城里了。"

"为什么？"二宝比他还急。

"她只说家里走不开……"

169

"良子，你别难过，你已经尽力了。"沉吟了一下，二宝说。

二宝的三轮车装满了，他蹬上了车，他媳妇翠花扭着肥屁股在后边帮他推着，推到下坡路，翠花就跳到车沿上去。翠花红红的脸蛋上淌着晶莹的汗珠。

晚上回到住处，孟巧巧也问他："你姐回信了吗？她什么时候来？"

温良友说："俺姐说她不来了，她说家里离不开她。"

孟巧巧就不再问了，看温良友一个人坐在东屋里就着一盘花生米喝啤酒，就又送过来一盘炒蒜薹来。

"巧巧，俺还是要谢谢你。"

孟巧巧就说："等以后家里能走开了，再叫你姐来干。"

"她不会再来了，她可能一辈子都不会离开乡下了。"温良友这样说着，心里就有点儿难过，他端起啤酒杯喝了一大口。

"温大哥你不要难过，俺要是有你这样的兄弟，俺会知足的……"

他定定地看着孟巧巧，发现孟巧巧眼里有晶莹的东西在闪动。

她掩门出去了。

过了一段日子，所长见到他问他："小良子，你姐进城的事咋样了？"温良友说："她不愿到城里来了。""为什么？""说俺乡下的父母年纪大了，需要她留在家里照顾。"所长就同情地轻轻摇摇头。所长摇头时白发就摇出来了。所长叹了一口气说："小温子，你不要难过。"温良友说："俺不难过。"所长又说："小温子，工作上还要好好干。"温良友说："俺会好好干的。"所长在他临出门时又说了一句，再有两年他就从所长位置上退下去了，他退下去之前打算把他往分局上报副所长……温良友没有认真去听所长这句话，也没有认真去想。

在所里只有他和马前进是一拨儿从警校出来的最老的户籍片警了。

温良友从所里出来又下管区去了。在管区里有人和往常一样与他打招呼："温警官，忙呢？"他点点头。"大热的天，过来凉快凉快。"他笑笑，算是谢谢了。树荫底下有几个老头儿在打扑克，"小温子，忙呢?"他点点头。

他走过一个楼头，又看到了那对父子。疯儿子手里拿着一只小木凳，牵着父亲的手往楼头阴凉处走，父子俩脸上都是一副安详的表情，让温良友看了倒生出几分羡慕来。日子苦也罢，遭罪也罢，能够平平安安在一起厮守着就好。

"温警官，刚才有个人在你家楼下转悠，像是找你的。"有人这样跟他说了一句。

他摇了摇头，想不起来会是谁找他。一般找他的人都知道这工夫他会在警务室，会去警务室找他的，再不就是会呼他。

他顶着毒日头在楼区里转悠了一圈，又到市场上去了。天空中没挂一丝云彩，天气预报说今天最高气温是三十三度。马路两边平时摆摊卖冰点冷饮的，也都撤到阴凉的地方去了。阴凉的树下还摆着一个西瓜摊，切成两半的西瓜红红地映在那里。在街上行走的女人都打起了花花绿绿的遮阳伞。

在市场头上，他没有看到冯二宝夫妇，大概是送货去了。自从翠花来了以后，二宝身上像有使不完的劲。有时送货回来空车，二宝就仰躺在车厢板里，头上盖着一张破报纸。车子由翠花来蹬，翠花也学会了蹬车，屁股一扭一扭地把车蹬得稳稳的，有别的蹬车汉子见了讨笑二宝："二宝，你叫你媳妇蹬车，省下力气晚上干啥呀?"二宝就把头上盖着的破报纸扯掉，瞅着媳妇说："想干啥干啥，反正不去泡脚耍银子。"别的汉子听了，反倒自己先脸红了。

在市场大棚里头，他也没有看见孟巧巧的身影，孟巧巧大概上货去了，她的柜台前空着。自从牛翠花来了以后，孟巧巧就很少找二宝拉货了。翠花还是个很爱嫉妒的乡下女人，翠花知道他们在一起住过一段时间，她付车费多了不是少了也不是，那眼神瞅得也叫人不自在。所以孟巧巧就不再找二宝拉货了。以前二宝给孟巧巧拉货，孟巧巧就坐在车沿上，现在车沿上是翠花来坐了。

翠花就曾这样问过温良友："良子大哥，你和她住在一个房檐下，嫂子就没想法吗?"

"啥想法?"温良友一愣,而后明白过来摇摇头说,"你嫂子她没、没啥想法。"

尽管二宝直向翠花横眼睛,翠花还是自顾自地说下去:

"良子,我跟你说,女人越是没有想法,就越不是什么好事情,说不定她也……"

温良友没有再听下去,走开了。可是他心里止不住不这样去想,他和于小敏刚结婚那阵,他曾问过于小敏,她看中了自己什么。于小敏说,她看中了他的老实,别人介绍他们认识都见过好几面了,他还不敢去拉她的手……他相信于小敏不会像翠花说的那样,她还会像结婚前他认识她那样……那时的于小敏很可爱,她没有介意他是乡下人,没有房子、孩子上学这些烦恼人的事情,是什么时候生活生出这些烦恼的事情来,让他想一想的心劲都没有了呢?

日头依旧歹毒地吊在头上当空照着,街上像流着火一样烤得人人身上冒汗。他的深灰色半截袖警服后背洇湿了,大檐帽帽檐将他的头发箍了个汗圈。他把大檐帽拿下来擦擦汗,他打算一会儿回警务室去,倒一杯茶水,再给鱼缸里换点儿水。天热,鱼缸一天要换两遍水。就在他把大檐帽重新戴好时,看见对面的街上蹬过来一辆三轮车,拉着一车的货,车沿上坐着孟巧巧,孟巧巧头上打着一把遮阳的花伞。孟巧巧穿着一件无袖白色连衣裙,裙摆飘动着露着两条白皙的小腿肚子。

三轮车在市场门口停下了,就在孟巧巧跳下车来时,让他不解的是从市场门口边上的斜刺里冲出一个男人来,那男人手上明晃晃地攥着一把刀子,刺目的光一闪。孟巧巧回过身来就惊呆了,她手里的花伞掉到地上……

雪亮的刀子在炫目的阳光下发出噗的一声轻响,孟巧巧捂着嘴发出一声惊叫来:"温大哥!"一米八的他怔怔地捂着肚子挺立了一会儿,慢慢仰倒在滚烫的地面上。身体刚一接触地面,让他想起老家滚烫的火炕来,在他倒地的一瞬间,他的瞳孔在大大地睁着,望着瓦白瓦白的天

172

空，城市的天空上还是没有一丝云彩。

"姐姐……"他闭上眼睛后，看到了姐姐在滚烫的麦田里割麦子的身影。

两天以后，温良友在市第一医院病房里醒来了。孟巧巧坐在他床头哭泣。孟巧巧说，那个杀他的男人是她离了婚的男人。孟巧巧说她以前一直和她的男人在老家的县城里经营一个烟酒店，生意原本是挺好的，日子过得也不错。后来她的男人学坏了，吃喝嫖赌样样都沾，染上了毒瘾后还参加了一个贩毒走私毒品的犯罪团伙，毒瘾上来时还逼她也吸毒，她不从就打她，她几次想带着孩子离开他，都被她男人家里兄弟挡下了。她男人在一次跟人去南方走私毒品时，被公安抓到了，被判了无期徒刑。她男人被抓获时还是她向警方提供了线索，判刑后，孟巧巧就与他离了婚。为了防止他们这个团伙有人报复她们母女俩，她就带着孩子隐姓埋名来到了这个城市，连她老家的人也没有告诉。孟巧巧哭着说，她之所以租他的房子，就因为他是警察，她是害怕她前夫出来或她前夫指使别人找到她遭到报复。因为她和她前夫在监狱签字离婚时，她前夫说过一句话："你就是走到天边我也会找到你。"她前夫这回是从监狱越狱逃出来的。温良友听明白了。温良友劝她别哭了。

温良友艰难地咧了咧嘴笑笑说："这回好了……"

所长来看他时已告诉了他，那个越狱杀人逃犯被抓到了，这回恐怕得加刑判死刑了。

温良友把头转向窗外去，窗外上面的天空中正有一朵白云慢慢飘过。

"温大哥，是俺连累了你。"

温良友摇摇头，又温和地笑了笑。

"你要是俺的妹妹多好啊。"

他在心里这样轻轻地对自己说。

他想起她原来的名字叫孟云来着。

方庄行动

一个春日里的下午，方庄来了两个人，一个是乡派出所的老国，一个是陌生人。老国背剪着手在头里走着，陌生人跟在身后。坑坑洼洼的街道上除了鸡屎猪粪外，偶尔能见到一两个脏兮兮的小孩在玩耍。大人们都到大地里干活去了。午后的阳光将他俩的影子映到地上，一前一后慢悠悠地走着。老国看上去比陌生人年纪要大些，穿着一件家常的灰布衫，黝黑的皮肤皱纹里夹杂着一些灰土。国警察除非到镇上办事，平时在村子里很少穿警服。陌生人穿着一件米色夹克衫，肩上背着一个帆布兜子。他二十刚出头的样子，瘦精精的身材，眼光不经意地打量着这个陌生的村庄，这里大多数人家住的是黄泥巴土房。

村长离老远就一眼把国警察认出来了。村长正站在自家黄泥巴垒起的院子里，喂一头精瘦的毛驴，看见国警察他俩走过来就停住了手，嘴巴张了张怔在那里了。"这个驴日的……"从他嘴里含糊不清地吐出一句。

接着他们就走到近前来。

"这是我的一个远亲表弟，从老家来的，他是个兽医，出来找点儿活做。"老国给村长介绍。

"哦……哦。"村长从披着的外衣兜里掏出一支白杆白鲨烟给来人吸，来人接了。村长又拿出一支给国警察吸，老国摇摇头掏出自己口袋里的旱烟袋，蹲下吸起来。村长又看了小伙子一眼，就牵着驴走进驴棚里，给它拌了一槽子草料。它快活地打着响鼻吃起来。

村长从驴棚里走出来，看了看蹲在外面地上的两人一眼说："真巧，方顺家的猪，头些日子就想找人劁了。"

老国拿眼去瞅瞅小伙子，小伙子背起帆布兜子说："走，我们过去瞧瞧。"

村长把他们带到方顺家。小伙子没用方顺帮忙，就用膝盖利索地摁住了那头小猪崽，眨眼工夫就将猪卵泡割了下来。小猪崽哼哼叽叽退到一边去。村长眼睛亮了一下："好手艺！"小伙子腼腆地脸红了。方顺张罗吃饭，他们就一起留了下来。村长叫方顺去打二斤酒来，方顺就去打了。国警察想就是不劁猪，村长也会往方顺家派饭的。

吃过晚饭，回到乡里，他们在乡派出所里住了下来。老国喝得面孔有些发红，临睡前他说了一句："黄老弟，你打哪儿学的这门手艺，下午在方庄我还真为你捏把汗哩。"黄平说："我有个舅舅是我们那里乡下的兽医。""怪不得哩……"老国很快打着呼噜睡去了。黄平却睡不着。他脑子里还在想着前天刚来这个乡派出所时，这个土里土气的乡片警并没有把他这个外省来的丽水分局刑警放在眼里。当时他提出来要他带他着装进村。国警察斜睨他一眼说："你知道这个叫李英的妇女现在情况咋样？"黄平给他纠正，是季凤英。他又瞥了他一眼："好，就算是季凤英，你知道她现在情况咋样？"黄平摇摇头，他除了知道她的名字外，可以说对她到这里的情况一无所知。"年轻人，这里可不比你们那里……"国警察下面的话不说他也明白了，入乡随俗。

第二天老国没有再陪他去方庄。老国说他家的苞米地还有四亩没种完，他得回去帮女人种完。老国已告诉他自己的女人是农村户口，家里分了十多亩地。黄平就一个人去了方庄。

"老国呢？"在方庄路口他遇见了村长，村长问他。

"他回家种地去了。"

村长把他领到方三贵家，这是昨天吃晚饭时说好的那户农民家。村长进院也没有站下，他同方三贵说了句什么就走了。

175

"你们庄里的人都和村长有亲戚吗?"他刚才听见方三贵管村长叫"叔",而昨天去的那户管村长叫"表姑夫"。

"差不多都是方姓的本家哩。"

他叫方三贵的女人找出一块磨石来,蹲在地上磨起劁猪刀来,老国给他借来的这把家什看来有日子没用了。

"大兄弟不是本地人吧。"

黄平点点头:"外乡的。"

"成家了吗?"看得出这是一个多嘴的女人。

"没呢。"

猪已被方三贵捆好腿脚。黄平拿着新磨的刀子走过去。猪几乎连叫都没叫一声就被割下了卵泡。方三贵的女人端出水来给他洗手,连声说:"大兄弟真是好手艺,我们村子穷,好姑娘都嫁到外地去了,要不给你介绍个对象成家,以后就不用再到镇上去找人劁猪了。"

"大嫂真会开玩笑。"黄平一下子脸红了,转而又问道,"就没有外地的姑娘嫁到本庄里来吗?"

"有倒是有一个,不过……前庄的广川媳妇就是外乡的……"方三贵女人听见丈夫从屋里出来"吭"了两声,就闭住了嘴巴。

黄平在心里记下了"广川"两字。

中午在方三贵家吃完饭出来,黄平走到街上悄悄向一个玩耍的女孩儿打听"方广川"家是哪个门。小女孩儿指给了他。他就转到村庄边上一户黄泥巴房前来。院子里门虚掩着,他推开门走了进去。一个二十四五岁的妇女正坐在院中央地上挑芸豆,一个两岁左右的小男孩儿在她身边玩耍。"大嫂,我是劁猪的,路过这里,口渴了,给碗凉水喝吧。"小媳妇抬起头来:"我知道你是劁猪的,你等着。"随后她站起身走进屋去。黄平就心下想这小村真是小,他昨天才刚刚进庄,村里人就都知道他了。小媳妇端出一瓢凉水来,他接过咕嘟咕嘟喝了进去。刚才吃过酒,真是渴了。小媳妇站着看他喝完,小媳妇有着一张好看的脸盘,看过就能让人记住。还有那个孩子,瞪着黑黑的眼仁望着他。

"你家有猪吗?"他寻摸了一圈院落。

"我家没猪。"小媳妇说,有点儿难为情。

"你家抓头猪崽吧,到时我来给你劁猪不要钱。"

"这得和我男人商量商量。"

"你男人呢?"

"他去地里干活去了。"

黄平觉得自己该走了。暖洋洋的阳光平静地照着这个小院,小媳妇和那个男孩儿就那样静静地站在院子里目送着这个喝红脸的年轻人走出去。

黄平回到派出所里,老国并没有问他去方庄了解了哪些情况,而是说起了另外一件事情。老国说他去乡里管计划生育的民政助理那里了解过了,方庄并没有叫季凤英的女人,倒是有个叫李英的是前年嫁到方庄来的,并且生了一个男孩儿。他在户籍内勤那里也做了核实。

原来老国今天没有回家去种地,老国是到乡里去了。

"这个李英是从什么地方嫁过来的?她男人叫什么名字?"

"她男人叫方广川,是村长的本家兄弟。据说他的这个媳妇是从离这里六十里远的李家庄里嫁过来的,那边乡里有证明。"

黄平听了半晌无语,眼里现出迷茫的神色。

"……兴许是你们那方面弄错了。"他听见老国这样说道。

第二天早上老国把他送到镇上的长途汽车站。老国抄着袖站在车下,脸上浮着憨厚的笑容:"如果不来了,就写封信来。"他听了稍稍一愣,他的目光还在望着没有长出庄稼的黄褐色盐碱地,说实话,他从心底里不希望再到这个贫瘠的地方来。可是……汽车开了,他冲车下那个警察摆摆手。

黄平再次来到方庄的时候,庄稼地里的玉米已经拔节了。村庄外的大地里很少见到忙碌的农民。他直接朝方广川家走去。还没走到门口,就听到院子内传来猪的叫声。那个他见过的女人正站在院子里喂猪。听到门响，她转过头来，眼里闪出一道惊喜来。

"我以为你不来了呢。"

"老家里有点儿事，回去了一趟。"

他放下肩上的帆布兜子。女人冲屋里喊："孩他爸，快出来，有客人来啦。"

从屋里走出来一个三十左右光着臂膀的男人，他脖子上架着那个他见过的男孩儿。男孩儿依旧用黑黑的眼仁望着他。

"你就是春天来村里的那个劁猪匠？"男人瞅着他问，黄平点点头。黄平觉得男人的目光有些硬，他胳膊上的腱子肉很发达。他女人从屋里给他端出一碗水来，是一碗刚刚沏的茶水。

"它太大了。"黄平指指猪说。

地上的猪有五六十斤了，汉子放下脖上的男孩儿，猫腰一把捉住了猪的后腿，将它翻倒在地上，用一只腿压住了它，猪嗷嗷叫了起来。

他给它割完，有些没把握地说："过两天我还要过来看看，怕弄不净，它太大了。"

走出村外，在一块玉米地边上，瞅瞅四下没人，他就从怀里掏出一张双人黑白照片来。照片上那个十八九岁的小媳妇正是他刚刚见过的李英，而靠在她身旁看上去可以做她父亲的男人是她原来的丈夫。这张照片正是从那个男人拿出的结婚证上撕下来的。他脑子里浮现出几天前的一幕来……

这次回去他又去找了那个又老又瘦像大烟鬼的男人。在丽水分局下边的城关派出所里，那个他认识的管片民警把他领到了那个老男人的家。在一间四处漏风的竹楼里，那个男人跪在了黄平的脚下，痛哭流涕地说："……政府，求求你，你一定把我女人给我找回来，我给你磕头了。"

他厌恶地扭过脸去，管片民警喝住了他。

老男人又悄悄拉过站在身后的一个怯生生的小女孩儿，要她也跪在地上。小女孩儿哭了，她有七八岁，稀黄的头发，营养不良的脸上泛着菜青色。她穿着一件大人穿的旧衣服，袖子被剪短了。黄平问她："你上学了吗？"她摇摇头。

"政府，求求你，看在孩子的分儿上，把她妈妈找回来吧——"

离开那家时，黄平和管片民警走在路上，管片民警叹息了一声说："那女人离开这个家也许是件好事。"黄平从兜里掏出一百块钱来，交给他："先让那个孩子上学。"管片民警瞅瞅他，又瞅瞅手里的钱说："我会办到的。"

黄平从方庄回到乡派出所，国警察已经在派出所等他了。外面不阴不阳下起了小雨。国警察说："走，出去喝点儿。"黄平点点头。国警察支起了一把破油纸雨伞，他们走进镇上一家小酒馆里。国警察让主人热了酒，点了几样菜，他俩慢吞吞喝起来。

"真的是她吗？"

"是她。"

国警察脸色像窗外的天色一样阴了一下，呷了一口酒。

"看得出，她现在生活得不错。"

"她男人很能干，也很疼这个女人。"国警察瞅着窗外的雨丝说。

黄平不知为什么叹息了一声，喝了一口酒，脸顿时红了起来。

"你怎么去跟她说？"

"我还没想好。"

国警察把眼睛向窗外移去，雨还在不紧不慢地下着，整个小镇都笼罩在一片灰暗的雨幕中。

吃完饭他要付钱，国警察扯住了他，说："等以后去你们那里你再付钱。"他觉得老国不过说了一句玩笑，老国是永远也不会去他们那里的。

晚上临睡下前，老国又问他一遍："她真的是她原来的那个男人把她交给人贩子的？"

"差不多是这样子的，"黄平点点头，说，"那老东西又抽又赌，赌输了钱欠的外债太多了，催债的人就找上门来，人家要杀他，他就管一个人贩子借了钱，明明知道他会把她拐跑的……"

"他真是个畜生，她怎么会嫁给这么个畜生呢？"老国生气地说道。

"是她哥哥，她哥哥娶了那个男人的妹妹，她是换亲嫁给那个男人的。"

"她哥哥？她哥哥怎么会这么不管他妹妹死活呢……"

"是她自己愿意的，她和她哥哥感情很好。他们兄妹自小就没了父母，是她哥哥把她拉扯大的，她哥哥三十岁还没有成家，媒人就给他们兄妹俩串联了这户人家，开始她哥哥还不太同意……"

"那她哥哥知道她现在的情况吗？"

"她哥哥死了。"

"死啦？"

"是的，她哥哥在她出嫁的第二年就得病死了，孩子也没留下一个。"

"这么说她家里现在没有啥人啦？"

"是的。"

"唉，真是苦命的人呀。"

黑暗中老国叹息了一声，黄平脑子里又浮现出下午去那个女人家见到的情形来……

两天后，黄平又背起劁猪兜子去方庄时，国警察说："我跟你一起去吧。"这让他稍感意外，黄平想了想说："还是让我一个人去吧。"国警察就跟他走到乡边路口上，目送着他朝方庄方向走去了。

方广川上地里干活去了，敞着的门里只有他媳妇和儿子在玩耍。黄平说："我再来看看猪。"叫李英的女人就把猪轰出圈来。黄平瞅了瞅它臀部，说："看起来没事了。"

女人又进屋去给他倒水。

"你叫季凤英。"他对着端水出来的女人说。

180

"不，我叫李英。"女人端着水碗，眼睛不眨地说。

"你的老家在丽水。"

"不，我不知道你说的这个地方。我的娘家是距这里六十里地远的本县李家庄。"

"你的丈夫叫安永胜。"

"不，我的丈夫叫方广川。"

女人站在那里等着他把水喝完。他喝完了，女人说："你快走吧，我丈夫快从地里回来了。"

黄平就抬头瞅了瞅移到头顶上的日头，说声"我还会来的"，就走了。

黄平回到方旺乡派出所里，国警察正焦急不安地坐在所里在等他。

"咋样？"

"她不承认。"

"这就难办了……"老国搓搓手，又问他，"你打算下一步怎么办？"

他想了一下说："我想再回丽水去一趟。"

老国瞅瞅他，想说什么又止住了。陪他吃过午饭，就送他去长途汽车站，刚好有一趟发往县城去的班车，到了县里他再转乘火车。老国站在车下，表情有些扭怩，车快开了，老国才说："你真的要把她往火坑里推？"

他沉吟了一下，说道："别忘了咱们是警察。"

老国的脸扭曲着苦笑了笑。

车后的烟尘很快淹没了老国的苦笑。

一周以后，黄平从丽水回来了，他带回来一个小女孩儿。老国见了吃惊不小："是她的孩子？"黄平点点头。老国就领她洗手洗脸去了。坐了两天的火车，他俩身上都落满了不少的灰尘。吃午饭的工夫，老国又带她出去了，回来小女孩儿身上已换上了一身簇新的花衣服。老国有四个孩子，他听所里的警察讲，老国从没给他的孩子买过衣服。"让你破费了老国。"老国像个不会做事情的父亲那样憨憨地笑笑。

下午他让老国带着小女孩儿，他又去了方庄。这回他没有背帆布兜子。

他在村庄外一块土豆地边上看见了季凤英的身影。她正蹲在草地里割猪草。他没有马上走过去，看着她一点一点将柳条篮子里的猪草割满了。歹毒的日头将土豆叶子都晒蔫了。

他背着身影走过去，走到近前，她一抬头看见了他，菜篮子里的猪草撒了一地。

"你走吧，我不会跟你回丽水的。"

"你不想见见你的女儿吗?"

女人听了，身子一抖，目光顿时软了下来。

"她怎么样啦? 她在哪里?"

"我把你的女儿带来了，她在乡里……你现在就可以跟我过去见见她。"

女人的表情急剧地变化着，看看他，又望了望村子自家泥房的方向，犹豫着是不是现在就跟他走。

"如果你告诉你男人，你就去不成了。"他猜透了她的心思说。

她的头耷拉了下来，跟着他向村外走去。黄平也不知道再向她说什么好，他们就这样走出了村外的土豆地，走进了一片苞米地的小道上，两旁一人多高的苞米秸像着了火一样让人憋闷得透不过气来。

"站住!"

黄平暗暗吃了一惊。苞米地里突然钻出的这些人像是早就在这里等待他们了。站在最前面的是方广川，他阴沉的眼睛凶狠地瞪着他。他身边还站着村长，身后那些人手里都拿着棍棒。看来不说出自己的身份是不行了。

"你们、你们要干什么?"

"干什么，你要拐跑我的女人。"

"我是警察。"他镇定下来。

"警察？哼，我早就看出来你不是个地道的劁猪匠了。乡亲们，上！"后面村里后生拎着棒子逼了过来。女人"妈呀！"捂上了脸。

"不许动手——"从对面的庄稼道上跌跌撞撞跑过来一个人，到了近前才看清是老国。老国满头大汗跑过来挡在这些人的前边。

"你想干什么？"村长阴沉着脸问。

"我们要带广川媳妇到派出所去调查一件事情。"老国喘着气说。

"别吃里爬外，你走开，这里不关你的事。"村长脸一冷，说道。

"表舅，你不能叫他们胡来。"

黄平听了，心里暗暗一惊。

"我不是你表舅，我没有你这个外甥姑爷。"村长转过脸去。

黄平悄悄拉着女人的手腕向道下的苞米地里退去。

"还跟他啰唆什么，快上，别让那小子把我媳妇领跑了。"

众人又在方广川的带领下涌过来。老国挡在了路中间，张开两只胳膊拦着他们，又回头冲他喊了一句："黄老弟，你们快跑，快跑——啊呀——"

黄平扯着女人的手腕就在苞米地里跑了起来，他听到身后老国痛叫了一声，但他已顾不上回头看了。他和这个女人跑出这块苞米地又跑进了一块高粱地里，他知道这里离乡里不会太远了，高粱秸秆划着他们的脸、胳膊，也顾不上疼……砰！忽然听到一声枪响，他知道派出所里来人了，便松了一口气。再去看扯着的那个女人，不知是惊吓，还是跑得急，脸色煞白蹲在地上大口大口干喘着……黄平只好停下来，等她喘息完了，才又向高粱地外的公路上走去。

"我男人没出事吧？"她哆嗦着问。

黄平没有回答她，他担心的是老国。

回到所里，他才知道老国受伤了。老国的一条胳膊被人打骨折了。他来不及讯问那女人，先让她们母女见了面，又关照别的民警给照看点儿。他就去了乡卫生院。老国躺在病房里，右胳膊被打了石膏用绷带吊了起来。老国看见他进来就问："你没事吧？"

"没事。"

老国就松了口气。他想抽支烟，黄平替他卷了，点着了插到他嘴里，他吸了起来。

"她们母女见面了？"

黄平点点头。

"唉，真是不容易呀！"

老国的老婆到了，这个乡下女人一声不吭地看着老国，又有些拘谨地看着黄平。黄平就起身告辞了。

晚上，黄平又到乡卫生院去看望老国，老国的女人已经走了。老国说他让她回去的，家里养着一些鸡鸭猪，离不开人。

"他们到派出所里来闹过了？"

"闹过了。所长把方广川和打人的那个后生拘留了。村长说他还会来……"

老国脸上掠过一道阴影。

"老国。"

"嗯？"

"那村长是你的表舅？"

"嗯哩，是孩他妈的表舅。"老国不自然地转开了一下脸。

护士进来给老国打了一针什么，老国疼得咧歪了一下脸。

"你跟广川媳妇谈过了？"

"谈过了。"

"她是想跟你走，还是留下来？"

"她想留下来，不过她总得跟我回去一趟，她和原来的丈夫是办了结婚手续的，要离婚也得把手续办了，还有这个案子结案也得取她的证人材料。"

"这我懂。"停了一会儿，老国又问，"那个女孩儿怎么办？"

"离了婚就要交给她妈妈抚养，跟着那个畜生男人会害了她一辈子

184

的。不知道方广川会怎么想，假如他俩重新结合的话。"

"广川会同意的。"老国抢着说了一句。

派出所的那间宿舍倒给了季凤英母女住，黄平就留在了卫生院里过夜，也算是陪陪老国。老国不知是因为伤疼还是怎么的，到了半夜时还没睡着。黑沉沉的夜色中听老国这样问了一句："黄老弟？"

"嗯。"

"你不会怪我吧……"

黄平一愣，在黑暗中静静地睁着眼听他说下去："其实我早就察觉到广川媳妇是拐骗来的女人，我只是不忍拆散他们，你也看到了，他们是多好的一对……"

黄平听了怔了怔，他一时不知道说什么好。他想听着老国的呼噜声响起来，可老国的呼噜声他始终没听到，自己却不知不觉沉到了梦乡里去了……

丽水分局刑警黄平在方旺乡调查清楚被拐骗妇女季凤英的身份后，就到小镇邮局里去给丽水分局挂了个长途电话，做了请示。分局同意了他的安排。

他和方旺乡片警老国分别找了季凤英和方广川谈了话。那个庄稼汉很害怕失去自己的妻子。等再见着黄平规规矩矩温顺得像一只绵羊，一个劲儿哀求黄平把他的妻子留下来，并说他会把她的女儿当成亲生闺女来对待的。他拍着胸脯对天发誓，这是上辈子积的德，让他儿女双全，如果做对不起她们娘俩的事就叫天打五雷轰。这样黄平心里就有数了，答应他案件一结束他会把他的"妻子"亲自送回来的。他不说话了，拿眼去瞅老国。老国说这不会是骗他的，要不可以把闺女先留在这儿。方广川这才放心了，神情安详下来。

黄平只好同意将小女孩儿留下来，先由老国带几天。老国眼里流露出一种很得意的神情。他似乎忘了还吊着的绷带，胳膊一使劲疼得他咧了一下嘴。

两天后，黄平就带着季凤英回去了。老国领着小女孩儿到汽车站去送。到了汽车站，黄平吓了一跳，方庄差不多来了半村子的人。他回头瞅瞅老国，老国笑笑说："没事，他们也是来给你送行的。"

人群给他们让开了一条道，方广川走上前来，他弯腰抱起了小女孩儿，而另一只胳膊上还抱着那个他见过的小男孩儿。小男孩儿黑黑的眼仁一动不动望着他们走上车去。临上车门的一刹那，季凤英转过身来，扑下车，亲了亲男孩儿，又亲了亲女孩儿，重新走上车去。

车窗口里面的黄平，眼睛远远地望着远处的庄稼地，一片红红的高粱在他眼底里飘动。他心里忽然涌上一股暖暖的感觉，鼻子有些发酸。

车开动了，人群模模糊糊朝后退去。

"表哥！"他对着窗外喊了一声。

老国一愣，随后反应过来，应了一声："哎！"追着车朝前跑来，黄平探出头去，直到那个憨憨的身影看不见了，他才收回头来。

有奥运会的日子

　　老国一来到这个深山中的小镇，就差不多喜欢上了这绵绵细雨了，细细亮亮的雨丝沾到皮肤上有一种滑溜溜凉丝丝的感觉。雨还打湿了小镇上的一切，长满青苔的石板路、高脚木屋、四周围着的郁郁葱葱的青山，朦朦胧胧的像在画中一样。自从老国的小女儿读了美术专科后，老国形容什么都喜欢用像画一样来形容。这样的雨天什么也不能干，只有住到旅店里好好休息了。他们坐了一星期的火车、汽车，路上颠簸得实在是有些累了，身上也汗脏得黏黏糊糊的了。

　　一走进这个潮湿的小旅店，就看见老板坐在那里打瞌睡，几只苍蝇在他的头周围飞来飞去。

　　"住店吗？"

　　"住店。"

　　在他登记的工夫，那个不知是被雨水还是被什么东西弄得有些急躁的年轻人又问了一句："房间里有电视吗？"

　　"当然有。"

　　躬曲着水蛇腰的老板把他俩领到走廊里头的一个房间里，打开门环顾了一下说："二位远客，需要什么就吆喝我一声。"说完就趿拉着一双木板拖鞋嗒嗒地走了。

　　房间里又小又简单，并排摆放着两张单人木床，除了睡觉你什么也别想干。老国和年轻的同伴放下随身的背包，年轻人就扑到床头那台十二寸的黑白电视机前，一阵噼噼啪啪的旋钮响，荧屏上就出现了斑斑驳驳的雪花点，除了沙沙声，什么也看不清。不知是远在深山里信号弱的关系，还是电视机本身有毛病。

年轻人叫岩森，长着一副女人白净瘦弱的面孔，蓄着长长的头发。一路上他很少和老国说什么，更多的时候是把耳机插进耳朵里。老国从小女儿那里知道那小玩意儿叫随身听。

老国习惯性地把目光伸向窗外，雨丝还在不紧不慢地下着，在黑黑的瓦檐下形成了一道绿幽幽的雨帘，挡住了远山背影。

"今天是多少号？"

"20号。"老国想了想答。

"今天是奥运会开幕的日子。"

老国记起来岩森在出来前曾跟他说过，可那会儿老国连亚特兰大是哪个国家的城市都不知道。岩森一边调试着旋钮，一边情绪很坏地拍着电视机外壳。老国看他"啪！啪！"地拍着电视机外壳，真担心他把电视机拍爆炸了。

老国从背包里扯出一条毛巾，说："我去冲个澡。"

老国冲完澡走回来，看见岩森还坐在那里调试着电视机。

"算啦。"老国说了一句。

岩森并没有停下来，他把电视机的外壳都拆卸下来了，这让老国很担心那个老板进来会找他俩的麻烦。岩森就说："你别忘了我在大学里学的是电子专业。"老国就想起岩森是个大学生来着。而老国只有初中文化，老国连亚特兰大在哪个国家都不知道。

电视机里突然有了图像，倒吓了老国一跳。

"可算有的看尿啦。"大学生兴奋地学着老国平时的口头禅说了一句粗话。

不过他们已错过了开幕式，开幕式盛况是他们从晚上体育报道中看到的。不过这已经叫他们很满足了，在这样一个偏僻的深山小镇还能收到奥运会的直播，这本身让岩森很吃惊了。本来这趟他是极不情愿出来的。

"那个点燃火炬的黑人是谁?"

"是拳王阿里。"

"他的手怎么一直在颤抖?"

"他现在得了帕金森综合征。"

"啧啧。"老国嘴里说不清楚为什么。

傍晚,老国一个人走到小镇上去。小镇还沉浸在氤氲的雨色中,山坳里人家的屋顶冒出了缕缕炊烟,雨烟一色。偶尔从谁家木楼里传出一两声狗叫,很快又淹没在渺渺的烟色雨雾中了。从当地人嘴里了解到,这里离国境线很近,寨子里居住的大多是土家族人。近年来这里旅游的外地游客很多,所以把老国当成一名游客一点儿也不奇怪。

"老哥,住店啵?"街面上有许多这样的小旅店,白天没太留意。

老国摇摇头。

"好解乏的哟。"窗子后面有一个女子头在动。

老国从老板的眼神中明白了什么,加快了脚步。

回屋,老国看见岩森的眼睛还盯在电视上。这会儿没有奥运赛事,奥运赛事要等到下半夜。岩森告诉过他亚特兰大的时差正好和北京时间相反。一觉醒来,看见岩森头垂在那里一点一点地做磕头状。

"咋还不睡?"

"我怕错过了下半夜两点中国队和安哥拉队的首场男篮比赛。"大个子岩森在大学里打过校篮球队的中锋。

"你睡吧,到时我叫你。"老国就坐起身来,点燃了一支烟来吸。

大个子岩森头一低,像死猪一样睡去了。

深山里的夜好静,窗外黑得什么也看不见,静得只能听到电视机里的杂音沙沙声。老国下地把声音关掉了。

下半夜一时刚过,岩森就醒来了:"到了没?"

老国摇摇头。

岩森见老国眼睛看着电视就又问一句:"在转播什么?"

"射击。"老国答。

"怎么样？"

"现在是咱们领先。"老国一脸的兴奋，把声音稍稍调大些。

领先的是中国射击老将王义夫，上届巴塞罗那奥运会他就拿了金牌，这回中国队的首金能不能射中就看他的了。播音员的声音在深夜里也显得很激动，压抑着什么。还剩最后一枪，只要不出意外，不打到八环以下这块金牌就稳拿了。

"哎——呀？"随着枪响，老国惊叫了一声。他不等解说员报靶，就看清王义夫这最后一枪只打了6.5环。再去看王义夫，他也痛心地把枪摔在了靶位上，蹲坐在地上。他妻子上前扑过来抱住了他。

"他太老了。"岩森不动声色地说了一句。

"你说什么？"老国看了他一眼怔了怔。

"我说他太老了。"

画面很快切换到了篮球场上，岩森没有再理会老国的怆然若失的表情。

老国的枪法很好，曾代表分局参加过市局射击比赛。在所有的体育项目中老国独独喜欢射击。

岩森在大喊大叫，中国男篮最后险胜了安哥拉，让这个国人牵挂之夜不再显得有些沉闷。

"睡吧，天都快亮了。"

"睡吧。"

一场胜球搞得岩森很兴奋，他躺在床上半天也没睡着，他很想找个人聊聊，可看到对面那个人已将头侧向里边睡着了。天在窗外一点一点透亮了。

"他不该在最后失手的。"睡梦中的老国说了一句梦话，他还在为王义夫惋惜。

第二日白天，老国又一个人走到寨子里去。雨停了，有狗在吠，有鸡在鸣。山脚下的水涧边有土家妇人在淘米、洗衣。清晰的捶衣声传荡得很远、很远……老国又从昨晚经过的街面几家客栈门前走过，这回没有人再问他"住店啵"，窗外偶尔露出的女子头也是一脸困倦色，口里在打着呵欠。

水牛拉水车声不紧不慢吱呀吱呀从当街中响过。

从寨子里踩了一脚泥水回来，岩森眼睛还长在电视上，牙没刷，脸没洗。

"你说他会逃到这里来吗?"老国问。

"不知道。"岩森并没有从电视上移开眼睛。

"啧啧，一百万，他要那么多钱干什么?"老国不由得自言自语地摇摇头。

那人没有应声。老国在屋子里待得无聊就又走到外面去，他在寨子里找了一个向导走上山去，一直走到国境界碑石旁，老国在界碑石的中方一侧停了下来。从他们住的寨子里走到这里有十几华里山路，老国走得有些吁吁上喘了。

山民问老国是不是来旅游的，老国点点头。

山民说前两天也有一个游客让他带到这里来过。

山民的话引起了老国的注意。

"过去了?"老国下意识地问。

山民摇摇头："偷渡要罚款的喽。"

可老国知道当地有不少人白天偷偷摸摸过去，干活的、倒买卖的、串亲戚的、走私的，晚上再偷偷摸摸回来。老国往四下里扫了一眼，丛林里云彩遮天蔽日的，看不到一块巴掌大的天空。

回到寨子里，老国走进别的客栈。有的老板认出他来，就说"住店啵，有彩电，能泡热水澡"。大概是为招揽生意，有的老板还把彩电搬到门厅里来。客人和老板都在盯着电视看。不过每家客栈里的客人并不多。

第三日，老国终于摸清了住在寨子里客栈的都是些什么人，有的是来旅游的，有的是内地来寨子里收购蛇皮的，还有几个暑假来这里写生的大学生……这几个年轻人已放弃了画笔，整天守在小旅馆房间里的电视机前，咋咋呼呼喊叫，一有中国人夺得了金牌，他们就喝个通宵。由这几个美术大学生，老国不由得想起了自己的小女儿，很想和他们搭讪几句，可是一看到他们喝得醉醺醺的样子和房间里到处乱扔的啤酒瓶、臭袜子，老国就叹息地摇摇头，放弃了这个念头。倒是岩森很快和他们一起结成同党，走进大学生的房间里，和他们一起喊、一起叫，出来也是脸红扑扑的。

这晚没有电视的吵闹，老国睡下得很早，很香。早起时说夜里做了个梦，梦见了他的小女儿。

岩森听到了，往他这边睨睨眼睛说："女孩子不该学画画。"

"为什么？"老国脸色阴沉了一下。

岩森就往隔壁房间努努嘴，说："他们那边那个女大学生比男生还开放，喝酒比男人还能喝，就那么穿着一条性感的短裤在男人中间晃来晃去，还给他们当模特。"

老国脸就不知不觉地红了，仿佛在说自己的女儿。

一整天老国都显得有些沉默寡言。

"那个人是不是过境了，或者那个人压根就没有来过这里？"到了晚上老国隐隐动了回去的心思，嘴里自言自语地说。

"不会的……吧。"岩森眼睛还盯在电视上，他可不想把时间耽搁在路途上，一周以后奥运会就结束了，他还想在这里待些日子，最好能待到奥运会结束以后。

"如果是你，这些日子会干什么呢？"

"躲在房间里看电视。"岩森想也没想脱口而出，话一出口他和老国怔了一下，老国也不禁笑了。但愿那个家伙也是个体育迷。

他们要追捕的那人是银行的一名保卫科科长，打死了一名银行职员后，抢得一百万人民币逃跑了。有人提供线索，这名银行保卫科科长以前曾到这个云南边境寨子里来旅游过，这里就作为一个追踪点派他俩来了。当然也不排除这名科长潜回老家的可能。

白天，老国跟着几名游客随导游员到寨外的棕树林子里去转悠，在过一片剑叶丛时，忽听到一声姑娘的尖叫："蛇!"看时，一条细长的花斑蛇已缠到她的脚背上了。这姑娘正是隔壁那个美术大学生，她的那几个男伴没有跟来。导游和几名游客顿时大惊失色，纷纷往后退。"别动!"老国冲那姑娘说。下乡时老国也曾经捉过蛇。他悄悄贴近脸已变了颜色的姑娘身边，阔叶丛里，蛇芯子在突突地伸缩，老国猛地下手，二指准狠地捏住了蛇的七寸，用力一甩，蛇骨顿时脱节了。众人惊嘘了一口气，看那姑娘，两手已捂着胸口瘫软地倒在了老国的怀里。

　　当晚姑娘过来感谢老国，果然只穿一条苹果牌牛仔短裤，老国别过脸去叫她把长裤换上，说这里蛇多，专缠人腿的。姑娘就脸红着去换了条裤子来。老国说自己也有一个小女儿学美术的，姑娘听了又惊又喜，非要做老国的干女儿，并把一支画笔要送给老国的小女儿做纪念，老国想想就收下了。

　　不知不觉来寨子一周了，这天晚上临躺下时，老国问岩森明天有什么赛事。岩森说有女足的半决赛。

　　老国早早起来时，岩森已经起来了，头偎在被窝里看电视。老国说他一个人到林子里转转，岩森就"嗯"了一声。这两天他已习惯老国这么早出去了，外面寨子里的天还没完全放亮。

　　岩森坐在房间里一直看到八点钟，就听到那个早晨去林子里写生的女大学生匆匆跑回来，慌慌张张地喊叫："不好了，有枪声——杀人啦……"

　　岩森听了大惊，随后同她向寨外的林子里跑去，在距界碑石二十米远的树丛中，相距十米倒着两个男人。一个是老国，另一个是手提密码箱的男人，他们手里都握着五四式手枪。岩森先跑到凶手跟前，摸摸鼻子，已经没有了鼻息，凶手已经死了。

　　岩森又跑过来伏身抱起老国，老国胸前流了一大片血，老国断断续续地说了一句话："我、我、怎么会失手呢……"

岩森大哭："都怨我，我不该留在房间里看电视……"

老国想摇摆一下头，可是却没摆动，一丝稍稍遗憾的笑容就凝固在他那张国字脸上了。

新疆的月亮

去年中秋节的前两天，大约是农历八月十三吧，我和老周去新城监狱采访。正赶上监狱里搞秋收，当晚和李管教他们留在大地里守夜。地里白天收割的黄豆、起出的土豆没来得及运回去，就堆积在大地里。夜里为了防止野猪出来祸害和霜冻，就在庄稼地四个角上笼起了四堆火堆。新城监狱方圆几十里外无人烟，都是荒漠和沙丘杂树丛地带，以前曾有野猪夜间出来拱土豆地，至于霜冻，北方在这个季节里降霜就不足为奇了。

除了我们，还留下来三个宽管犯人，他们负责往火堆里添加柴火，柴火是从地里起出的树根和从地边灌木丛里捡来的干枝丫。他们干得很勤快。让我们不免佩服起他们的体力来，他们也是干了一天的活呀。而我们跟着在大地里站了一天晒了一天，这会儿也感到腰酸腿痛的了。惹得那个李管教笑话我们："文化人到底是文化人哪。"

老周是市里文工团的编导，以前来监狱里帮助他们排演过节目，所以跟监狱里上上下下都很熟。白天收工前，监狱长曾邀请过我俩跟他一起回去好好喝两杯。老周却说他好久没有体验到在庄稼地里守夜的滋味了。老周曾是下过乡的知青，他戏称"二劳改"。就这么着我们跟着李管教留了下来。监狱长打发人送来两件棉军大衣，还有三只烧鸡、几听罐装啤酒什么的。我们吃了一顿很不错的晚餐。不知是啤酒喝的，还是火堆烤的，我和老周的脸都有些微红了。

夜幕渐渐降临了，月亮从东边地头升起来了。沙丘、矮树丛的轮廓依稀可见，新翻过的马铃薯地里散发出一股沙土的芳香味道。不远处就能看到监狱的高墙，岗楼里有武警哨兵走动的身影，不时有两只探照灯的光柱交叉着照射过来。那三个犯人还在附近的地边上拾着柴火，陪伴他们的是监狱里的一号警犬大黑。它的那两只长耳朵不时地支棱着，倾听着远处的动静，除了偶尔能听到一两声猫头鹰或松鸡的叫声外，四周简直像死去了一般寂静。

监狱里对这些宽管犯人的管理是很宽松的，他们白天可以在大院子里自由走动，平常就在食堂干些杂活。宽管犯人都是些马上要到刑满释放或者有重大立功表现减刑在原来刑期一半以上的犯人。用李管教的话说这些人你让越狱他也不会越狱的。

三个犯人里头年纪最大的是老柳头，叫柳成山，是个杀人犯。年轻时帮人打架失手将人打死了。先是被判了死缓，后又判了无期，再后来又减刑改判了有期徒刑二十年。一晃他在监狱里已待了三十年。想想人生能有几个三十年啊。他给我们看过他一直带在身上的工作证上的照片，是个风华正茂的小伙子。可是你现在再瞧瞧他，头发已经花白了，背也驼了，牙齿也脱落了好几颗，脸上一笑起来皱纹多得像个风干的核桃。他哪里还像个杀人犯呀，倒像个与世无争的挺和善的老头儿。据李管教讲，监狱里无论是新来的犯人还是老犯人都喜欢和他接近。刚才他正对着我们扔在一边的空易拉罐产生了兴趣，他把一只易拉罐捡在手里，左瞧瞧右瞧瞧，嘴里嘟哝说："这么小的一个铁罐子怎么往里装啤酒呀。"老柳头进来前是一名啤酒厂的工人，所以他这么去想一点儿也不奇怪了。

"怎么，没见过吧？"李管教歪头瞧着他，眼里流露出讥讽。他对他平时在犯人中有那么好的人缘有些嫉妒，这一点我看出来了。

"你尝尝，看看这里装的是不是啤酒。"李管教把手上喝了一大半啤酒的易拉罐递给了他。

老柳头接过去喝了一口，吧嗒吧嗒嘴摇摇头说："和我们那时候酿的啤酒味道没法比。"

"那当然啦，你们那时连电视机、洗衣机、电冰箱这些东西连听说都没听说过，怎么可以和现在比呢。"李管教又讽刺了他一句。他不知所措地脸红了，嘴里仍在嘟哝说："可我仍然希望回到从前去，回到我二十五岁以前去，那时的一切对我来说都是好的……每天下了班和几个工友聚在一起，喝上几升自己厂里酿制的散装啤酒，多么快活啊……"他沉浸在对久远往事的回忆里。

"老柳头，你出去以后打算干什么呢?"

老柳头一愣，这个问题他好像从来没想过。"我不知道……"他脸像霜打的茄子，缩了一下身子，蔫蔫着步子走开了。

李管教告诉我们，老柳头再有两年就刑满释放了。监狱曾找他谈过话，问他出去后的打算。他现在孑然一身，父母还有两个哥哥早在几年前就先后过世了。他真不知道出去后该怎么办才好，原来的单位啤酒厂已经被一家外地啤酒厂兼并了，就是不兼并也不可能再收留他这个老头子了。他曾向狱方提出刑满出来后留下来，哪怕是给监狱做个临时工。可是监狱没有答应，监狱从来没有这个先例啊。

唉，可怜的人。一个人在这里面生活了三十年，他已经完全习惯了大墙里面的生活。外面的世界对他来讲不仅仅是陌生的，而且还是可怕的，你让他出去后怎么像年轻人一样重新开始新生活呢? 我们不免为他今后的生活担忧起来……月光下，那个孤独的身影朝地边上走去，脊背似乎更驼了，那条狼狗在默默地尾随着他。

新割下的黄豆荚散发着一股诱人的清香味。李管教叫那个叫狗剩的年轻犯人抱一些过来烧，他还兜了一衣兜土豆过来烧，一股烧黄豆和烤马铃薯的香味顿时扑鼻而来。老周吸了吸鼻子说，这就是他当知青那会儿守夜最好的美味了。他不等白薯烤好，就捡了一个在手里，左手右手蹦跳着倒着，一边吹着热气，一边往嘴里填，烫得他龇牙咧嘴地嘘气。惹得我们都笑了，包括那个年轻的犯人。

叫狗剩的犯人是个青年农民，有二十五六岁的样子，细小的眼睛，剃着光葫芦脑袋。白天干活时就看出来他是个好庄稼把式，割黄豆垄比谁割得都快。而且还喜欢背着管教开点儿小玩笑，刚才就听到他跟那个一直默默无语干活的中年犯人说是不是想老婆了。他是个强奸犯，被判了七年徒刑，再有一年半就可以出狱了。说到这里他从衣兜里偷偷摸出一小把黄豆给我看，说从现在开始每过一个月他就吃一颗黄豆，等吃完这十八颗黄豆他就可以出去了。和那两个犯人不同的是，一说到出狱他小眼睛里就闪着充足的亮光。李管教佯装没看见说："你最好别吃一百个豆没个豆腥味。"

趁着李管教过地边上草丛里去解手，他扒拉了一下火堆对我们说："其实也没啥，我就是和我们村村长的闺女处对象，村长知道后不干了，他是想把他闺女许配给乡长的跛脚儿子，就把我给告了，说我把他闺女给睡了，睡了是不假，可那是她闺女自愿的。那是那年初夏，我在我家的香瓜地里看瓜，他闺女跑到我的瓜棚里找我来了，是她自己脱光了衣服钻进我的被窝里的。说这话你们可能不相信，说老实话那会儿我还不懂（说到这里他诡秘地冲我俩不好意思地憨厚地一笑），弄了半天笨手笨脚的也没进去，村长就带着人找到我家的瓜地里来了，把我好一顿胖揍，揍得那个狠呀！小腿肚子上至今还有一块伤疤呢。"他撸起了裤脚，小腿上果然有一块暗红的伤疤。

"后来呢？"我不动声色地问，光凭这一点是不足以判他刑的。

"后来村长把他闺女带回去，村长上乡里派出所告我强奸他闺女，派出所的人把我带到所里去审问。我说没强奸他闺女，不信你们去问问他闺女。他闺女始终没有露面，派出所关了我几日就把我给放了。在村子里传出乡长的儿子要和他闺女订婚的前一天，他闺女那天傍晚又偷偷跑到瓜地来找我，问我怎么办。我也是想报复村长，这回真的把他闺女给睡了，他闺女嘤嘤哭着要我带她走。我不想找麻烦，骗她说等我在外面落了脚后再回来接她，就自己跑到城里去打工了，可过了半年后还是被村长找到了。"

月朗星稀，几颗星星在远处的天边眨着神秘的眼睛。夜色渐浓了，有些冷意，我和老周都披上了棉军大衣。李管教从那边走了回来，牵着那条狼狗。他把我们刚才吃剩下的半块烧鸡喂给了它。

"其实你这么做是很愚蠢的，村长干涉你和他女儿的恋爱是违法的，可你这么乱来，反倒给人家落下了把柄，连那个姑娘都恨死你了，你想想看，今后叫她在村子里怎么做人呢。"

"是哩，谁叫俺是个法盲哩，这一下反倒把事情弄乱套哩……"他暗自悔恨地叹息了一声。

老柳头也不知什么时候坐到这堆火堆前来，大概是刚才李管教叫他过来休息的。他费劲巴力地在嘴里嚼着烤熟的黄豆。那边只有那个中年犯人还在干着活……

"喂，你也过来吃块烤土豆吧!"老周冲他喊了一声，可是他并没有走过来。

"唉，他是个怪人。"李管教无可奈何地摇摇头。

老周在临来监狱前跟我提到一件事，说他去年中秋节的时候来监狱帮助排演节目，有一个犯人自己作词作曲写了一首歌叫《流泪的红月亮》，去年底在省司法监狱系统劳改人员演出中还获得了二等奖。就是这个叫陈庆文的犯人写的，我不由得朝他多看了几眼……他沉默寡言干活的身影在火光中若隐若现。

地边上的草丛里响起了蛐蛐的叫声，秋凉了。那边的三堆火叫他弄得很旺，传来噼噼啪啪的微响，通红的火苗子像狗舌头一样舔着雾气袭人的夜色。

"他进来前是干什么的?"我朝那边又望了一眼，他听不到我们的说话声。

李管教说："是油田上钻井队的一名技术员，因为盗窃被判了六年徒刑，减了一年刑，今年年底就可以出狱了。"说到这里李管教又略带惊奇地告诉我们一件事，说这个陈庆文的妻子后天就要来监狱里看他了。

"你是说这六年里他妻子从来没有来监狱里看过他吗?"我不禁问道。

"是的，我说过他是个怪人，我还以为他没有老婆呢。平时在监狱里也不见他和谁多说话，也没见过他家里什么人来看过他。我们以为他进来后他妻子就和他离婚了呢，这在犯人中间也是常有的事，因为从来没见过他妻子来看他。一年两次的探监申请他只申请和家里人通电话，是打给他女儿的。最近才从他嘴里（李管教朝老柳头努努嘴）获知，他有一个读大学的女儿。唉唉，想不到他会有一个这么有出息的女儿……"李管教摇摇头。

　　李管教打了个呵欠，问我们过不过窝棚里去睡觉，我俩摇摇头，我俩还不困，想在这里再待会儿。

　　"那我可困了，我先去睡会儿。"李管教站起身来朝窝棚走去。他拍拍大黑的头，大黑也跟他走到窝棚前，在那里蹲下了。

　　火堆前一下子静了下来，我们都有点儿不知所措地相互望望，听着火堆里的火炭爆发出微响，火苗有些小了下去，狗剩起身到那边抱来一抱柴火加在了火堆里。

　　老柳头还在翻动着烤土豆，可是我们肚子里一点儿也吃不下去了。他就将烤好的土豆放到一边。

　　"嘿，他呀，简直就是一个怪人，他老婆是要来看他，可也看不出来他有多高兴，前天他竟跟我说他宁肯再坐上六年牢的疯话来，你们瞧瞧，我想他一定是蹲监狱蹲傻了。"

　　狗剩学着李管教的口吻说，不过他的话倒叫我俩有点儿吃惊。

　　"他为什么会这样讲呢？难道他妻子对他不好吗?"

　　"谁知道他是怎么想的，也许是他的女人对他不算太好，要不怎么会六年里没有来看过他呢。唉唉，女人都是这么薄情寡义……你坐了牢就别指望她们还像从前那样对你好。"他大概想起了自己的伤心事，据说后来村长的闺女站在了村长一边才把他送进了监狱的，他为此伤透了心。

　　"闭上你的臭嘴吧。"老柳头扭过头来扫了狗剩一眼，他才住了口。

　　那个中年犯人也在那边停了下来，他蹲坐在火堆前，背对着我们这边，垂着头，不知在想什么。

夜，越发宁静了下来。草丛里的蛐蛐声小了下去。月亮升到了中天，星星隐去了。从大墙岗楼上传来武警哨兵换岗的声响，已近子夜了。

那个年轻的犯人再也经不住困劲，躺在黄豆秧子堆上睡着了。老柳头走过去把他身下的黄棉袄翻过来给他盖严实。他的睡相还像个孩子。

过了一会儿，老柳头把那些烤好的土豆兜在衣襟里，朝那边的火堆走了过去，我俩也起身跟了过去。

那个中年犯人对着他手里拿着的一件什么东西在发呆，走近了借着火光看清是一张照片，是他妻子的吗？

听到脚步声，他慌忙把照片收进了怀里，惶惑地略带拘谨地抬起头来看着我们。老柳头在他身边坐了下来，把烤好的土豆递给他。他怔了怔，而后狼吞虎咽吃起来，一晚上他都没有歇一歇，看来他真是饿了。

这张黝黑的脸如果不是大漠里的风吹日晒，我想一定很白净，还有他单薄的身体，一定是这里的体力活叫他变得这么结实。他一口气吃下去八个土豆，老柳头就眯缝着眼看着他吃。那安详的目光像在打量自己的孩子。

等他吃完，老周递给他一支烟，他感激地接了，并从火堆里挑起一块火炭。

"听说你的妻子要来看你？"老周问了他一句。

他听了身子一抖，手里的火炭差点儿掉下来，哆嗦着点着了，猛地吸了两大口，在烟雾中点点头，又像被呛着了似的猛咳嗽了两声，惊得那条警觉的狼狗往这边看了看。他大概很久没吸烟了，从他贪婪的吸烟相一看便知，一棵烟两口便下去了半截。

"你妻子她人好吗？"

"她……人好，她心地善良，人又漂亮。"他望了一眼夜空茫然地喃喃地说。

"那你咋不高兴？"

"没、没有不高兴……"他掩饰着什么立起了领口说，脸有点儿涨红了。

"她以前咋没到监狱来看过你?"

"是我不叫她来的……我妻子的确是一位难得的好人，是我对不起她，这六年来苦了她啦……"他眼圈有点儿发红，叹息着吞咽了一大口烟说。

"你不必为过去的事情懊恼，你不是马上就可以出去了吗? 你们一家人可以团聚了，你出去后再好好报答她吧，看得出你们是相爱的……不管你以前做了什么错事，她都会原谅你的。"老周拍了拍他的肩膀安慰道。

哪知他听了老周的话，手里的烟头猛地一抖掉到地上，两眼发直，脸色煞白了起来……

"不，不，我不想出去，我害怕见到她……"

我和老周听了不禁一愣。

"这是为什么呀?"

他像溺水的人绝望地望了四周一眼，可四周除了黑暗还是黑暗。他的眼神随即黯淡了下来……

"说吧，说出来你会好受些。"老柳头递过来一句，他刚才一直坐在火堆前打盹，这会儿眍了下眼皮，而那个叫狗剩的年轻犯人已在那边打起了香甜的呼噜。

"能再给我一支烟吗?"他脸色苍白地说。

接下来他向我俩讲述了一个在他心里埋藏了六年的秘密，是关于他和他女儿的……睡意那时已从我俩身上彻底驱散掉了，听着他的絮叨，仿佛在听秋夜的私语。

"我大学毕业就分到了油田钻井队工作，我妻子则留在了城里，她是一名小学老师。井队长年在野外打井，一年到头也回不了两次家（说到这里他抬头望了望头上的月亮，叹息了一声又接着说下去），孤独啊，

202

寂寞啊，相思啊，这种滋味就不用提了。好在那时候我们都能把精力放到工作上去，我还获得过两次先进生产者呢。等我们有了女儿后，情况就不一样了，妻子曾动员我调回城里去，因为在家里我也是独生子，妻子又要照顾老的又要照顾小的，实在有些忙活不过来。我也产生过调回城里的念头，就向井队打了请调报告。可那会儿井队缺少技术人员，怎么会放我走呢？……就这么我又在井队留了下来。不过我的情绪却由此消沉了下来……

"每到夜晚孤独和寂寞就会像夏天里的蚊子一样一阵阵袭来，为了排遣这难耐的寂寞，我和队里那些青工一样，学会了吸烟、喝酒……还学会了打牌。开始是小赌，一块两块地玩，后来就大赌起来，有时一个晚上会输掉我半个月的工资。好在妻子那时并不指望我的每月工资，等到女儿上了中学后，家里的开销大了，妻子一个人的工资不够花了，我每月总要寄回一些工资给家里。有时夜里输了钱，白天在食堂里就捡最便宜的饭菜买。队长是个好心人，被他碰见了就要说：'喂，大学生，是不是夜里又出彩去了？'我不好意思地脸红了。他用他的饭票接济我。趁没人的时候小声跟我说：'你不要和那帮小青年比，你是有家室的人。'我记着下回一定不再去和他们赌牌了。

"可赌徒就是这么一种心理，越赌越输，越输越赌。不等过了三天，我就像被什么东西勾了魂似的往青工住的那间充满脚臭汗臭味的小黑屋子里跑。就在这一年初冬的一天夜里，我一下子输掉了九百块钱，九百块钱哪，这可是我刚刚发到手的一个月的工资啊，我还没来得及给家里寄去一半，就一眨眼工夫全输光了。黄豆粒大的汗珠顷刻间从我头上身上冒了出来，我不知道是怎么走出那间闹哄哄的小黑屋的。我脚步踉跄地走到列车厢式板房后面的大甸子上去，冰冷刺骨的夜风吹得我昏头涨脑，脑子里像有无数个魔鬼一样的念头在涌现……

"我想起白天发工资时，队长向出纳拿了两万块钱要明天到城里去买钻头。队长是用他那个黄书兜装的，平时队长这个黄书兜就挂在他办公室椅背后面的墙上，今晚还会不会挂在那里？我顾不得多想了，快步奔到队长办公室的板房窗下，用身上带着的水果刀撬开了后窗上的一块玻璃，伸手进去拉开了窗闩跳了进去。令我意想不到的是黄书兜还挂在那里，摸黑一摸里面鼓鼓囊囊的，我伸手摸出一捆就跳出窗来，而后把那块玻璃照原样安上了。我悄悄溜回宿舍去睡觉，其实我一夜都没睡着，心口怦怦乱跳个不停。有几次我都想把那捆钱送回去了，可又怕人看见，最终没有动……

"天亮了，我害怕见到队长，可一上午也没见到他的影子。到了中午才见到他带着矿保卫科的人在他的办公室里勘查现场。

"下午保卫科的人把我单独叫到一间屋子里去，没等他们问什么我就全说了。最后我对他们说我有一个请求，队长说你说吧。我说先不要告诉我家里。队长瞅瞅保卫科的人答应了。队长也没有想到这件事是我干的，看我时脸上有一种迷惑不解和后悔不迭的表情。

"在看守所判刑后要押到监狱去的前一天，队长又来看我，问我告诉不告诉我的妻子。我想了想对他说：'你叫她来吧，先别跟她说我被捕了，见了面我自己跟她说。'

"第二天我妻子来了，她穿得很漂亮。队长捎信跟她说我们又要转到一个新的地方打井去了，来不及进家门了，要她去看看我。可是她一走进看守所就什么都明白了，她哭得晕了过去。等她醒来，我对她说：'梅，我们离婚吧。'她的泪又如泉涌般流了下来：'我没有想到你会这么去想，你想过我们的女儿该怎么办了吗？'

"我好像这时候才突然想到了女儿，一下子怔住了。她正在读高三，明年就该考大学了。她听到这个消息会怎么样？我一下子惶恐不安地望着妻子。

"'先不能跟她说，我会跟她说你去新疆支援打井去了，要一两年以后才能回来，等她参加完高考再跟她说吧。'妻子镇定下来，定定地瞅着我说。我点点头。'……我等着你出来。'妻子最后说的一句我已听不下去了。我的泪水模糊了双眼，悔恨、自责、恐惧、绝望，我知道从那一刻起就要陪伴我终生了。

"为了坚定妻子这么做的决心，也为了让家里人和女儿不看出什么破绽，到了监狱以后我就不要她来看我了。每次别的犯人申请家里来探视，我只申请与家里人通电话……（清冷的月光照在他那张沮丧、麻木的脸上，这会儿他的脸上现出一种痴迷状。）

"好在以前我也长年在外打井，家里人也习惯了，并没有引起女儿的猜疑。再说我们队上确实有抽调到新疆去支援打井的任务。就这样我在监狱里安定了下来，除了极少的与妻子通信外，就是每隔半年和女儿通一次电话了。我不让女儿写信给我。记得第一次和女儿通电话时是在她第二年参加高考的前两天，听着话筒里传来女儿的声音我竟一时拿着话筒不知该说什么好，心里紧张得要命，我真怕一时控制不住情绪，让她听出什么。哪知她在那边听出是我连声说：'爸爸，我知道你在想什么，你在新疆打井回不来，不能像别的家长一样陪着我去考场，不过爸爸你放心，我不会叫你失望的，我一定会考出好成绩来……'我听了真有一种撕心裂肺的感觉，控制住泪水喃喃地说：'孩子，爸爸相信你，你一定会考上的……'

"女儿如愿考上了名牌大学上海复旦大学。接到妻子的来信后我暗暗松了一口气。按照我和妻子的商定，该把我的事告诉她了。可是我在她入校后第一次把电话打到她们学校里时，却犹豫了。电话里传来女儿清脆悦耳的笑声，她的新生活才刚刚开始呀，一切都是那么美好！我有什么权利去打破它呢？我怎么忍心让她一踏进校门就背上生活的阴影呢？我想再等等，哪怕再等上一年……这一回是我请求妻子再晚点儿告诉她的，妻子同意了。

"等到女儿上了大二，我在电话里正嗫嚅地打算告诉她这件事时，女儿却在电话那头兴高采烈地告诉我一件事，她竟选当上学生会主席了。我能够想象得到她高兴的样子，假如要让她和她的同学知道她有一个正在做囚犯的父亲……不，不，我不敢想下去，话到嘴边我又咽了下去，泪默默地往肚子里流。女儿察觉到了，问：'爸爸你怎么哭了？'我说：'爸爸是为你高兴流的泪。'女儿又说：'爸爸你什么时候回来？'

我说：'还得等一两年，爸爸的井队在新疆发现了新的油田又有了新的打井任务。'女儿又突然说：'爸爸你不会和妈妈离婚吧？'我一愣：'离婚？不，不会和你妈妈离婚……你这孩子怎么会去这么想。'看来再粗心的女儿也有细心的时候，她大概觉察到点儿什么。其实我本来打算告诉完她我坐牢的事，再和妻子谈离婚的。我没想到很长时间鼓足的勇气要说的这两件事会被女儿不经意的一句话轻轻击垮了。我只好请求妻子再等等。

"事隔不久，有一件事再一次让我打消了告诉她这一切的念头。原因是我在监狱里听说了这么一件事：有一个犯人的儿子，在上大学期间同学们知道了他有一个蹲监狱的父亲，母亲离异了，同学们都不和他来往了，他由此产生了很深的自卑心理，后来割腕自杀了。学校把自杀死亡的通知书送到了监狱来交给了他的父亲。我听说了这件事后一连几个夜晚都在做噩梦，我暗暗在想等到她大学毕业再告诉她这一切吧，四年会很快过去的。

"为了应付女儿的各种询问，每次与她通电话我都小心翼翼作答，生怕会出现什么漏洞。女儿也经常在电话里问到过我新疆是个什么样子的，美不美。我就根据以前队上去过新疆打井的工人讲述的一些新疆风土人情讲述给女儿听，讲南疆北疆的雪域、沙漠、草原、天山，还有维吾尔族人的生活习惯。有一次是八月十五的晚上，我每年的八月十五都要给女儿打一次电话的，因为这一天是她的生日。女儿突然在电话里问我：'新疆的月亮大不大？'我说大，好大，比内地见到的月亮大多了。女儿就说了一句：'真想到新疆去看看。'我当时以为她只不过是说说而已，也没有太当真。

"日子过得真快，一晃女儿到大四了。有一天女儿在电话里说，她想一毕业就到新疆来，来看看我。我吓了一跳！我怎么从来没有想过她会提出这个要求？……我当时找了个理由来阻止她，我说：'爸爸井队打井正进入关键期，你来新疆爸爸也没工夫陪你。等以后吧，等以后找个机会来新疆，爸爸一定好好陪你玩玩。'我又向她撒了谎，我知道这是一个无法兑现的诺言。从这个电话以后，我夜里又开始失眠了……

"事实上是随着她大学毕业的日子的临近，随着我出狱日子的临近，我完全丧失了当初想在她大学毕业再告诉她这一切的勇气，我无法面对她，甚至连我的妻子都无法面对，四年了，是我让她和我一起用编织的谎言欺骗了我们的女儿……是我答应妻子在她大学毕业后告诉她这一切的，可是现在我没有这个勇气了。我已经拒绝回复妻子好几封来信了，所以她才要求后天来监狱看我……你们说我该怎么办，你们说说看我该怎么办？……"

他喃喃地通红着两眼透过火光向我们问道，随后又把头向夜空中仰去……他的身子在发抖，不知是内心无法抑制的激动，还是夜风吹得他发冷。

已偏向西去的月亮被一块阴云遮去了，那几颗哆哆嗦嗦的星星也不知躲到哪里去了。他的脸色沮丧起来，重新垂下头去。我们不知道该怎么回答他，他心存的这个秘密实在太久了，沉重得即使让他说出去也无法减轻点儿负担了。我们都不知怎么来劝慰他。

已经是下半夜两点了，我和老周走回到窝棚里睡觉去了，他还垂着头坐在那里发呆，老柳头也在火堆旁睡熟了。

唉，这个可怜的人。

清晨我很早就醒了，走出窝棚忽听打浓雾里传来一阵男人压抑的哭声。外面大地上已铺了一层薄薄的寒霜。我走过去，看见不远处那堆火堆前是那个中年犯人在哭……

我走近了，他走开了，躬曲的背影打晨雾中消失了。在他坐过的火堆旁的地上遗落着一张照片，我拾起来，照片上是一个天真活泼的姑娘正站在复旦大学的校门旁在笑。我想这一定是他的女儿了。

我看了一会儿，把照片交给了老柳头，让他转交给他。白天在大地里干活的犯人群里我再没见到他的身影。

傍晚，我和老周离开了监狱。车子往城中开去，跑上了一条荒野中的砂石路，路两旁是秋霜打过的艾蒿、荒草。突然老周指着车窗外说："快往外边看。"

我转过头去，外面是一轮又红又大的月亮追赶着汽车在跑。

那一刻，我们不由自主地在心里想起了那个可怜的人，真不知道他妻子明天见了他，他会怎么办。

事情过去一年了，前不久我又从老周嘴里听到了那个叫陈庆文的消息。老周说他去新疆了。这又让我吃惊了一下："去新疆了？"

"是的，他从监狱里出来后他原来的井队本来要留他在井队的。可他不知为什么独自要求去了新疆。"老周沉思着说。

警察同志

一

三河乡光荣村的小学民办教师赵玉兰来乡派出所报案时，刚刚是早晨四点钟。这个时辰派出所里只有林一民在，别的警察都回家搂着老婆睡觉去了。包括所长在内。林一民没有老婆可搂，林一民的老婆刚刚与他离了婚，林一民就住在所里了。

林一民揉着眼走出来开门，见门外立着一清秀女子，就慌了一下，又缩回了身，回屋将长裤子穿上了，重新走出来对那女子说："请进来吧。"赵玉兰跟着这个警察走进一间挂着副所长木牌的屋里。屋里窝藏了一夜男人浑浊的汗气味，床上堆着没叠的被子，办公桌上还放着一双没刷的碗筷。警察拿起了报案登记本子，熟练地问道："你叫什么名字，是哪个村子的？"

"我叫赵玉兰。是光荣村的小学教员。"

"你有什么事要报呢？"警察没有说报案。

"我家的一头黄牛丢了。"

"什么时候？"

"昨天夜里……也许是今天早晨吧。"小学教员说得不太肯定。

警察在记录本案发时间上画了个问号，警察觉得自己问了个很愚蠢的问题。

一刻钟后，林警察和小学女教师走在去光荣村的乡间土道上了。青色的天际渐渐透白，发亮。高阔辽远的天空上浮着鱼鳞状的碎云片，若隐若现的几颗残星被遮盖去了。四月的天气，北方的黑土地刚刚从冬眠中醒来，新翻起的耕地里散发着一股泥土的芳香。从城里调到乡下派出所工作以来，林一民似乎已经喜欢上了这种味道。清新的空气里夹杂着农家做早饭烧的苞米秸炊烟味。

光荣村距离三河乡七里地，村子里住着八十几户赵姓的人家。赵玉兰指着村东头一户用泥墙围成的半人高院落说，这就是她的家。

院子里站立着几个同村的人，在小声议论着什么。一个年近五十岁的黑瘦老汉蹲在牲口棚门口。从他哀愁悲伤的脸上便能知道他是一家之主。此刻除了自哀自怜和倾听邻居们不负责任的议论外，他不知道自己该干什么。抬脸，看见二女儿领着一个警察打院外走进来，赵连荣便默默地站立起身来。

"警察来了，大家给让让。"人群当中一个文弱的青年人怔怔地说道。他那张白净的面孔与这几个黑铜色的农民面孔截然不同。后来林一民知道了他的名字叫杜心鸣，是村里分配来的小学老师，据说他在和赵家二女儿谈恋爱。

"这牛偷得可真不是时候，正是耕地播种的节骨眼上……"一个农民同情地说了一句。

"谁说不是呢？这一定是城里的偷牛贼干的，庄稼人是懂得这规矩的，偷金偷银不偷春，不会在这个时候做手脚的。"另一个邻居接上说。

林一民没有问什么，同赵连荣走进牛棚里。这间简易的牛棚是倚着东房墙盖起来的，棚顶和四周围着苇编席子。赵家养两头牛，除了那头母牛外，还有一头一岁半口的牛犊子，此刻它正像一个不懂事的孩子，嚼着槽子里的干草和豆饼，喂它的是赵连荣的小女儿，一个刚刚初中毕业的中学生。看见他们进来，中学生并没有停下自己手里的活计。

赵连荣说他早晨三点钟起来给牛喂草时，看见牛栏敞开了，接着他又看见院门敞开了。"我怎么睡得像头死猪啊。"赵连荣后悔不迭地连说了两遍。

林一民从横木上解下那截死绳扣，断头上是被一把锋利的刀子割断的，看来做得很专业。

林一民走出来，众人停止了议论，目光探询地朝他围过来。他什么也没说，转身走出了院子。

林一民刚刚回到所里，所长姜成到了。林一民拿着记录本进屋给他说："昨天夜里光荣村赵连荣家一头黄牛被盗了……"姜成没等他说完，就推开记录本子说："林副所长，这个案子你熟悉，你就负责办吧。"林一民就住了手势。这个姜所长一直把林一民看成是个乡下警察，其实他俩是前年刚刚一起从县城分局治安科调到这个乡下派出所任正副所长的。林一民知道他在推托，也不好明说，合上了本子，欲走出姜成的屋子，又听姜成对他说："王国芳叫我传话给你，她要你回城一趟，她要和你谈一次。"王国芳就是他离婚的老婆，他奇怪姜成怎么会见着王国芳了，这才想起昨天是星期天，姜成回县里了。老在乡下待着，他差不多快忘记星期天这个概念了。

吃过早饭，林一民打算到集市上去，找找牛贩子赵六指了解了解情况。走过乡政府门口时，他遇见了乡长李凤国。李乡长被一群人围着匆匆从乡政府院子里走出来，嘴里好像叨念着："玉米……又是玉米问题……"脸上透着一股烦躁的情绪。猛然抬头看见了他，李乡长站下了："小林有事吗？""不，不，我不是来找你，我是路过这里去调查一桩案子。""什么案子？"李乡长敏感地问。"是一桩盗牛案。光荣村有一头耕牛被盗了。""哦……"李乡长稳定了一下脸色，走过去时莫名其妙地说了一句："这个时候可千万不能出乱子啊。"李乡长领人走了，他站在那里想了半天也没想明白这句话的意思。在三河乡一般人都知道，遇到治安情况，吴书记找姜成，李乡长找林一民。久而久之弄得林一民和姜成也面和心不和了。

林一民在乡集市上找到牛贩子赵六指，他在贩卖几只瘦弱的黑山羊。他本人和那几只蔫头耷脑的山羊一样无精打采地抄着袖蹲坐在市场一个角落里。他向赵六指讲了光荣村赵连荣家黄牛被盗窃的情况。赵六指听后说："这不像是本乡农民干的……"林一民悄悄向赵六指提到那只牛的左耳朵背面从小让赵连荣烫了个"赵"字。赵立指说："我知道，赵连荣拿它当儿子使呢。"牛贩子不愧是牛贩子，对各村人家的牛熟悉到这个程度令他咂舌。他简单交代了几句就走了。

二

　　这个春天的早晨对村长赵连荣家来说无疑是个不走运的日子。赵家不是失去了一头牛，而是失去了主心骨。赵家没有儿子，一连气生了四个丫头，老四还在两岁时扔在了村外的野甸子上。可见脉气不旺，赵连荣认命了。从春到秋庄稼地里的活都是赵连荣和他的牛劳作完成的。黄牛一丢，等于叫他失去了一个忠实能干的劳动力。

　　早上，警察走后，村民们并没有走开。大家仍聚在院子里议论着，叹息着，为村长家今后的日子发着愁。后来话题转到春耕上，不知谁说了一句："我们的化肥、种子还没有着落呢，叫我们拿什么去种地啊。"

　　这样一说，大家一愣，而后纷纷愁苦着脸向村长诉起苦来：

　　"是呀，我家去年打下的粮食还堆在仓房里卖不出去呢，叫我拿什么买种子化肥呀。"

　　"即使卖出去又能怎么样呢？还不是给你一张白条子。"

　　"可是白条子也比粮食堆在仓房里发了霉强啊，看见好好的玉米白白糟蹋了，真叫人心疼啊！"一个农民皱了一下眉头。

　　"去年乡里村里鼓励我们大面积种玉米，可是玉米丰收了又卖不出去，这叫怎么一回事情呢？"有人把怨气向村长头上撒来。

　　"嘿嘿，你们别犯傻了。"一个微胖的农民冷笑着说，"前年玉米的收购价格是四毛钱一斤，去年跌到了两毛四分钱都卖不出去，我早看出了这步棋，所以改种了谷子。小米在城里卖到了一块二一斤啦。"他叫赵伯乐，谁都知道他去年卖谷子发了一点儿小财。看见他有点儿兴灾乐祸的样子很令几个老实的农民反感。有两个农民从他身边走开了。

失望、悲观的情绪像一道阴霾在每个农民脸上散布开来。这个时候没有人再去关心村长家里丢牛这件事了，都为自己家地里的春耕担心发愁起来。是呀，即使有牛耕地又能怎么样呢？庄稼是不会自己从地里长出来的呀。最主要的是大伙去年都听信了村长的话，都种了玉米，这才让大家感到了难堪……纷纷把抱怨撒到这个刚刚经历不幸的人身上。

"你们不要吵了，你们没看见吗？难道我家的粮食就卖出去了吗？如果你们是来看热闹的就请你们走开。"村长的闺女赵玉兰从屋子里走出来，打断了众人对村长的指责。村长一直没有说话，他垂头蹲在院子里。

其实刚才已有细心的村民留意到了，村长家的玉米的的确确还堆在仓房里。

"乡里粮库不收我们的粮食，我们应该去找乡里，去年乡长不是叫我们都种的玉米吗？"

"找乡长有什么用呢，他又不会给我们盖出一座粮库来，你没看见粮库连落麻雀屎的地方都没有了吗？"

"你们去呀，为什么不去找呢……"

几个农民不吭声了。说这话的是杜心鸣，自从他和赵连荣家的二女儿谈恋爱以来，他好像格外关心起光荣村的事情来，而在一年前他还想方设法要调离这个村办小学。他白净的面孔一激动就涨得通红。

"如果乡长大人不管，我们就去县里告他，现在报上、广播里不是都在讲要保护农民利益吗，我们就是让他解决我们的眼前利益。"

"对，他说得对，我们应该照他说的话去做，我们为什么要让玉米堆在仓房里发霉呢？"

"我们去试试吧，不然我们今年庄稼就种不上了，而到了秋天乡里是不会少收我们一粒统购粮的。"

又仿佛一道阳光，驱散了人们脸上刚才的阴霾。到吃早饭时，村民们脸上露出了一点儿亮色，三三两两相互议论着离去了。院子里只剩下了赵百乐、杜心鸣两个与赵家有关系的人。赵连荣的妻子把饭做好了，出来招呼吃饭："表哥，你也一起进来吃点儿吧。"赵百乐隔着窗子看见炕桌上摆的早饭是一盆玉米面粥、几个白面馍和一碟青萝卜条咸菜，说不啦。走出院子时对蹲在地上的赵连荣说："表妹夫，别为丢牛的事想不开啦。"赵连荣望望他，嘴里叹出一句气愤的话来："畜生，没良心的畜生，它怎么会一声不吭地跟人家走了呢？"赵百乐已转身走出了院子。

赵百乐和赵连荣两家本是远房表亲，赵百乐和赵连荣的妻子赵百芝是同一个外祖母的表兄妹。因为这层关系两家头些年在村子里常有些走动。逢年过节你送我二斤肉，我送你两条鱼。每逢杀年猪，都要给对方送去十斤好肉。头些年赵百乐家并不富裕，有一年杀年猪赵百乐给赵连荣家送来了一块腰条肉，细心的赵连荣用秤称了一下差六两不到十斤肉。第二天听到赵百乐在村子里向人吹嘘说，他那不足一百斤的小猪杀了后，照样给亲戚家送去了十斤好肉。赵连荣听到后如吞了一个苍蝇，打发老婆把那腰条肉给赵百乐家送了回去，从此两家有了隔阂。"哼，六两肉，现在还不够我喂一次狗的。"赵百乐这样想着，就进了自己家的院落门，看见那条黄狗亲热地贴上来。赵百乐踢了它一下，狗有些委屈地退缩到一边，摇摇尾巴，不明白主人为何对它冷淡。

赵百乐走进院来，看见儿子赵世俊坐在厨房里喝牛奶。小伙子见了他说："他们家里一定在为那头牛伤心。"

赵百乐为自己倒了一杯牛奶，喝了一口说："你也该过去看看的。"

"这是活该！呸。"赵百乐听了儿子说这样的话，知道他还在为两个月前到赵连荣家里提亲遭到拒绝的事有气。赵连荣嘲弄地回绝他说："我们家可高攀不起……"当时他羞得满面通红，恨不得有个地缝钻进去。这种羞愧和前年竞选村长时他遭到落选是一模一样的。不过作为庄稼人他倒是很佩服赵连荣的志气，况且他那个漂亮的二女儿又着实讨人喜欢。

"那个城里人一定在那里吧?"赵世俊冷冷地问了一句。

"是的,他还鼓动村民把手里的玉米想办法找乡里卖出去。"赵百乐注意到了儿子眼里嫉妒的目光。

"那是个只会吹牛皮的家伙。"赵世俊不屑地撇了一下嘴角,而后找出扳手,到院子里去修理他的四轮子拖拉机去了,上午还有人来雇他出车耕地。初春暖暖的阳光落到院子里,照在那辆红色拖拉机、黄狗和那头黑白花奶牛身上,暖融融的感觉叫人生出一种对生活的满足来。"看吧,要不了多久那老家伙就会和村子里的人一样找到我的头上来……"他心下想。咕嘟咕嘟喝牛奶的响声在厨房里愉快地响起来……

三

杜心鸣在这之前曾来找过乡长,不过那是为他调出光荣村小学的事。他当时的想法是哪怕调到乡中心小学校也比留在那个村小学强啊。那是三年前的事了,乡长也许不记得他了。

此刻他就坐在乡长的办公室里,眼睛朝外望着。那几个刚刚赶到的乡派出所警察已把那些农民拦隔在了院门外。刚才在院子里有两个气愤的农民同乡长助理吵了起来,并且动起手来。乡长叫人把他们隔在了门外,叫他们派一个代表进来说话。

李乡长给他倒了一杯水,目光询问地打量着他:"你可以作为他们的代表吗?"

"是的。"杜心鸣收回了目光,与乡长对望着,对乡长流露出的疑问目光丝毫没有在意。

"您是不是想说我在多管闲事,不错,我是手里没有一粒粮食要卖,可是你知道吗,那些村里的孩子自开春以来整天被他们的大人留在家里晾晒照管那些发了霉的玉米粒,防止鸡刨狗盗;再有他们去年打下的粮食卖不到现钱,种不上地不说,他们也没钱来交学费,就又有一些孩子要退学。想想吧,这些孩子的命运是和他们大人的命运连在一起的,唇

215

亡齿寒……"小学教员说了一个名词，乡长有些没太听懂，不过他还是耐着性子听他把话说完："这些农民辛辛苦苦劳动了一年，打下的粮食却卖不出去，这难道是一件合理的事情吗？"

杜心鸣苍白的面孔又激动得红了起来。

"这个、这个我知道……"李乡长听完，斟酌着词句说，"乡里也有实际困难，粮库里的粮食早囤满了，我们正在积极想办法，叫他们加盖简易储粮棚。过些日子就会叫他们把村民手中的存粮收上来的，请村民们放心。现在正是春耕时节，你是不是先告诉他们回去忙地里的事情，收粮的事乡里会解决的。"

"你叫他们拿什么种地啊，就是那些卖出去粮的农民手里也没有现金买种子、化肥……除非你告诉他们一个准确收粮日期，再尽快在大田播种前把他们手中所有白条子兑挽成现金，否则他们是不会离开的。"杜心鸣又把目光向院外移去。他的话里有一股咄咄逼人的气势。

李乡长拿起了桌上的电话机，对着话筒说了一句："给我要粮库……"电话接通了，"喂，粮库张主任吗，我问你简易储粮棚什么候能建成……半个月以后，不行，我给你一周时间必须建完。"放下电话，他对杜心鸣说："你去告诉他们一周后来交粮，卖粮款我再慢慢来想办法……"李乡长脸色沉郁地说道。

"好吧，我去跟他们说说看。"杜心鸣不卑不亢地说了句，抬身走了出去。

在他走过院子时，与派出所林副所长打了个照面，林一民认出他来，他就是那个光荣村的小学教员。林一民稍稍一愣，想不明白他怎么会在这里。

刘乡助走进屋来："我看把那几个闹事的农民叫派出所抓起来算啦。"他脖子衣领处有一块青痕。

"不行，这样一来事情就闹大了。他们好像有准备而来的。"

"我看见那个姓杜的早上来时好像去过吴书记的屋里……"

"哦？"李乡长警觉地看了刘乡助一眼，随后他看到院外那伙农民走散了。

刘乡助走出去后，他坐在椅子上沉思了起来。去年他们乡大面积种植玉米获得大丰收后，他和吴书记一起去县里开的年终表彰大会。当时他戴着大红花坐在主席台上做典型经验发言，吴书记坐在台下。发言下来时，吴书记冷淡地说了一句："希望你年年都戴大红花。"他当时正在兴头上没听出吴书记话里的含意。散了会他找吴书记坐在一起吃饭，可找遍了县委小食堂也没有找到吴书记的身影，后来才得知吴书记那天中午没吃饭就回来了。谁想过了不到两个月，县里的两家白酒厂都倒闭了，收购上来的玉米一下子积压在粮库里销售不出去了，而上交国库的秋粮玉米早已交够了定购的量。整个冬天里他都为积压在粮库里的玉米伤透了脑筋，到处联系玉米的销路……可到现在也没销售出一粒玉米。他知道如果不把这个问题解决好，那他这个乡长就当不长了，尽管去年秋天县委书记在那个会后曾暗示有可能要提他做三河乡党委书记。

"狗日的玉米！"他骂了一句，操起了电话：

"给我接光荣村小学校。"

杜心鸣回到光荣村，正是晌午放学的时候。他在去小学校的路上，遇见了赵玉兰。

"校长叫你去他那里一趟。"赵玉兰站在路边上对他说。

他抬起头来："乡里答应一周后收购村民手里的玉米了。"

"噢，是吗……"赵玉兰脸上并没有露出他期望的高兴神色来，他有点儿失望。

后来他看见赵玉兰手里拿着一截做教鞭用的新柳树条，一抽一打要走了。他觉得像抽在自己脸上一样难受。

"晚上我们到小学校旁边的柳树林子里坐一会儿好吗？"

"这恐怕不行，这两天我们家里有许多事情要做。"

杜心鸣只好让开了路，看着她从自己的视线里消失了。阳光把他一个人的影子丢在原地。

赵玉兰走进院子，看见春兰一个人在院子里晾晒玉米，嘴里抱怨说这该死的玉米要晾晒到什么时候是个头。玉兰听到了站下说："老天爷开恩了，下个礼拜就不用晾晒了。"

"真的吗？乡政府答应收购玉米了？"

玉兰点点头，把路上杜心鸣告诉她的消息复述了一遍。

"那太好啦！是他领着村民去找乡长的吗？我早就说过他是个英雄！"春兰眼睛里流露出崇拜的神色。她没事时就躲在仓房里看金庸的武侠小说，她可是愿意把什么人都当成大侠一样崇拜哩。

对于妹妹的夸奖，姐姐没有流露出一丝一毫的得意，她帮着春兰干了一会儿，就走进屋子里批改作业去了。中午吃饭的时候，春兰把乡里要收购玉米的消息告诉了全家。赵连荣听了后说："明天全家都到地里干活去。"

"爸爸，能不能等到星期天啊，况且明天和星期天只差两天的时间。"赵玉兰嚼着嘴里的饭粒说道。

"是呀，星期天我们家又会多出一个劳力的。"春兰挤了一下眼睛。她指的是杜心鸣，她很希望能同杜心鸣一块儿在地里干活。

最后赵连荣同意了二女儿的这个请求。他考虑到种子、化肥还没到手，迟一天早一天翻地也不会碍事的。

四

星期天的早晨，杜心鸣早早地来到了赵玉兰家的地头。村子里别的农民家的地都早已翻过了，只有赵家的地在几天前才刚刚翻出一半。那天赵百乐打发他儿子赵世俊用四轮拖拉机来给他家翻地，被他拒绝了。他想剩下的十亩地一家人干两天会干完的。他又从别人家借来了一副手扶犁。他和春兰用一副，玉兰和杜心鸣用一副。玉兰在前面拉犁，杜心鸣在后面扶犁。与拉犁比起来，扶犁要省劲得多，但却需要技巧。杜心鸣不会使这股劲，常常把犁扶偏了道。而春兰扶的犁像用尺子画出来的一样笔直。春兰就咯咯笑他，说他老往"歪道"上跑，杜心鸣脸红了，手上更握不住犁把了。结果两根垄耕下来，手上打起了水泡，玉兰只好停下来给他挑起水泡来。杜心鸣龇牙咧嘴的样子，更让春兰笑弯了腰。

"瞧瞧他那双手，比女人还白嫩呢。"休息时，赵连荣摇摇头不屑地说。

"爸爸，人家好心好意来帮你，你就不能给人家留点儿情面吗？"春兰嗔怪赵连荣道。

春兰的话叫他想起大女儿家来，本来昨天他打发春兰去找嫁到外乡的大女儿去借她家牛使唤，可是小女儿回来说她大姐夫说了，他娶的是赵家的女儿，可并没有娶她家的地，要使也得等到他家干完地里的活才能给使呢。他一听就有些冒火了，说："嫁出去的女儿，泼出去的水。罢了，罢了，不用他们就是了。"此刻他看着二女儿的男朋友，在想他们今后的日子该怎么办呢？庄稼人最终是靠力气和庄稼地里的手艺吃饭的。他莫名其妙地叹了一口气，朝地里边走去。

下午杜心鸣赌了气，他在前边拉犁，让玉兰在后边扶犁，但只耕了三条垄，杜心鸣就有些迈不开步子了。往地里来送过午饭又来送水的赵百芝看见了，替换他接过了绳套，叫他到一边休息去了。他蔫蔫地走到地头上坐下了。他不得不承认自己的力气弱，他奇怪玉兰那么苗条的身子咋会那么有力气。看来乡下女孩子就是和城里女孩子不一样。劳动对她们来说是一件多么奇妙的事情呀。尽管他此时身子像散了架一样，可是他不得不在心底里赞叹起劳动来，赞叹起这勤劳的一家人来。你看那个疯疯癫癫的丫头，犁把在她手里像一只驯服的玩具，随意摆弄着。还有那位母亲，仿佛年轻了十几岁，脚下虎虎生风。一大片耕地被翻起来，散发着新鲜味。

到了傍晚，地里的活计并没有像赵连荣计划的那样干出一半来。赵连荣的脸色有些阴沉难看，老伴儿不失时机地提到，赵百乐下午又去家里找过了……赵连荣听了没吱声。"我们又不是白让他干，和村子里别的人家一样，我们付给他油料钱和工钱。"老伴儿说道。

五

林一民早晨被李乡长叫了去，李乡长交代他说今天乡粮站收购粮食，叫他带几个人去维持一下秩序。林一民回到所里，见只有内勤一个人在，就问姜所长他们呢，内勤说：姜所长带人到各村配合计划生育工作组检查去了。林一民知道计划生育归乡里吴书记抓，可早上并没有听姜所长说抽人下乡去呀。林一民意识到问题的严重，就对内勤说："你穿好警服跟我去粮库。"说完又拿上警棍在头里走了。

他们到了粮库，一大早赶来的农民已将粮库的院门挤得水泄不通了。牛车、马车、手推车、机动四轮车……排得有二里多长。而且四面八方的农民还在不断地陆续赶来。

张主任满头大汗从一堆拥挤的人群中钻出来，走到他跟前："你们来得太晚了，这些人快把我吃了。"张主任手里拿着一把没发下去的号，那帮农民又疯挤过来，将他俩围住了。

"你先把号收起来，先一个也别发。"

张主任就把号揣进了兜里，农民们停止了拥挤，大眼瞪小眼望着他，像一群等着抢食吃的鸡。

"都过那边去，按你们原来排的队发号。"

那群人又像一阵风似的往墙根那排自己的拉粮车跟前跑去。为了防止加塞，他和内勤走过去，在人队两边一边一个拉开十米远的距离站着，让张主任发过一个号登记一个名字。一户人家只发一个号。但只发到那条长龙队伍的一半，号就发完了。没发到号的农民又嚷嚷着往前挤过来……

"发了多少个号？"

"一百个。"

"再不能多发点儿吗？"

"这恐怕不行，一天能收下一百份就不错了。"

"那你就尽量多收几份吧。农民大老远来一趟不容易。"

张主任瞅了他一眼说："我们尽量往前赶吧。"

林一民走到那群没发到号的人群当中说："大家不要吵了，先排好队，等到下午收完有号的粮户再收你们的。"农民听了这才又跑到后边排队去了。

到了上午九点钟卖粮的队伍总算安定了下来，粮库的大门打开了，粮库的工人开始在里边收粮。可等到收了二十几户农民的玉米后，那些收过粮的农民并没有走开，站在门口上将张主任团团围住了。林一民交代内勤几句看好后边的队伍，他就走到前边去。

"怎么回事？"他扒开人群问张主任。

不等张主任说话，那几个农民就挥动着手里的白条子气愤地说："我们等卖了粮食买种子化肥种地，可是还给我们打白条子，叫我们拿什么买种子种地啊！"

张主任连忙解释说："乡亲们，乡长答应了，过几天乡政府就会把你们手中的白条子兑现成现金的，不会耽误你们种地的。"

"这是真的吗？"那几个农民不信任地转过脸来问他。他看见张主任向他挤眼睛，就说："是这样的。"也许是警服起了作用，那几个农民将信将疑地走开了。

"老天，这些人是急红了眼是怎么的。"张主任嘘了一口气，擦着脑门子的汗说。

"李乡长有办法弄到钱吗？"他小声地贴在张主任耳根子问。

"谁知道呢，李乡长这些日子一直在往县上跑呢。"

林一民心里想到的是，这些农民如果种不上地会不会把乡政府砸了。林一民心情沉重地向后边的农民队伍里走过去。

中午时，他从兜里掏出五元钱给内勤说："你去买二斤包子。"包子买回来了，张主任见了过意不去说："本来应该请你们吃午饭，可是现在粮库是叫花子口袋上下抖落不出一个钢镚儿来。"就叫人给他俩端来两碗白开水。林一民看到张主任和工人也吃着各自从家里带来的干粮。吃完又干上了。

下午，发出的一百个号的卖粮户收购完了，人群又骚动起来。林一民问张主任："还发号吗？"张主任说："算啦，收到哪儿算哪儿吧。"林一民和内勤就过去重新把队伍组织安顿下来。

那轮挺温暖的太阳很快从粮库西边的院墙沉落下去。张主任走过来说："今天就收到这里吧。"后边排队的农民听到了，纷纷嚷嚷起来。"大家请回去吧，你们总不能让我们连夜把你们的玉米都收上来呀，你们总得让我们喘口气呀。"

农民这才不太情愿地纷纷散去。一时车声、人声沸沸扬扬起来。

林一民又和内勤组织机动车疏散开来。

"警察同志，你装作没听见吗？"林一民感觉身后有人拽了他一下，回过头来，看到几张熟悉的面孔，是光荣村的村长一家人。村长正望着他："那头牛有线索了没有……"

"哦，是你们，你们也来卖粮。"

"可惜没卖出去，又要推回去了……没有牛对农家来说是多么别扭的事呀。"村长摇摇头，叹了一口气，不知是为他的牛，还是为没卖出去的粮食。

林一民看到赵家推来了两架装得高高的手推车玉米，那个瘦弱白净的年轻人也夹在里面肩上拉着绳套。

"哦，哦，我知道……不过牛还没有线索，我们还在调查。"

"你们要调查到猴年马月呀，难道你们是白吃国家的饭的吗？"杜心鸣讥讽地说。

林一民脸红了，一时语塞在那里。

张主任挤过来，小声问他："他们是你的亲戚？"

林一民摇摇头，脸红着说："这户人家前几天刚丢了一头牛，他只有两个女儿。"

"唉，不幸的人。"张主任同情地说。

"能再收一份吗？"林一民瞧了一眼小声说。

222

"等一下，"看着夜色中人差不多走光了，张主任冲他们招招手，"推过来吧。"

一个工人打开了院门。过了一会儿，那几个人从院子里走出来了。杜心鸣走到他的跟前时，手里晃着白条子对他说："请你转告一下乡长，如果他过两天不把白条子兑换成现金，我们还会去乡里找他的。"

站在院外一边暗影里的赵连荣听到了，对赵玉兰说："你去告诉他别再多嘴多舌，人家毕竟帮了咱们的忙。"

赵玉兰走过去："够了，你说够了没有。"又转过身来冲林一民一笑说，"我父亲要我转告你，他谢谢你。"

"没什么。"他目送着她和她的家人走了。

"算他们走运，要不明天就别指望交上了。"

"为什么?"他略有惊讶。

张主任诡秘一笑，说："你没看见那些新盖的储粮棚都堆满了吗?"

林一民想起那些推着粮车回去的农民来，明天又要叫他们失望了。一名粮库工人正在往门板上张贴一张写好的告示。他知道那是没有什么好消息告诉他们的。

六

星期天林一民进县城去了。前几天姜所长告诉他，王国芳要见他一次。是为了什么事呢? 是为了儿子小斌的事吗……自从离婚以来他的乡下母亲几次提出来要他把小斌带到乡下来，带到祖母家，他奶奶想见他一次。可王国芳就是不同意。不仅如此，连他也不允许随便去见儿子。离婚时法院应王国芳的要求把小斌判给了她，王国芳还拒绝了他担负的一半赡养费，现在想来就是不要他再去见儿子。不过几个月来他还是如数把赡养费给王国芳寄去了。难道是为了这件事吗? 不管怎么样他也想见见儿子，他毕竟是父亲，这也是他这趟进城想和她谈谈的想法。

下了长途汽车，他先去了县城一百商店，给小斌买了个玩具冲锋枪，然后向县政府家属大院走去。

自从离婚后，他知道王国芳和她的父亲住在一起。他本来想先到县机关幼儿园去，可是一想到今天是星期天小斌不会在幼儿园就打消了这个念头。有两次他来县里办事曾偷偷到幼儿园去看过小斌。当然是站在院墙外偷偷看着小斌和院子里的孩子在玩耍⋯⋯

他按了按门铃，保姆出来给他开门，她认出他来。他赶紧说："是小斌的妈妈叫我来的。"保姆把她引进屋去。"王副县长在吗?"他问一句。"他出去了。""小斌的妈妈呢?""她在加班。"客厅里空荡荡的，保姆请他坐下后去给他倒茶了。他从里边一间敞开的卧室门里看见小斌在睡觉，就情不自禁地走了进去。

这个六岁男孩儿躺在一张儿童床上，睡得正香。他微微颤动的鼻尖和周围的脸形都很酷似他。几个月来他还是第一次这么近地观察着他，他那均匀的呼吸和不时抖动一下的小手，都叫他觉得是那么亲切⋯⋯他像是在做梦。

"不，我有爸爸⋯⋯我爸爸是警察⋯⋯"

小斌梦呓中抽泣起来，他伏下身去抱住了小斌，轻轻晃着他的手："爸爸在这里。"小斌一下子睁开眼醒了，怔怔地显得有点儿陌生地望着他。他鼻子有点儿发酸，转过头去把那只新买的冲锋枪伸到他面前："爸爸刚给你买的。"

"爸爸——"小斌一把搂住了他，生怕他跑了似的，两手抠得他脖子有些生疼。

他一动不动停在那里，直到听见客厅里有人在和保姆说话，他才走出来，看见王副县长回来了。

"哦，你来了。"王副县长边脱衣服边与他打了声招呼，伸手让他坐到沙发上。

他刚在沙发上坐下，小斌也从卧室里走出来了，有点儿怯生生地依偎在他身边坐下了。

"乡下还挺好的吧?"

"还挺好的。"他有点儿紧张地看着王副县长在他对面的沙发上坐下来，在寻找着话题。

"您星期天还不休息吗？"听到王副县长说刚开完会回来他这样问道。

"是的，县里刚开了紧急电话会议，布置今年的春播生产任务，今年的春播形势很严峻啊，不少农民种子化肥还没买到手，眼瞅大田播种就要开始了。"王副县长好像很头疼地皱了一下眉头。他知道王副县长在县里分管抓农业，就随口问了一句："县里有办法帮助解决吗？"

"不太好办哪，"王副县长摇摇头，"各乡的备春耕生产资金短缺问题都很严重，特别是你们三河乡，县里也无能为力。"

他想到他们乡农民手中的白条了，刚想说点儿什么，见保姆把小斌领到院子里玩去了，就调转了话题，问道："小斌他还好吧？"

"他常常念叨你，唉。"王副县长叹了一口气。

"我想带他到乡下去住些日子。"林一民有些局促不安地望着他。

"我可以跟国芳说说，这个孩子做事情太任性了……国芳想找你谈一次，年轻人遇事总是这么冲动，离婚对孩子有什么好处呢？当然国芳的脾气我也知道，她从小没了娘，这么些年都被我惯坏了，这一点请你原谅。"

林一民听了有些感动，从心中感到一些希望来。国芳要跟他谈什么，是复婚吗？他打量着这个老头子，试图从他脸上找出答案来。

后来话题就转到他在乡下的工作上。谈到在乡下工作和自己对农民的态度问题时，王副县长说："本来当初调你到乡里派出所工作是想两年后再把你提拔调回来，可你好像很喜欢在那里工作。是这样吧？"

"是的，我觉得在乡里派出所工作比在县局治安科更适合我。"

王副县长半开玩笑半认真地说了一句："你不想回来，以后再想调回来我也帮不上你的忙了，再过两个月我就退休了。"

林一民心里又是一热。

"你们乡里工作咋样，听说你和那个李乡长打得一片火热。"

林一民淡淡地说："我们是在配合乡政府职能部门的工作，只是工作上有些来往。"

"你们乡里有人写信在告他，说他好大喜功，去年他号召你们乡农民大面积种植玉米，结果玉米丰收了却窝在手里卖不出去。"

他想到这个写信人可能就是杜心鸣，刚才他来时路过县政府大院看到了那个小学教员的身影。他刚好从信访办出来，今天是星期天，他可能是回县城探家。可他不该在县政府大院里出现哪……

想到这里，他觉得有必要为乡长辩护几句，就说："这也不能完全怪他，去年县里两家白酒厂答应收购我们乡的玉米，谁知到年底倒闭了呢。"

"不过，他和你们乡吴书记不和，你还是小心点儿为好。"

他识趣地说："嗯，我会注意的。"

听见院子里有吵嚷声，他和王副县长起身走了出去。看见下班回来的国芳正在训斥保姆："我跟你说过多少遍了，不叫他玩土，你怎么就是不听？"

"对不起大姐，我刚才忙着择菜没看见。"

"没看见，看见了你也不会管是不是？"

保姆脸憋得通红。王副县长打断了国芳："国芳，一民来啦。"

穿着警服的国芳回过头来，他又看到了那双熟悉的冷淡的目光。他不自然地与她碰了一下。

"你们谈谈吧。"

从跟她走进那间卧室起，林一民就又感觉到了她那轻视乡下人的傲慢，在她身上并没有丝毫的改变。林一民感到很痛苦，也很失望，就在刚才在他心中刚刚燃起的那点儿希望一下子消失得无影无踪。他知道这个女人是不会给他带来什么希望的。他们默默地坐在屋子里，咀嚼着一种难堪的沉默。直到这时他才意识到当初他和这个女人的结合是多么的错误啊。他那会儿还天真地认为她看上了他这个乡下人，是抛开了门第之见。因为据他所知同在治安科的姜成也在暗中追求着她。可她最终和他结了婚，使得他那位警校同学好长时间见到他都显得有些不自然。

"你在乡下工作得还好吧？"

他听出了她的讥讽，还是客气地回答："是的。"

"你没有调回来的打算吗？"

"目前还没有。"

"多么可敬的工作精神，不过我要告诉你，你们那个姜所长可要调回来了，治安科长有个空位，你没听说吗？"

"那是他的事，不关我的事。"

"也许乡下才更适合你……"王国芳又一次轻蔑地把讥笑咧上了嘴角。

"你找我来不是为了跟我说这些吧？"

"当然不是，"王国芳停止了讥讽，冷冷说道，"我叫你来是想告诉你，你以后不要再给小斌寄钱了，你寄来的钱请你拿回去，你以后也不要再偷偷摸摸跑到幼儿园去看他……"

王国芳说着话从一个柜子里拿出一个信封来，里面装着他两次寄来的钱，他看了一眼没有动。他的心有些控制不住的激动……

"可他毕竟也是我的儿子。"林一民脸红着小声地争辩。

王国芳没有说话……不知过了多久她说道："你该走了。"

林一民不得不站起身来，走过客厅，王副县长要留他吃午饭，他说还要去看望两个过去的同事，就告辞了。他看见小斌站在保姆的身后怯生生地望着他，他掩饰着有点儿慌乱的脚步走过去。

走到大门口上，他对王国芳说："有一件事求你，能让小斌跟我回他乡下奶奶家去一趟吗？"

"你想让他也变成个农民的儿子吗？"

林一民听了，头也不回地走出去了。

林一民走出县政府家属大院，本来想到两个以前在治安科工作过的同事家里去看看。可一想现在是吃午饭的时间，就不打算去了。在街上漫步闲逛起来，打算吃点儿饭，下午就回去。

227

"林一民，林一民。"他走到街旁一家饭店跟前，忽听里面有人喊他。隔着窗玻璃他转过头来一看，见是李乡长在喊他，有些诧异地站下了，李乡长随后从里面走出来把他拉了进去。

"你也进城来了？干什么来了？"

"来看看我的儿子。"他支吾说。

"吃饭了没有？"

他摇摇头。

"那正好，我们也没吃呢。"

他看见桌旁还坐着李乡长的司机，就坐下了。李乡长又告诉服务员加了两个菜。

"你们干什么来了？"他问李乡长。

"来找县农行的王行长。"

他知道还是为卖粮款贷款的事，就关切地问道："怎么样，找着没有？"

"还没见着他。"李乡长一脸失望地望着窗外。林一民知道他跑县城来找农行王行长要贷款，跑了好几趟了。

"星期天到他家堵还堵不着吗？"

"谁知道这个龟孙子躲到哪里去了，我俩一大早就来了。"李乡长疲惫地说。

菜端上来了，林一民注意到除了给他点的那两个菜外，李乡长和司机一人只要了一碗面条，就有些过意不去，说："喝点儿酒吧，这餐饭算我请客。"他知道李乡长能喝点儿酒。

李乡长见说挡住了他："哪能让你请客呢。"就冲司机使了个眼色，司机招呼服务员要了半斤散白酒上来。李乡长和他匀了。

吃饭中李乡长试探地说："能不能找找王副县长帮着做做工作？"

其实这一点林一民早已经想到了，但想起王副县长在他家对他说过的话，还有他女儿王国芳的态度，就心虚了，说："这事恐怕不好办……再说我已经跟他女儿离婚了。"他此刻最不想见到的人就是王

228

国芳。

"这我知道。"李乡长说完又把脸转向窗外不言声了。

司机插了句说:"听说这王胖子人挺牛×。除了县里于县长的话,他谁的话也不听。"

"于县长只有咱们吴书记能说上话,可你别指望他会说话,他乐不得看你的热闹呢。"李乡长转过脸来。

林一民想起上午见过的那个小学教员,好心好意提醒他:"有人在往县里告你的状呢。"

李乡长叹了一口气,无所谓地说:"我倒不是怕丢我这顶乌纱帽,我只是担心咱乡农民种不上地,到时候吃什么呢……"

三个人喟叹了一阵,酒喝红了脸。李乡长从兜里掏出钱抢着要司机付了账。

李乡长要他明天一早跟他们搭车回去,他们下午还得再去王行长家中堵他。林一民听了摇摇头说,他下午还要赶回所里有事要办。李乡长就没强留他。出来在饭店门口分手了。

其实林一民是怕人看见他和李乡长在一起。上了回乡下去的汽车,林一民心里在想,李乡长他们即使找到王胖子又会怎么样呢?想到这里,他暗自叹了一口气。

七

村子里的大部分人家都没有种上地,只有赵百乐少数几户人家种上了地。赵百乐一开始就答应借给赵连荣家麦种,可赵连荣并没有接受,他在等乡里收购玉米的钱兑现下来,到种子站去买种子。可是乡里兑现玉米的钱迟迟没有音讯,他不免有些着急起来,节气不等人啊。

这个星期天的早上,他在老伴儿的说服下同意借用赵百乐家的麦种了。

"大叔,您还该再等等,村子里大部分农民家还没种上地呢。"杜心鸣赶来了，不太赞同赵连荣这样做。

"你想让我的土地荒废了吗？你想让我到秋天喝西北风吗？"赵连荣冷淡地说。

"不，这件事你该为全村人想想，这不是你一个人的事，全村人都在看着你呢。既然乡长答应过我们播种前把卖粮款兑现给我们，我们就该找他要去。"杜心鸣眼里闪着狡黠的目光。

"这么久了，他还能有什么办法……节气可不等人的。"赵连荣望了一眼村外辽阔空旷的大田说。

"我明天就和那些农民到乡里去找乡长，看乡长还有什么话好说。"

"我可不赞成你这么胡闹，你这么带他们胡闹到头来会坑害了他们的，庄稼人还是本分些为好。"

杜心鸣惊讶地看着他，随后脸上布上了一层讥讽的冷笑。看见赵玉兰在那边用簸箕筛麦种，就走过去悄声对她说了一句："瞧你爹有多么固执。"

不想这句话叫赵连荣听到了，他转过脸来："你在说什么？请你走开，别站在那里碍她的事。"

杜心鸣脸红地望了玉兰一眼，希望玉兰能替他说一句话。可是玉兰像没看见他的窘态，他只好讪讪地走了。他本来今天是打算来帮他们家来干点儿活的。

"爸爸，你怎么能这么说人家呢，他毕竟是姐姐的男朋友。"在牛栏里喂小牛的小妹伸出头来。

"我们家可不欢迎这种说大话的年轻人。"

春兰担心地望了一眼姐姐，玉兰察觉到了，说了一句："爸爸说得对，他是做得有点儿出格了。"

春兰"吭"了一声，就缩回头去。

街上一阵突突拖拉机响，一只黄狗先跑进门来。"表姨夫，你们准备好了吗？"赵世俊从拖拉机驾驶室里跳下来，他今天穿了一身牛仔服，看上去特别精神。

"我说我昨晚上咋没做什么好梦呢，原来是猫头鹰进宅。"春兰又从牛栏里探出头来。

"小妹，不许这样说表哥。"玉兰严厉地对她说了一句。

赵世俊没有在意，依然微笑着走过去帮玉兰把筛好的小麦种装进一条麻袋里。

阳光洒进这个忙碌着的农家小院里。"今天真是个不错的天气。"赵连荣在心里说了一句。

两麻袋种子装上了车，一家人坐在车上轰轰烈烈向村外地里开去了。"村长家的，种地去呀？"街上遇到一些人向他们打招呼。"嗬，到底是亲戚呀，这回怕是要亲上加亲了……"一些无事可干的农民蹲在自家门口，眼里透着嫉妒说着怪话。看着别人家的地种上了，而你家的地偏偏在荒着，你能不嫉妒吗？你能不着急吗？一路上村长赵连荣羞愧不安地低下了头……

然而来到地头，赵连荣早上激动的心情渐渐平息下来，他显得有些无事可做。往年这个时候他是最亢奋的，他会亲自给自己的牛套好犁套，然后他扶犁在前边蹚垄沟，他的老伴儿和女儿在后边撒种，可是现在他只能眼睁睁听任这个年轻人的摆布了。他先是在拖拉机后边套上了铧犁，耕出一片垄沟后，又套上了翻犁，叫玉兰坐到他的后座上去，一边扬撒种子，一边将垄沟的土覆盖上了，眨眼工夫一亩地就种完了。而赵世俊简直骄傲得像个将军，和二女儿有说有笑，随意摆布着他这片劳作了几十年的土地。他的心口隐隐发疼，这个时候他深切地怀念起他的那头牛来，那是一头给他带来多少欢乐和幸福的牛啊！他从来不用鞭子，只用一个眼神或一个手势牛就默默领会了他的意图。他从来没有想过牛有一天会离开他，他知道牛和他对这片土地都有着儿女一般的感情。

他踽踽地向地里边走过去，他要看看麦垄的土培得严不严实。他甚至带着挑剔的目光打量着这片新播下种的麦垄来，希望能挑出点儿毛病来。"怎么样，表姨夫，有什么问题吗？"那个年轻人在拖拉机上回过头来问。麦垄覆盖得无可挑剔，他只好直起腰来，孤独地向地头走去。地边的干草丛里，春兰在放那头小牛。这个不知忧愁的小家伙在那边啃着刚刚冒出青芽的嫩草。

拖拉机在田里熄灭了火，赵世俊走过来取柴油桶。

"怎么样，表姨夫，它干得比你以前的牛快多了吧？"

"可我的牛是不需要喝柴油的。"他冷淡地回了一句。

"油料是没几个钱的。"他以为他心疼油料钱，这样说了一句。

"可它放出的烟雾会对庄稼有害，而牛屎可是庄稼最好的肥料。"他狡辩道。

年轻人不想再和他争论下去，向地里走去。

中午，老伴儿过来送饭，对他说："老头子，下午你也回去帮我筛麦种吧。照这样下去天黑前一定会播完的。"

赵连荣听了生气地瞪起眼睛说："老太婆你也在取笑我吗，看我待着没用了是吧。"

老太婆慌忙收住了口。

不过吃完饭到了下午，赵连荣还是跟着老伴儿回去筛麦种了。他也想在天黑前干完，这样会少付一天工钱的。

下午两个年轻人干得更欢了。从那欢快的拖拉机鸣叫声中似乎能感觉到两个年轻人激动的心跳声。

"喂，你不想亲自驾驶它吗？"

"我怕弄坏了庄稼地，我爹会骂我的。"

"没关系的，我教你在地边上开。"

玉兰看看离天黑的时间还早，就同意了。赵世俊把拖拉机开到地头停了下来，卸掉了农具，跳了下来。

"来吧，上去吧，其实很简单的，你只要踩住离合器，手把住方向盘就行。记住用左脚踩住刹车板，轻轻踩下去它就会停下来的。"

玉兰坐到了驾驶室的座位上，按照他说的把两只脚放到了离合器和刹车板上，两手握住了方向盘。她的心脏像跳出来一样，两腮潮红。

"你最好坐在我的身后。"

"好吧。"赵世俊跳上去坐在了她的身后。

"右脚踩离合器——轻轻点!"

不等他说完,拖拉机就像一匹不听话的马似的猛地向前蹿去——

"噢……我的天哪!"玉兰被自己吓了一跳,两手死死地攥住方向盘。而身下拖拉机鸣叫着越跑越快……"往右打方向盘!快!"玉兰慌得忘记了左右,一个水坑颠簸着跑过去了,颠得他们身子重重跌了一下。"往右打方向盘!"这回赵世俊替她扳过来,险些撞着那头吃草的小牛,它惊慌地跳跃了一下。"停车!停下来,踩刹车板!"玉兰惊慌中猛地踩下刹车板,车头猛地向前栽了一下,一股惯劲使赵世俊的身子猛地向前撞了一下,他顺势紧紧抱住了玉兰的腰……

"天哪,他俩疯了吗?"春兰站在草丛里望着他们吃惊地叫道。后来看到玉兰平稳地把车开走了,车上传来两个人得意愉快的笑声,她心里有点儿难过,为杜心鸣。

远远地看到父亲送麦种来了,两个年轻人才分开了身子,赵世俊重新坐到驾驶座位上去,拖拉机在田里规规矩矩跑了起来。

赵连荣走近了,有点儿狐疑地察看着二女儿潮红的脸色。赵世俊像什么事情也没发生一样两眼目视着前方,而他的那双手就在刚才还愉快地抚摸过姑娘的胸前呢。

傍晚时赵百乐来了,他打量着快要播完的麦田,对赵连荣说:"我以为还要一天呢,他们可真能干呀。""你是不是在为少收一天的工钱可惜?"赵连荣瞅了他一眼道。"怎么会呢,我为这两个年轻人这么能干高兴还来不及呢。"望着那边两个年轻人有说有笑的身影,又愆着胆子补充了一句,"他们是多般配的一对呀,不是吗?"

赵连荣并没有再去听他说的话,他脸上也并没有露出赞许的神色来,他蹲在地边上还在想他的牛,他的脚边不知什么时候已堆起了一堆牛草,嘴里喃喃说道:"你知道那是一头多么能干的牛呀……"

赵百乐听了有些怔怔发呆地望着他。

233

晚上，赵世俊回到家里，赵百乐对他说："小子你别太得意了，你给他干活最好放规矩点儿。他还在怀念他那条牛。"

"噢，是吗？他很快就会忘记那头牛的，那头牛不会再回到他身边来了。"赵世俊有些心怀鬼胎地走进屋里说。他的话引起了父亲的注意。

"怎么，难道你知道那头牛的下落？"

赵世俊躲躲闪闪地说："我怎么会知道？我不过是随便说说而已。"

"你最好放规矩点儿……别再惹出什么麻烦来。否则那老头子不会把闺女嫁给你的。"

赵世俊想起了今天下午干活的情景来，说了一句："你就放心睛等着喝定亲酒吧。"

八

林一民白天带着几个人到乡政府执行任务去了。光荣村三十多个农民在那个小学教员带领下又到乡政府来聚众找乡长。李乡长不在，他们扬言见不着乡长就不走了。在乡政府院子里静坐示威，吴书记叫林一民带几个人过去把他们劝走。林一民过去劝了一上午才好说歹说把那伙农民劝走，嗓子也冒烟了。刚刚回到所里喝口水的工夫，内勤进来说："刚才有个人打了三次电话找你，好像有什么急事。"他问对方是谁，内勤说对方没有说。过了一会儿内勤走进来说这个电话又来了。他放下水杯就过内勤屋子里去了。拿起电话听对方在电话里问道："你是林所长吗？"他说："我是。""你稍等，有人和你讲话。"对方换接电话的人刚一开口，他就听出来是李乡长，刚要开口问李乡长在哪里，李乡长压低了嗓音严肃地说："你不要出声，听着，我叫你马上带一个可靠的所里人一同到县里来，我已打发司机去乡路口上接你们了，你和来的民警走到乡外去坐车，听清楚了吗？"他怔怔地说："听明白了。"李乡长就把电话挂了。他知道李乡长一定有什么要紧的事情找他去做。他扫视了一眼内勤在那里整理着户口卡片，就什么也没说走出去了。走到外勤

234

组，他叫上小孙说："走，咱俩再过乡政府去看看，不知那帮农民会不会返回来。"并叫他带上警棍和手枪。小孙是他到这个派出所后私下交往比较可靠的一个民警。走出派出所不大一会儿，他拐上了去乡外大路上的一个岔道，悄声跟小孙说："李乡长刚才打过来一个电话，叫我们去县里执行一个任务。"果然小孙听了什么也没问，只是开玩笑地说了一句："只要不是叫我们去抢钱，叫我们干什么都行。"小孙无意中说出的话叫他暗暗吃了一惊，他又想起上午那帮急疯了的农民来。李乡长叫他们去县城会不会和钱有关呢？可叫上他们会帮上什么忙呢？

到了乡外的大路口上，看见李乡长那辆吉普车已停在路边上了，司机见了他们什么也没说，只是说他等在这里有十分钟了。一路上司机把车速放到了八十迈，到了县里颠得他们屁股疼得都有点儿迈不开腿了。司机把他带到李乡长的亲戚家。后来他才知道自从上次他在县里遇上他们后，李乡长一直没回乡里，住在他亲戚家里找王胖子。

"你们来了——"李乡长拉开门，迎他们进屋。半个月不见，李乡长像老了十岁，脸腮上的肉凹陷了进去，连腮胡子也有多日没刮了，如果在街上见了，他怕是认不出他来了。

屋里除了李乡长外，还有粮库张主任和粮库会计。看见这俩人，他就知道李乡长找他们办的事一定和农民卖粮款有关。

果然等他们坐下后听李乡长说道："今天找你们来，有一件事情让你们去做，如果做成了，我和全乡的乡亲们都会感谢你们的，如果办不成，我宁愿让乡亲们把我打死……"

李乡长说着眼圈发红了，屋里气氛压抑得几个人有点儿喘不过气来。张主任听了说道："李乡长，看你说的，我想这事一定能成，你快给他们说说怎么办吧。"

林一民和小孙都把脸转向了李乡长。

"这些日子来，我一直在找王胖子，让他给咱们乡贷款，请他帮助咱们乡渡过这个难关，可是他就是不肯答应，你们不知道，去年他曾答应过给我们贷款来着，可是一见县白酒厂黄了就不提贷款这茬儿了。贷不回去款我也没脸回去见乡亲们呀，我软磨硬泡不好使，我就学别的乡长给他往他家中送礼，可是怎么送又怎么给挡了回来。我就奇怪了，还真有不吃不贪的官？通过这半个月的观察，我终于摸到了他的把柄，他这人不吃不喝不沾女人，可是他好赌。今天晚上他就要去一个朋友家赌。我们就去堵他的'红中'，看他还给不给我们贷款。"

听说去抓赌，林一民说："用不用我去县公安局治安科再叫两个人来，赌徒一般都会狗急跳墙的。"

"不用了，他这个朋友是县工商局一位副局长，再说这事不能声张出去。"李乡长诡秘地说，瞅他这会儿的神情像个地下工作者。交代完夜里十二点采取行动，然后就叫他的亲戚给他们做饭了。

几个人吃了饭，待到晚上天黑，李乡长就带他俩去工商局副局长家住的那条街上蹲坑守候去了。张主任和粮库会计留在了李乡长亲戚家等着。坐着吉普车走在路上，小孙悄悄贴近林一民的耳根说："看来我们真的是去抢钱了。"林一民听了吓了一跳，瞅了一眼倚在前座上疲惫不堪打盹的李乡长一眼，有点儿感动地说："我们这也是为民除害呀。"

吉普车停在了一条黑漆漆的巷子西口上，李乡长指着一幢砖房中间挡着窗帘亮灯的人家说："就是那家。"

几个人摸黑坐在吉普车里，等了差不多三个钟头，从那家严实的大门里走出一个人影来。林一民道："坏啦，他们散了。"

"别担心，他是去买吃的东西。"等那个人消失在东巷子口上，李乡长嘱咐林一民道。"我们下去吧，你俩在头里，记住敲五下门。"

林一民心里想到李乡长看来"蹲坑守候"有多日了，观察得可真细啊。

大门虚掩着，一行人进了院子，林一民贴近房门敲了五下门。里边有开门声，并听一个人的说话声："饭买得倒挺快啊。"

"别动！我们是警察！"林一民闪身进门后一把推开惊讶的那人，和小孙一步蹿到了里屋，里屋三个人停止了码牌，吃惊地看着来人，桌上码放着厚厚一摞钞票。

王胖子认出了林一民和小孙身后跟进来的李乡长，对外县那两个要冲动的人说："别动，他们不会把你们怎么样的。"那两个人就老老实实待在椅子上不动了。

　　"算你聪明。"李乡长说了一句。

　　过了一会儿，等那个工商局副局长的大儿子买饭回来了，李乡长叫小孙把两个外县人和他们父子俩一起带到后屋去看着。卧室里，副局长的老婆也惊醒了，小孙也叫她老实待在里面别出来。

　　这边屋子里只留下了王胖子，李乡长掏出来贷款协议书，王胖子什么也没说就在上面签了字。

　　李乡长看了一眼桌上的赌资，说："你们还有良心没有，农民买种子化肥的钱都没有了，你们却在这里挥金如土。"王胖子听了灰溜溜地低下了头。过了一会儿他叫四人把各自的钱收了起来。林一民和小孙又把那两个外县人单独叫到西屋里去了……天亮时李乡长过来叫把那两人放了，叫他和小孙过去。李乡长对王胖子说："还得委屈你半上午，等我们办完了事再叫你走。"后来索性叫工商局副局长上午也别去上班了。

　　上午九点钟的时候，张主任过来叫林一民、小孙，说一切办得顺利，李乡长说可以叫他走了。林一民和小孙就跟张主任出来坐车。走到街上吉普车跟前才见李乡长也在车里坐着。吉普车载着几人开出了县城，向乡下开去。在路上，李乡长问林一民："你们审那两个外县人有什么用呢？"林一民答："如果王胖子和那个工商局副局长翻供，就会查到那两个外县人对证的，我们查清了他俩的身份，谅他俩再也不会来和王胖子赌博了。"李乡长听了不由得佩服道："还是你们搞公安的做得专业，我怎么就没想到王胖子会反悔呢？"

　　林一民听了，有一种不祥的念头从心底一掠而过，不过当他看到李乡长脸上露出的笑容还是有些宽慰地把那个念头一抹而过了。从开春到现在他还没有见过李乡长脸上露出过笑呢……

九

两个月后，地里的麦苗长出有一尺来高了。看到去年玉米卖不出去，很少有人再种玉米了。

林一民星期一早晨回到所里上班，牛贩子赵六指就找他来了。赵六指对他说："林、林所长，那条牛有线索了。"他听了一阵惊喜，忘了去纠正他的称呼了，赶紧问赵六指在哪里发现了线索，赵六指告诉他是在邻县的一个牲口集市上发现的。当下他带上小孙骑着三轮摩托车和赵六指赶往了邻县。傍晚时分他俩把牛贩子带回了所里，那头牛是借用了一个农民的四轮拖拉机拉回所里的。

这是一个以偷牛贩牛为生的家伙，年纪有三十六七岁，脸上生满了横肉，额角上有一道刀疤。他对警察并不陌生，毫不在意地与林一民对视着，脸上流露出一副满不在乎的神情。

"你为什么去偷光荣村村长家的牛，还是在春耕大忙的季节里？你就没有替牛主人家想过吗？"

"对于我们这些人来说，偷牛是不分季节的，只要有人肯出钱是什么季节都可以干的……"

"可是你这头牛并没有卖出手啊，难道事先有人给过你钱吗？是什么人支使你干的？"他的话引起了林一民的警觉。

"话可不能这么说，不过确实有人给过我一笔钱。"

林一民有点儿惊讶，紧跟着问道："是什么人？在什么地方？"

偷牛贼说出了一个令他耳熟的名字，接着他听他慢慢说道："那天他喝醉了，他找到我说：'喂，你可以随便把哪户人家的牛都轻易地偷到手吗？'我说：'如果你要是有所怀疑的话就请你走开！'他和我打赌说，如果我能把光荣村村长家的牛偷走，他事后可以付给我一笔钱的。我可没那么傻，我说：'老兄，天底下没有平白无故掉馅饼的好事吧？如果你不说清楚，我是不会干的，何况那是一户村长家。'他开始并不想说出为什么这样做，可是见我装着真不动心的样子就说了。他就瞪着让酒精烧红的眼睛说他爱上了那户人家的姑娘，可是求婚时却遭到她父亲的拒绝，他想报复那老头儿一下。他说偷去那老头儿心爱的牛，那老头儿庄稼地里的活就有用得着他的地方了……看他那副伤心难过的样子，真叫人同情。后来我就答应他了。事成后他果真付给我一笔钱……不过叮嘱我不要在附近乡里把牛卖了，要卖最好拉到外地去卖了。我想事情过去了这么久，不会有谁注意到这头牛，谁想到昨天刚刚牵到牛市上就被你们发现了呢，唉唉，算我倒霉……"他露着一排残缺的黄牙根说到这儿，叹了一口气。

林一民听了，暗暗吃惊地想到，明天那个姑娘家里听到这件事会怎么样呢？……还有那个快要做新郎官的小伙子家。

一夜，林一民都是在辗转反侧失眠中度过的。他想起前不久他带小斌回新站乡下来看他奶奶，在路上碰到赵世俊开车拉着赵玉兰去看他们的太姥，告诉他俩"定亲"的事。赵玉兰看小斌跑热了就叫他们父子上来搭他们的车坐。路上并没有像林一民想到的那样姑娘会问起她家的牛来，姑娘好像忘记了这件事，和小斌有说有笑在车厢里玩耍着。不知不觉时间过得很快，快到新站时，林一民有些惭愧地对姑娘说："你家丢的那头牛至今还没有找到线索，不过请你回去转告你的父亲，我们还会尽力查找的。"不等姑娘说什么，小伙子又转过头来抢着说："你要不说我们都差不多忘记了这件事，你还提它干吗？"

"这毕竟是我们的职责……"林一民诚心诚意地说道。

"你瞧他是一个多么负责任的警察呀！"

林一民听出了他的挖苦，脸红了。

分手时，小斌和姑娘有些恋恋不舍。最后姑娘答应小斌傍晚时过来看望他，小斌这才松开了手。姑娘说她太姥家就住在镇子的西头。林一民注意到小伙子眼睛里已布满了嫉妒，他一定在后悔让他们搭他的车。林一民自从离婚后还是第一次回来看望母亲，离老远他就看见那个手搭凉棚站在自家矮院子里张望的瘦削的老太太，他的脚步不由得放慢了下来。

"那个人就是奶奶吗?"

"是的。"

他这会儿满心想到的是,他当初要是娶个乡下姑娘该有多么好啊……

第二天他和小孙把那头牛送到了光荣村赵连荣的家里,同时又把同村的赵世俊带回到派出所里。那个青年垂头丧气地耷拉着脑袋走出村子……

下午,赵世俊的父亲找来了。"警察同志,求求你们行行好,他不是故意这么做的,请你们饶恕他吧……"

"可是他毕竟支使人干了这件事,他犯了法。"林一民说。

"完啦,这个混账东西,他毁了自己,而且叫我以后怎么有脸面在村人面前抬起头来。"赵百乐气恨交加地喃喃道。

老人失望地离去后,小孙进来了,问他是不是把这起案子了结了往县公安局报。他说:"等一等。"小孙问:"等什么?"他说:"不知道那个姑娘家里会不会来撤诉。"

小孙惊讶地望着他:"这怎么会撤诉?你怎么会这么想?"

"哦,哦,我也不知道……"他恍恍惚惚地说。小孙走出去后,他在那里想是不是他在毁掉这两个年轻人的幸福,他们下个月就要成亲了……

天黑时,他一个人朝郊外的田野里散步走去。在那里他意外地遇见了李乡长,自从两个月前在县城给李乡长办成那件事后,他一直回避着李乡长,没想到在这里遇上了他。那件事过后,有人知道了事情的原委,就有人捅出告发李乡长乱动用警力,县上也传出李乡长被提拔当乡党委书记的事是不可能了。而林一民也跟着吃了挂落,受了一个处分,要不本来姜所长调走后他是可以当所长的,现在看是没戏了。

李乡长蹲在一块苞米地头，手摸着玉米苗，眼睛没看他说："瞧，长得多好的玉米苗啊！"他怔住了，淡淡地说："可惜今年没有几户人家再种玉米了。""哦，哦，我知道。"李乡长的脸在夜色中微微动了一下。

"我们做事情都太认真了，太认真了有时会害了自己的。"

他听了脸不易察觉地微微红了一下，站了一会儿，走开了。

"狗日的玉米。"离开那块玉米地时，他心里头这样骂了一句。

回来，远远地看到有一个身影站在派出所门前等他，他辨认出她那苗条的身段来，顿时心情有些复杂地缓缓朝她走过去。夜幕将他的黑影渐渐拉近了……

"他真的是为了我才鼓动人家去偷我家的牛吗?"

"是的。"他点点头。

"我可以撤诉吗?"

他摇摇头，又点点头，他觉得嗓子眼里十分干涩。

"谢谢你……"

一种幸福欣慰的颜色慢慢漫过这个小学教员的脸庞，只可惜黑暗中他什么也看不到。他们的身影和夜幕融为一体了……

熊死于非命

"多吃点儿，看你瘦的。"哥又往我面前的碟子里夹了一筷子野猪肉。我的脸看上去一定很苍白，这是长期爬格子患有失眠症导致的。虽然现在换成电脑写作了，可电脑对身体同样有害啊。哥发福了，刚过四十岁的人肚子已腆了出来。小时候别人分不清我俩谁是老大谁是老二，我长得又高又胖，而他呢，得过胸膜炎，再加上营养没跟上去，长得又矮又瘦。现在人家马上会分清谁是领导了。哥的酒量也叫我吃惊，三杯五粮液下去，胖胖的脸刚刚泛出一点儿红润。

在座的除了哥外，还有他们林业局局长、那个南方人——胶合板厂长等一干人。临回来之前我跟哥说，我只想到他们林业局下边的一个林场去待几天，体验生活。谁想他会这般兴师动众呢。一下火车，哥就打发他的司机用4500日本大吉普把我直接接到板厂小招待所餐厅来了。

这板厂小招待所餐厅通常是林业局招待贵宾用的。别看外边不起眼，里边装潢丝毫不比城里的星级酒店差，连侍立的小姐都学着城里的小姐习惯一口一个"先生"地叫。再看看桌上的菜肴，绝对是纯天然绿色食品野味：野猪肉、灰狗子炖土豆、清蒸犴鼻子、飞龙汤……林业局周边的林子越采越稀了，能吃到这么多野味很令我吃惊。

杯箸交错间，我想起了几年前哥去城里找我那次。我在城里工作成家这么多年，哥还是第一次登门。哥来找我是想叫我帮他们宣传推销他们林业局胶合板厂的产品。哥以为他这个当作家的弟弟结识的朋友多，路子广。哥说他们这个胶合板厂是他上任林业局局长后亲自立项上马的

242

一个主导企业，也是摆脱林业局"两危"困境的唯一途径。林业局把所有家底都押上了，投资了近亿元资金，如果产品再滞压找不到销路，工厂下马倒闭不说，哥头上的乌纱帽也得考虑考虑了。因此哥的焦虑就不足为奇。在我家住的这几天他饭吃不香，觉睡不香。本来陪同哥来的林业局办公室主任（就是现在在座的林业局局长）要给哥安排去宾馆住。我说："给你们林业局省点儿钱吧。"哥想想也是，就和办公室主任睡在我家客厅沙发上了。

我通过一个当记者的哥们儿，帮哥联系了几家企业，可是人家不是嫌山路太远就是担心产品过不了关，都没有谈成意向合同。倒是有一个大腹便便的企业老板，私下里问过记者，他们是山里来的，能不能搞到鹿鞭？言下之意这老兄的下部是"滥采"过度了。记者向哥说了此意，哥听了面露难色，说林子都伐光了，藏不住这种金贵的动物了，再则私猎国家保护动物也犯法呀。合同自然没有签成。

哥从我这里走时对我说了一句话："你哥现在是熊瞎子叫街——蒙门儿了。"我一阵愧疚，为没能帮上哥的忙。

哥走后不久，正当我为哥的命运还有他们那个胶合板厂命运担忧时，哥打来了电话，告诉我他们那个厂子有救了。有一个港商租赁了胶合板厂，每年向林业局上交五百多万元的承包金，这样就够林业局一千多名职工发工资的了。在电话里听得出哥很兴奋。当我问及他们是怎么找到这么一位愿意合作的港商时，哥却诡秘地不谈了。日后不久，哥因为政绩突出，被提拔做了林业局一把手——党委书记。因为林业局和区里是政企合一，所以党委书记要比局长的职位大。

"米米，王书记，我敬你 杯，咱们汤林林业局能有今天，全靠您了……"林业局局长大着舌头端起酒杯站起身来说。

"来，来，作家兄弟，喝——"

桌上的几人已经醉眼迷离了，他们不再正襟危坐了，领带松垮下来。"叫老妹儿打开卡拉OK唱碟机，给大家唱支歌助助兴。"

哥歌唱得很好，一曲《敢问路在何方》博得了满堂彩。厂长是广东人，涨红着脸站起来说："王书系（记）歌子唱得很好的啦，这在我们广东系（是）可以参加每周一次的卡拉OK票友歌会啦。"

没等哥谦逊，林业局局长就说："不行，咱们北极熊还不吓坏了广东细妹啦。"

厂长听了脸更红了，原来他刚到林业局时看到这里的人大碗喝酒，大碗吃肉，很看不惯。私下里称这里的人是北极熊。

忽然觉得有点儿憋闷，趁出来解手的工夫，我向厂区院里溜达过去。在门口一个门卫拦住了我，我说刚和他们厂长吃完饭，他才放我进去。老实地说这个厂建成的第一年，我探家的时候曾来过一次，那时院子里还堆放着外国进口的机器，露天也没什么遮挡。工人都是从贮木场还有林场抽调来的工人，仨一伙俩一伙聚在院子里闲聊、打扑克。可是现在院子里看不到人影了，走进车间看到工人们穿着统一的灰绿色工作服工作在各岗位上。真是奇了，在林区烧火都不愿用的枝丫、废材，在这里被机器削成碎片，又一转眼被挤压成白花花的胶合板。

"怎么样，不赖吧？"哥他们吃完饭了，脸红扑扑地站在门口上看我走过去。

"林大头会过日子了。"我笑笑说。

第二天，哥派他的司机送我去山上林场，要去的林场是卧熊山林场，离地区四十多里路。路都是雪板路，如果不是这越野大吉普，别的车还真容易打滑。开车的司机听哥叫他柱子，二十多岁，是个挺愿意搭话的小伙子。他问我有多久没回来看看了，我说有四五年了。他说这四五年咱们林业局变化可大了。我懂他的意思点点头。看到沿途路边雪窠子树丛里拦着铁丝网，我问这是什么意思，柱子说这是"天保工程"，就是说封山育林，山上的一草一木、一鸟一兽都不许再动了。

日本越野吉普在弯曲的山路上很平稳地滑行，身体感觉像坐在船上。小时候跟大人上山起土豆曾坐车走过这条山路，搭乘的是林业局运木材的原条车，挤挤挨挨坐在驾驶室里屁股颠得差点儿零碎不说，还得要看司机的脸色。柱子对他们王书记也干过上山种土豆这种活计有些吃惊。车拐过一道山岗，到了磨石山后坡，我一指车窗外厚雪压着的山坡说，就在这里。那时坐那种解放车上来差不多要小半天的工夫。记得有一年起土豆，干晚了，土豆装袋子倒腾到路边上，天都黑了，下山的原条车少了。二姨夫站在路中间拦车，他是林业局汽车队里的一名铁匠，平常和司机们混个脸熟。可能那天看我们人多货多，天又那么晚了，过去了好几辆车都没有停车。二姨夫也泄气了，我们蹲在路边笼起了火堆，真不知道怎么办才好。如果再没有车可搭，我们就要在这荒山野外过夜了，而这里可是常有野猪黑熊出没的地带。急得二姨都差点儿哭了，我和哥累了一天，也趴在麻袋上睡着了。好在下半夜过来了一辆大客车，是地区宣传队上山上来演节目的。二姨曾在宣传队里待过，就这么的总算拦住了车。等到上了车，我和哥在座位上又迷迷糊糊睡着了，醒来时，哥问了我一句："你知道我长大最想干什么？"我摇摇头。哥又说："我最想干的是当一名司机。"

过了磨石山不远就到了卧熊山林场了，山坳里坐落着几十户人家，厚厚的雪坨堆积在房顶上。汽车咔的一声停在了场部门前，大概是林场人家的汪汪狗叫声招引来了场长，他从家里慌慌张张披着一件羊皮袄大衣跑来。这是一个虎背熊腰的中年汉子，四方大脸，浓眉细目，连腮胡子。

"我打老远看出是王书记的车，我以为是王书记呢，这位是……"他愣愣地站在我身前，伸出的手又缩了回去。

"他是王书记的弟弟，是一位作家……"柱了有意要捉弄他一下才没先介绍。

"我说怎么瞅着面熟。"他又重新把手伸过来，很不好意思地嘿嘿憨笑了两声，看得出这是一个很朴实的汉子。

"大老熊，别让我们干站着冻成冰棍了，快让我们进屋弄点儿吃的，吃完我还要赶回去。"柱子催促他道。

"好说，好说……"

山上比山下要冷多了，喷出的哈气很重。他的连腮胡子上已挂起了一圈白霜。他赶紧把我们让到他的场长办公室去。可是屋里并不见得暖和多少，原因是没有烧炉子。看来他们很少在场部办公。他出去把一个打更的老头儿喊来，点上了炉子。随后又打发老头儿去把食堂管理员从家里找来。

过了一会儿管理员从家里骑自行车来了，他的自行车后座上夹着一捆芹菜，车把上吊着一只鸡。看来他们食堂也好久不开伙了。

管理员很快在那间冰冷的食堂灶间里弄出几样菜。场长带我们过去，他咬开一瓶60度的白酒，先给自己的碗里倒上半瓶，又给我和柱子的碗里倒，柱子摆手："我可没你那两下子，喝酒也能开车跑这山路，你莫不如把我直接推下山涧去得了。"大老熊嘿嘿笑了笑。话语间听出场长原先也是开车的。那个高个子管理员弄完了菜也坐到了桌前，有些拘谨地看着我们说笑，默默低头喝自己碗里的酒。大概他还不清楚作家是干什么的。这个季节让他从家能弄出一把青芹菜来也真是一件不容易的事，还有那只母鸡大概也正下蛋呢。

柱子打着饱嗝告辞了，他在门口拍了拍大老熊的肩膀说："别委屈了我们的作家。"大老熊笑笑说："晚上我会把我老婆撵跑叫他到我家去住的。"

下午，我说要去小工队看看。场长显得很犹豫，我不知道为什么。他说这个这个，今天太冷了，改天再去吧。我说我待不了几天。他就只好陪我去了。一路上他很少跟我说什么，只是说小工队现在也不伐木了，冬天干的活就是清林，按山头都承包给个人管护了。到了小工队果然看见一些工人在附近的林子里在清理着枝丫，不等我们走到近前，一条黑白相间的大狗从林间的雪窝子里跑了过来，一口叼住了场长的衣襟，亲热地往前拽。他惶恐地连声说："别闹，花子……"林子里干活的工人抬头看见我们走来，很随意地同场长开着玩笑，问他是不是想来开"爬山虎"（林区一种集材拖拉机）过过手瘾。场长摇摇头。

"嘿，真是稀客呀，你怎么有工夫到山上来？"背后传来一个声音，我和场长都惊讶地回过头去，有一个人影从后面的山头走下来，待他走近了，场长连忙把他给我介绍，说这是小工队队长。我打量着他，这是一个矮墩墩的汉子，有五十岁左右，他脸上和脖子处的一道明亮的结痂，是爪痕。他见我盯着瞧，就说是熊爪抓的。我听了吓了一跳。那长长的熊爪子留下的伤疤，在冬日的阳光下像冻硬了的柏油。

"嘿，大老熊，你还记不记得7号集材区遭遇到的那头熊的事？"

"怎么会不记得。"场长脸上掠过一丝古怪的表情。

"那回要不是多亏了你，我俩是不是都得喂了熊去？"李队长嘲讽地说。

"那是……嗨嗨。"场长显然不愿意再说什么，他脸上掠过一道恐惧。

跟他们回到工棚里去，工棚里烧得很热，我说晚上就跟他们睡在这里了。场长执意不肯。"你放心，我们不会把他喂熊的。"李队长这么冷冷地扔来一句，场长才同意了。

傍晚场长回去了。我和工人们坐在工棚里吃晚饭。一大盆白菜炖土豆汤，外加几听猪肉罐头。大概是为了欢迎我的到来，李队长还打开了一瓶廉价的兴安白。几只茶缸子撞在了一起。炉子里的火烧得很旺，尽管寒冷的风吹在挂满霜花的小窗户上，可是屋子里热气腾腾，有两个汉子红亮的脑门上已渗出了透明的汗珠，浓烈的汗气里还夹杂着一股松木油子味儿。他们向我打听一些城里的事情，可城里的生活与他们有什么关系呢？

吃过饭，有的汉子早早上炕躺下了，有的在往炉筒和火墙上烤着潮湿的棉鞋和鞋垫儿，顿时工棚里散发出一股臭脚丫子味。还有一个黑瘦的年轻人在摆弄他的小型收音机，由于信号不好，发出嘎嘎啦啦的响声。听起来叫人烦躁。

队长在炕头的位置给我腾出一个空铺位，不过炕热得暂时还无法躺下。

"你们很熟吗?"我是指他跟场长,下午见面时看得出场长对他很尊敬。

"你是说大老熊吗?他原来是咱们队长的徒弟。"不等他回答,旁边一个拿扑克牌算命的汉子抢先插过来一句。

"那会儿他是个挺不错的拖拉机手,别看他虎背熊腰的,可是修理起拖拉机来,手巧得像大闺女。要不然林场里后来进来一台大红头车也不会让他开了。"李队长称赞道。

"你们是怎么遇到那头熊的?"我知道在这种时候不该去揭他的伤疤,可我实在忍不住好奇这样问了一句。

果然,别的汉子听了我的话都把头缩了回去,装作没听到的样子干自己刚才手里做的事情。李队长的脸脖子上的疤痕剧烈地抖了抖……好久,他重重地叹息了一声:"唉!"

李队长说那是好几年前的事情了……"那天晚上我们刚在7号集材地干完活,伐木的工人都回去了,我俩也正准备收车回宿营地。可是就在我们刚刚把车发动着的时候,那头熊从一棵大树洞里钻了出来,妈呀——我俩几乎同时惊叫了一声。啪嚓——熊一巴掌将车门上的玻璃拍碎了,幸亏车门上安着铁丝网,不然这一熊掌拍下来我恐怕早就没命了。'快开车!'我捂着右脸腮强忍着剧痛,冲那个吓呆的人影喊了一声,可那人像没有反应似的愣愣地看着我。他吓傻啦!我挥起右巴掌狠狠地捆了他一巴掌,啪!他清醒过来,慌忙地把脚踩到了油门上,爬山虎一路吼叫着向山坡下冲去,把那头熊甩掉了……回到帐篷里他整整两天都没有说话,等我从山下林业局医院养好伤回到山上时,他再也不愿意和我一个车了。当然后来他就要求调回场里开车了……唉,我从来没有怪过他。尽管至今我还是一个单身汉,能怪谁呢?能怪老天爷吗,要怪就去怪那头熊好啦……"

李队长无可奈何地摇摇头,缄默不语了。汉子们面面相觑。

待了一会儿,大家还是谈起了那头熊,谈起了有一年冬天夜里那头熊又来袭击过他们宿营地一次。伙房被扒开了,米面弄撒了一地。李队长躺在被窝里紧紧搂着那支半自动步枪（是林场为了自卫发给他们的枪）一动不敢动，有一个伙计还把尿尿在了被窝里。第二天早起，他们战战兢兢走出帐篷，看见了老花子一动不动地躺在地上，肠子花花绿绿淌了一地。工人们互相瞅瞅，脸上掠过一丝不寒而栗的恐惧。

"它太孤独了。"一个工人抹去脸上的惊悸说。

"是呀，林子稀了，连獐子和狍子都少见了，这叫什么……作家，这是生物……什么遭到破坏了吧？"那个听收音机的小伙子回头来说了一句。

"是生物链。"我答道。

临睡下时我出去解了一次手。凛冽的寒风一下子将我身子吹透了，打了个冷战。黑黢黢的林子里，风像一头怪兽在高大粗壮的红松树林间撞来撞去。不过山谷里却异常寂静，只有几颗残星躲在树梢头眨着神秘的眼睛……有点儿叫人生畏。

"现在山里还能见到熊吗？"我问跟出来的一个工人。

"没有了，自从那头老熊死去后，林子里已好几年没有见到熊的踪迹了。"那个工人一边撒着尿，一边说。

"它是怎么死的？"

"是大老熊把它弄死的……"

"大老熊？"我又大吃了一惊。

白天我在林子里见到队长问这又是怎么一回事，李队长只说了一句，"这你该去问他"，就莫测高深地缄口不语了。我心里徒生出一个谜团，有些困惑不解。

小工队里的工人在山上清林干不了几天就要撤回林场了，而以前这个季节正是他们伐木、集材最忙碌的季节。白天在山坡上看到红松、白桦像兜不住风似的稀稀落落……工人们干得无精打采，一想到春天栽种下的红松树苗要等到一百年后才能成材，这的确是件叫人灰心的事情。

第三天傍晚，我返回到场里去。场长把我带到他家里去住。刚刚走进家属区的胡同里，就听到一片汪汪、汪汪的狗叫声……场长家的院子里也养着一条大黄狗，蹿过来在我脚前嗅来嗅去，被场长一脚踢到边上去。它就规规矩矩靠在障子边上不动了，两眼有些失神地哀哀地望着我。

"来啦。"院子里推开的房门前站着一个很胖的娘儿们，是场长的妻子。

"他是王书记的弟弟。"场长把我引进屋时说，那个女人又偷偷打量了我两眼，就端出茶来，是那种劣质的红茶，倒在两只红花玻璃杯子里。

到了晚上，场长又把那个瘦高个子管理员找来陪我。这回他带来他那上小学五年级儿子的作文本，小心地问我可不可以给帮忙看看。他总算知道作家是干什么的了，不等我开口说话，场长就不耐烦地说："这个你该去问他们老师。"管理员委屈地说："场里的小学老师不等放寒假就溜回山下去了……"

场长的老婆把菜弄好了，肉香味飘进屋来。场长把一张桦木桌摆到炕上去，叫我们脱鞋盘腿上炕。

桌上摆上一盘炒黑木耳、一盘鸡肉炖山蘑菇、一盘野兔肉，还有一盘是熘狍子肉片……

"王书记来我家夸过你嫂子的手艺，说他在哪儿吃的狍子肉片也没有你嫂子做的味道地道。"大老熊说。

大老熊的老婆给我们碗里满上了酒，就退了出去。她今晚要到管理员家借宿去。

酒喝至半酣，大老熊用筷子指点着盘里的兽肉说："这两样东西都是我在山上遛套遛的，不过大牲口是碰不到了。"

"就是一只山耗子也别想逃过他的眼睛。"管理员细长的脖子都喝红了，他其实挺能喝酒的，第一天来时他没有放开量喝。

"那头熊是怎么回事呢？"

大老熊听了一愣，扭过脸来问我道："一定是他们告诉你的吧？"

我点点头。

大老熊没有再说什么，他默默低下头干了碗里的酒，而后又磨转身下地从柜子里找出一瓶白酒来，用牙咬开了。他们已喝掉了两瓶白酒了。

"嘿，你是说那个家伙呀，它太坏啦。"不等大老熊说什么，管理员就涨红了脸抢先说了起来，"它夜里蹿进林场来，毁坏了庄稼地不说，还偷偷叼走了场里人家养的猪，我家就有一头养了一年多的猪被它叼走了。"说到这里管理员心疼地抽动了一下嘴角。

"我们曾请求过林场包片民警为我们提供保护，我们的私有猎枪都叫派出所收缴上去了。可是你听听他们说什么，他们说熊是国家法律规定的保护动物，要我们自己加点儿小心为是。可是我们怎么知道它什么时候会闯进林场里来呀？那一阵子整天提心吊胆，到了晚上家家在自家菜园子里笼起了火堆，白天又在林场四周挖了许多陷阱，即使这样到了晚上也无法叫人安心入睡，唉！"

"你们不是家家都养了狗了吗？"

"别提这些蠢货了，别看它一遇见生人或别的猎物汪汪叫唤得凶，可是一嗅到那家伙的气味，在十几里之外就全都一声不吭了，拼命躲在厨房鸡架子下面，身子哆嗦个不停，看它们的眼神你就会去可怜它们了，眼珠子转来转去，闪动着哀求的目光，紧闭的嘴里呜噜呜噜的发不出声来……"

"那么后来呢？"我打断他对那些狗的控诉，在他看来这些东西都是些没用的吃货。

"后来……后来它就被大红头车撞死了。"管理员张皇着喝醉了的红眼珠看了我一眼，又小心翼翼地看了大老熊一眼，就住了口。

在我们说话的过程中，大老熊一直坐在那里默默地喝着。这会儿他放下酒碗来，扫了管理员一眼，管理员回避着什么又端起了酒碗仰起了细脖。

"它是被车……撞死的？"我喃喃地问了一句，这又令我感到意外。

251

管理员的脖子像公鸡脖子打嗝咕噜了一下，卡住了。

屋子里顷刻间寂静下来，静得能听到外屋松木桦子在炉子里灶坑里燃烧噼噼啪啪的轻响……小兴安岭漫长的冬夜啊。

屋子里的三个人都有点儿喝醉了，半晌没说话。

"是的，它是被我撞死的。"大老熊开口说话了，他的声音瓮声瓮气，嘴里的酒气划根火柴就能点燃，紫红色脸膛阴郁得有点儿骇人。

"那年冬天的一天晚上，我开车从山下来遇见它了。当时我车上还满载着原条木（刚采伐下山的没有经过处理的整根红松树或其他树），离开小工队时为了御寒，我还和工友们喝了几杯白酒，这对于开车的司机来说是不允许的，可是这条路我熟悉得闭着眼睛也能摸回来。就这么着，车开到十八里岗遇到它了，我开始还以为是眼花看走了眼，可晃了晃脑袋，看清是它从路边的树丛中慢腾腾地走到路中间上来，我顿时惊出了一身冷汗！我认识它，我曾无数次设想过与它再次碰面，每当我看见李队长脸上的疤痕我就不能原谅自己，可我从来没想过这么与它碰面，它这会儿大摇大摆地出现在公路上，并且迎着灯光直向我扑来。十八里岗是个大陡坡，往下跑司机们一律放空挡，就是想踩刹车也来不及了。在车灯的光柱里，我清清楚楚看见它张开了血盆大口，我甚至闻到它那热腥腥、臭烘烘的气味，它令我恶心，一阵阵反呕。我脚踩在油门上，闭上了眼睛——轰的一声，只听黑熊发出地动山摇般的怪叫，而后像山一样倒下去了……我好半天才走下车去，它一动不动地躺在车前的地上，车前保险杠都撞歪了，两只大灯也撞碎了，水箱在底下哗哗流水，车是无法开回去了。

"直到场长带人找来，场长叫人先用拖拉机把熊拖回场部去，然后又用拖拉机把汽车拖回场里了。"

"后来呢？"我这样问道，心口窝也跟着他怦怦乱跳。

"第二天林业公安局就上来人了，又是勘查出事路段，又是给黑熊、给大红头车身拍照，忙活到天黑才回去。当然把那头熊也拉回地区林业局了。叫我听候处理。

"在等待这件事情处理结果的这些日子里，场里收去了我的驾驶执照。场里的片警告诉我这段时间不许外出。尽管乡亲们在第二天就不断到我家里来安慰我，说我为他们做了一件好事，因为他们总算不必再为这头袭扰庄稼和牲畜的熊担惊后怕了。可我还是心情十分沮丧，谁知道会不会坐牢呢？我那个蠢娘儿们也一天到晚跟着我唉声叹气。"

说到这里大老熊又呷了一大口酒，他的眼珠子都红了。那个管理员还在默默地低头喝着自己杯里的酒，他不像我这样紧张地盯着大老熊的面孔，看来这件事情的结果他早已经清楚了。不等我再发问，大老熊就又接着说下去："就在我感到糟糕透顶的时候，场里那个管片民警跑到我家里来，他没等进院子就冲我大喊大叫起来：'大老熊，你准备好酒了吗？你不打算请我喝一杯吗？'我盯着他说：'你想让我在坐牢前喝一杯临行酒吗？我可没这个心情！'他急忙摇头说：'不是，分局的勘查检验报告出来了，这属于意外事故，您不必负法律责任了！'

"'啊，啊……老太婆你听到了吗？'我冲那个蠢娘儿们喊，她从门缝里露了一下头，就疯疯癫癫回屋去准备酒去了。

"接下来场里不但没有让我包赔撞坏的那台大红头的损失，还把驾驶证还给了我。更让我不敢相信的是第二年春天，上面又任命我当了场长。你说说作家兄弟，我这是、是不是因祸得了福……当然这也要谢谢你、你大哥，让我遇上了贵人……"他眼里闪过一丝狡黠看着我。

他彻底地喝醉了，舌头已经发直了，眯缝着一双醉眼瞅我……那个细脖子管理员已歪倒在炕里睡着了。

炉膛里的火呼呼地燃着，屋里热气烤人，"吃，你慢慢吃……"他头一歪仰躺在炕头上，敞开的胸膛露出黑乎乎的胸毛，并很快打起了惊天动地的鼾声……夜深了，静静的屋中能听到山风像一头怪兽在门板上撞来撞去，呼嗒呼嗒，门没关严。

第四天，我离开卧熊山林场时，哥的司机柱子又来接我。柱子依旧同大老熊开着玩笑："我要是路上遇到熊该怎么办？"

"熊只会照直走，不会拐弯，你说该怎么办？"大老熊憨憨地笑笑。

"可惜呀，现在碰不到熊了。"柱子摇摇头。

日本越野大吉普一溜烟开走了，将山坳里雪盖着的模糊的人家房屋甩在了身后，远远回头望去，是多宁静的雪野山屯啊！

在路上我问柱子："大老熊是怎么当上场长的？"

柱子摇摇头，说："人要是走字挡也挡不住，活该大老熊走字。他撞死那头熊那会儿，正好你哥王书记领着板厂的人在省城经贸洽谈会和一位港商谈合作意向，可是人家对咱们板厂并没有多大兴趣，倒是对咱小兴安岭的山特产品挺感兴趣，私下里向咱们打听能不能搞到熊胆和熊掌。原来这港商的老娘急需一副熊胆配药用。你哥一听没戏了，正在这时，家里打来电话说山上林场撞死了一头熊，请示怎么处理。王书记一听赶紧叫人把熊胆、熊掌取下来送过来再说。结果合作的事就这么谈成了。你哥回来在车里曾兴奋地跟我说，大老熊立功了，大老熊为咱们林业局立功了。"

我想起以前曾问起过哥是怎么找到这位合作的港商的，怪不得哥闭口不提呢。再想起昨夜和大老熊喝酒时看我的眼神，心下就明白了。

"那林业公安局那边是怎么做的鉴定呢？"

"公安局的鉴定书是这样写的：熊死于非命。"柱子把着方向盘，两眼注视着前方说。

"熊死于非命？"我嘴里重复地咕哝出一句。

外面是白茫茫的雪原，路基下的树窠子里闪出拉着的铁丝线，熊贸然地越过铁丝网走到公路上来，当然是超越了保护范围，当然是死于非命了。

窑　　地

　　窑地到了下午像着了火似的透热，毒辣辣的日头流泻在鲜红的刚出窑的砖垛上和干燥的场地上，白花花的日光晃得人眼发涩。闷热的空气兴许划根火柴就能点燃。场地上所有干活的男人都只穿着一只大裤衩子，光着晒得油黑的脊梁，透明的汗珠不断从他们沾着泥点的脸上、身上滚落下来，刚刚落到地面上就哧地被蒸发掉了。哥也不例外，他只穿着一只花裤衩子，我跟母亲说过多次不要给我俩做花裤衩子，可母亲总说穿在里面谁也看不见。两个月前他刚来窑地上时，身子还显得苍白瘦弱，可现在完全被这里的日头晒黑了。

　　哥看见我，像看见了救命稻草，发涩的眼睛亮了一下：你怎么才来？

　　我说下午有一节语文课。这是我舍不得耽误的。

　　我挽起了裤脚，像他们一样脱掉了脚上的鞋子，赤着脚板刚刚站到硬邦邦的地上，脚下就像被什么东西烫了一下，跺了一下脚。

　　还、还做八十块吗？

　　对，和昨天一样。

　　我拿起铁锹和铁桶去那边端泥去了。干活的汉子有人把目光扫过来。干热的空气中夹杂着一股浓烈的狐臭和汗臭味。

　　哥把每块砖坯都脱得方方正正，摆码在场地上也整整齐齐。不像别的汉子做得那么随意，眨眼工夫会从砖模子里同时脱出两块砖坯来。当然我也看见有人偷偷往砖模子里掺干土。这样做湿砖会干得快些，不过这样的砖出窑时会带有一块青迹，是窑主孙福禄所不允许的。这样偷工省事的做法一旦被孙福禄发现总要被扣工分的。

窑地四周的草丛里有蝈蝈在没命地叫唤，取土场的南边隔着小树林是一条河。不过，连续多日没下雨，河快被旱干了。

烈日的暴晒使砖坯干得很快，做活快的汉子开始往窑里收砖坯了，把在场院上晾干的砖坯一排排放倒，然后搬进窑洞里去。我喜欢这时过去帮忙，把第一块砖坯用手推倒，一排排砖坯就呈波浪状依次倒下去。汉子们不懂得这是"多米诺"效应，惊喜地瞅着我。我不知道只有在这个时候我在他们眼里才不是那个说话结巴的小笨孩。

傍晚，杨金山走过来，他从裤衩兜里掏出两张揣得皱皱巴巴的电影票，请哥晚上去镇上电影院看电影。

你和我的兄弟去吧。哥说。

杨金山瞅瞅我说：我要是也有一个弟弟就好啦。然后大方地扯了一张电影票给我。

杨金山是哥一届的同班同学，人长得人高马大，在家里是独生子。上边有三个姐姐，下边有两个妹妹。上学时他常抄哥的作业，每次抄哥的作业，总要送哥一个苹果。所以那时候我就知道哥这个叫杨金山的同学。

到了镇上电影院，杨金山头了两支冰棍，给我一支，他自己含了一支。电影是一部看过的老片子《打击侵略者》。杨金山看着看着就睡着了。我也浑身乏得很。散场出来，天已经黑了，杨金山家和我家住得不太远。一起走到分手的胡同口上，杨金山摸了摸我的头又说了一句：我要是有一个弟弟就好了。

回到家里，哥还没睡，问我电影好看吗，我呆呆地望着他摇摇头。临睡下前，我结结巴巴说道：你、你明年还参加高、高考吧……哥没等我说完，就摇摇头走回屋里睡觉去了。哥毕业后去了青年点，前年恢复高考后，哥连续在家复习了两年，结果两年都差五分落榜了。父亲说了一句话：没那个弯弯肚子就别吞那个镰刀头子。哥一赌气就去了窑地。

哥体质很差，小时候得过胸膜炎。哥学习那么好都没考上大学，就让我对生活感到了一种绝望。

　　杨金山的三姐杨三妮，我以前在镇上见过。和杨金山一样生得人高马大，高颧骨，圆脸盘。她顶着烈日走到窑地上来，别人还以为她是来找杨金山有事。她在众人的目光簇拥下径直走到杨金山的土堆前，弯腰挽起了裤腿，踢掉了鞋子，就跳进了杨金山还没和好的黄泥堆里。所有的男人都看呆了眼，包括孙福禄。有人还偷偷往光身子上搭了一件褂子，哥把他的长裤子也穿上了。

　　杨三妮的圆脸盘在这个白赤赤的下午阳光里像向日葵花一样灿烂。

　　杨金山每日里只脱五十块砖坯，就是这五十块砖坯累得他还像狗一样哮喘。杨金山干活从不脱掉上身的褂子，他脸上每天来上工时总能闻到一股雪花膏味儿。

　　太阳晒热了的时候杨金山就躲到一边阴凉处凉快去，有时还掏出带锡纸的烟来吸，看见孙福禄也敬上一支。孙福禄原来是青年点的队长，青年点黄摊后就承包了窑地。

　　杨金山你何苦来这里遭罪，你家里有那么多千金，还换不来你讨老婆的钱？孙福禄斜睨着眼睛看着他。

　　杨金山就脸红着笑了，杨金山笑起来有股女人气，两眼细眯成一条缝。

　　窑地上有不少山外来的汉子，来这里干一夏天，等挣够了钱好回去讨老婆。因此他们干得都很卖力气，烧窑工挣得最多，烧一窑砖出来能挣三十多块钱。

　　她是你姐？孙福禄眼睛一直没离开那边杨三妮干活的身影。杨三妮的小腿肚子上溅满了泥点。

　　是的，是的。杨金山点头。

　　收工时，孙福禄多给杨金山记出几个工分。当然杨金山的砖坯也比平日多脱了十几块。夕阳在河边西岸像火烧着了似的落了下去。我与

257

哥、杨金山，和那些像黑鸭子一样的窑工们涌到河里，顿时平静的河里荡起一片粗野的水花。在这些人里只有杨金山的上身是白的。

汉子们蹲在河里，一天的暴热得到了降温。河水很快叫他们搅浑了，搅浑的还有他们的嘴巴。他们会在这时提起在电影院门前见过的镇上的漂亮女子，也会提起谁谁在家乡时的对象，那个人黑黑的脸就臊红了。

从前，我是说在这晚之前，这些窑汉们都是赤条条走下河里来的。这里离镇上有二十多里路，从没有哪个镇上女子到过这里来。这里是清一色的男人世界。这晚他们却像我们一样穿着大裤衩子走到河里去的，上来的时候下身遮一件衣服把裤衩拧干。这晚窑上多出一个女子，那女子就是杨金山的姐姐杨三妮。她站在砖窑那边等着我们一起回去。

我们三个湿头湿脸走过来，杨三妮见了哥说：喂，大学生，你打算在这里出一辈子苦力吗？哥听了脸在黑暗中不知不觉羞红了。哥两次差几分没考上大学，镇上街坊邻居都这样叫他。不过从杨三妮嘴里听到这样叫他还是第一次。

身后传来窑工汉子们嘻嘻哈哈的说笑声……哥说快走吧。

山外来的窑工到了晚上就去镇上小酒馆里或去镇上电影院里消磨时间，一直等暑气完全散尽了才回工棚里去睡觉，而烧窑工们更是辛苦，他们通常是下半夜两点起来点窑烧窑的。

窑工们晚上到镇上去看电影通常是换上干净一点儿的衬衫，站在电影院门前眼睛不住地往人堆里打扮得很招人的镇上女子身上瞭。电影院门前常聚集着几个这样的女子让人瞭。她们不用自己花钱买票，是有人给她们买票的。电影场场看会叫人看腻，而女人天天看是看不腻的。这也是窑工们天天往镇上跑的原因。窑工们把站在电影院门前游手好闲卖呆的女子称为"闲女子"，而杨三妮从前正是这样的闲女子。

所以，杨三妮到窑地上来帮工连我也感到吃惊。

烈日炎炎下，杨三妮婀娜多姿的腰身成了一道别样的风景。汉子们干活时增了不少力气。他们喜欢看杨三妮白嫩嫩的小腿像白藕一样踩进黄泥堆里去，那双白脚在泥堆里柔和地翻搅着，翻乱了汉子们的目光。仿佛闷热的空气也不再像先前那样闷热了。哥干活时不再像那些汉子一样光着脊梁了，这样身上流出的汗水就要比先前的多出好多倍来。我下午去时就要带上一大瓶子从井里刚打上来的拔凉的井水。哥一口气咕嘟咕嘟灌下去，哥灌得畅快淋漓。完后用衣袖抹了一把嘴巴，眼睛瞅着别处说：真痛快！令我欣慰的是，哥又偷偷摸起了书本。哥跟我说过他再怎么做也做不过他们。哥天生就是一块读书的料。有两个先跟杨三妮熟识的汉子在那边同她开着玩笑：杨三妮，我晚上请你看电影。

去呗。

杨三妮，你给我踩踩这里……我给你脱五十块砖坯。有个汉子扯着松松垮垮的大裤衩子说。

我踩你的头哦。

众汉子就笑。杨金山脸红了。在回去的路上，杨金山说：杨三妮，你明天就不要来了。

为什么？杨三妮扬脸问。

因为、因为你不是我的弟弟……杨金山就这么憋出一句话来。

杨三妮咯咯地笑了，并用手指头点了我一下脑门，说：弟弟有什么用，难道我不如这小磕巴孩吗？我腾地脸红了……

那次在电影院，来了一部新片子，电影院入口处挤得人山人海的。这也是我们这些蹭票的孩子浑水摸鱼溜进去的好时机。我顺着铁栏杆钻到大人腿缝中间，尽管被挤压得有点儿透不过气来，我还是随着人群的涌动一点一点往前挤着。快到门口时人像沙丁鱼罐头被塞住了，我两条细腿被吊起来了，手在上面乱抓着，以防被疯狂的人群踩在脚下。头上的人像大山一样压迫得眼前发黑，呼吸也被憋住了，手本能地抓在了一个人胸前圆鼓鼓的东西上，她呻吟了一声把我抱住了。这时眼前亮堂了一下，到门口了，我完全暴露在把门的老谭头眼皮底下：把票拿出来！她是我弟弟。老谭头的语气松缓了下来，并与搂着我的杨三妮小声说了一句什么。她嬉笑地捶了老谭头一下，放我们进去了。杨三妮进了里边把我松开时，手揉着胸前脸红了，说了一句：小磕巴孩，你以为这里是馒头呢？我、我……我脸红了，结结巴巴说不出话来。记住，以后再见着我的面管我叫姐姐。这是我俩的秘密，那天远远地看她走到窑地上来，我以为她忘了，谁想她还会记起我来。

我有好几天没再到窑地去，这天下午我过窑地时，看见杨三妮还在那里帮工。哥看见我说道：这几天多亏你杨姐帮忙才没有被落下。

孙福禄蹒到杨三妮跟前，对埋头干活的杨三妮说：要不要我单独给你记份工？

杨三妮说：不要。

有杨三妮在，杨金山就更知道偷懒了，他经常躲到树荫底下去。杨三妮还学会了用砖模子，脱出的砖坯工工整整的。

一条不知从哪里走来的黄杂毛母狗大概走热了，蔫蔫地耷拉着头站在草丛里，孙福禄的狼狗尾随着跟了过去。过了一会儿它俩连在了一起，两条鲜红的狗舌头在烈日下呼哧呼哧剧烈地喘着。大人脸上的表情都很古怪。哥捡了半块砖头扔过去，两条狗低鸣了一声松开了。

孙福禄从树荫下走过来，对哥说：你砸着我的狗了。

哥说：是吗？我打的是那条黄杂毛野狗，哪里来的野狗这么热的天来糟蹋大黑。

孙福禄听了就不说什么了。

杨三妮衣服上溅满了泥点，汗水把杨三妮粉红色的衬衫湿透了。窑主孙福禄打发人送来了消暑解渴的绿豆汤。可我喝这种汤还不如喝刚从井里打上来的凉水解渴。哥喝水的工夫，见杨金山还在那边歇着，就说：杨金山，你不怕腚上生疮吗？杨金山这才起了身子，走过来接过杨三妮手里的模子。

天热得蝈蝈在草丛里也懒得叫唤了，一丝风都没有。

杨三妮朝小河边走过去，杨三妮朝我招招手，我走过去。杨三妮站在没腰高的蒿草里对我说：你站在这里，别叫人过来。我不解地看着她。你也转过身去。她又命令我道。我老老实实地转过身去，这个时候所有的男人都在那边干活，没有人朝这边看。我听到背后的河里扑通一声，接着又听到杨三妮在水里说：好凉快，好舒服。我偷偷地回过头去，看见杨三妮的粉色衬衫搭在草丛上，人在河里蛙泳着。老实地讲这个时候我也想跳下河里去。可我想起了我的职责，不得不回过头去。

一个人影顶着毒日头朝河边上走来，是孙福禄。这个时候只有他在闲着。我张了张嘴还没等发出声音来，身后的杨三妮就喊了一句：你别过来。

孙福禄就站下了，站在和我一步远的对面同我搭话：这几日咋没见你来？

我说学校在期末考试。

你明年就初中毕业了吧？

我说是的。

毕业后愿不愿意到我这里来干活？

我想说我想上高中，想考大学……可嘴巴张了张没有发出声音来。我真担心将来万一考不上，是不是得像哥一样到他这里来找活干？

这工夫杨三妮已换好了衣服，飘着一头湿发从我俩跟前走过来。

孙福禄眼睛一直盯着杨三妮，孙福禄说：杨三妮，我找你有点儿事。

杨三妮问：什么事？

晚上我请一个客户吃酒，你跟我一起去作陪好不好？

杨三妮说：我不会喝酒。

孙福禄说：陪完那个客户吃完酒，还要陪他去看电影，算你给砖场出的工，给你记二十个工分好不好？

杨三妮说：那好吧。

哥非要看晚场的电影，还把我和杨金山也拉上了。坐到场里我们就看到了杨三妮和孙场长还有另外一个我们不认识的胖男人坐在一起，那个胖男人喝得红头涨脸的。电影开演了还把一只手从后面搭在了杨三妮的椅背上，这样叫我们看着很不舒服。好在孙福禄借给他点支烟的工夫把他手拿掉了。孙福禄还对着杨三妮的耳边悄悄说着什么。

电影散场了，那个胖男人还趔趔趄趄拉着孙福禄的手，要他俩把他送到旅馆里去，说他那里有上好的龙井茶，一块儿去喝茶。孙福禄说：时候不早了，我还要送小杨姑娘回家。外地老客不依不饶，正左右为难时，我们出现了。杨三妮一看到我们就露出惊喜：你们也来看电影了？我哥对孙福禄说：孙场长，我们送杨三妮回家，就不劳您大驾了。孙福禄不尴不尬地愣怔了一下，看着我们同杨三妮一道走了。

新出窑的砖带着一种诱惑人的红色。烧窑工清窑时叫人往光身子上泼上一桶凉水，可是等他们从窑孔里走出来，就完全变成一个泥人了，眼睛、鼻子都被窑灰糊住了。

烧窑工的钱不好挣，别的窑工们夜里到镇上逍遥去，他们却要守在窑上。夏夜本来就短，他们半夜起来点窑，一宿几乎就别睡了。

烧窑工下午倒无事可做，可是下午工棚里热得像蒸笼似的，无法入睡。烧窑工就索性坐在工棚前看别的汉子在场上脱坯。

> 哥哥我离家走呀，
>
> 妹妹在家绣枕头，
>
> 绣上一朵并蒂莲呀，
>
> 相思整夜把泪流……

烧窑工里有一个河北来的汉子，常哼起一口侉气的河北小调。别的汉子给河北汉子起了个外号叫"老呔儿"，就模仿布谷鸟的叫声来逗弄他：老呔儿哪儿好——布谷（屁股），布谷（屁股）！燥热的小树林里这会儿正有一只布谷鸟在和着另一只鸟在叫：布谷，布谷——

河北人弯下身来捡一块砖块奋力抛了过去，布谷鸟的叫声戛然而止。

下午收工前，杨三妮又朝河边上走去了。我跟了过去，我们已形成了一种默契。不过哥还特别叮嘱过我，你也不许偷看呀，偷看女人洗澡个儿会长不高的。哥好像近来特别关心杨三妮。

河边的草丛里，蝈蝈、蚂蚱在没命地叫唤，好像有一场雨要来临。果然不多会儿天很快就阴了起来，这可是人人盼望的一场雨。我仰脸望着天。

地上一条影子移了过来，吓了我一跳，是孙福禄的大狼狗。这家伙正在换毛，退得一半新毛一半旧毛，显得很丑陋。它在我的身前站下了，看着我，我也看着它。两滴雨点落下来，砸在我和它的脸上。

河里有了异样的动静，我记着哥说的话，不能回过头去。噼噼啪啪一阵杂乱的撩水声……

放开我——

你跟我装什么正经。我听出这是一个男人呼哧带喘的声音。

你再不松开，我就喊人啦！

你喊，你喊——

来——杨三妮"人"字还没吐出口，口就被人捂上了。

我的姑奶奶，你别喊，我出去还不行吗？一个人慌慌张张从水出来爬上了岸，是孙福禄。他穿上了放在岸边的衣服。孙福禄从来不到河里来洗澡，孙福禄都是到镇上的洗澡堂去洗澡。

窑地那边有几个人影隔着渐密的雨点奔过来，为首的是哥，见着我问：怎么回事？不等我回答，孙福禄就走过来说：她的衣服被河水冲走了，我叫我的狗去给叼回来。

众人望去，果然那条狗从河的下游奔跑过来，它的嘴里叼着一件粉红衬衫，正是杨三妮刚才搭晾在岸边草丛上的。再去看杨三妮，她还蹲在被雨淋湿的河里，一串串溅起的水泡从没过她肩头的水中流过，她那张圆脸盘呈现出一种无法言说的表情。

我的嘴巴也无法言说，这条机灵的狗什么时候从我身边溜走的呢，我怎么没注意呢?

都回去干活去吧。孙福禄抹了一把说不清是雨水还是河水说。

众人就转身往回走了。我还站在原地上,孙福禄毒毒地瞅了我一眼。等杨三妮走过来,他压低声音阴阴地说:我会记住这件事的。

自从河边发生了这件事以后,杨三妮很少再到河里洗身子了。即使洗也是等窑工们下了工洗完了以后,天黑了才走到河里去,由我、哥、杨金山站在不远处的岸上。后来哥允许我也下到水里去。我就一个猛子扎到水里去,露出头来,只听到一阵撩水声,看不见她模糊的身影。一天的暑气在河里静悄悄荡去。

孙福禄不再给杨金山多记工分了,并且还跟杨金山说如果他再这样吊儿郎当地干活,他会换了别人来干的。镇上有好多人找他要到这里来干活。孙福禄说这话时眼睛还瞅着杨三妮,可是杨三妮像没看见这个人似的埋头干着自己手里的活。

闷热使窑地上的日子都变得冗长、沉闷起来。窑工们尽管有时还和往常一样开着很诨的玩笑,可是一见孙福禄走过来就住了嘴。孙福禄尽管减少了来工地的次数,可是他每次到来都让我们感到有点儿不自在。更讨厌的是他的那只狗,说不定什么时候会出现在你面前。有两个工人热得受不了想摸到河里去偷懒乘凉,被它发觉了,一阵汪汪狂叫吓退了他们。它看我的目光也不像先前那样温顺了,总是充满着警惕和敌意。仿佛我有不可告人的目的。那条赖皮黄狗再没到窑地上来,这可能是让它感到孤独和凄凉的原因吧。我心里挺善良地想。

这日下午,孙福禄匆匆走到窑地上来,他叫大家先停下手里的活,众人不知所措地停下了手里的活互相瞅瞅,太阳晃在脸上,就瞅出一片汗津津的迷茫来。孙福禄叫上一个工人跟他到工棚里去,说待会儿有好戏叫大家瞧瞧。过了一会儿他和那个工人从工棚里走出来,他手里拿着一件花裤衩子。他说他刚从河北汉子铺下翻出来的这条花裤衩子,我想大家都知道这是谁的吧?众人吸了一口气,都把目光落到杨三妮的身上。刚才她一见花裤衩子，脸就白了。这会儿身子也跟着发软，口里低低道：不、不……而那个河北汉子则大叫了一声，道：孙场长，俺做工从没偷懒耍滑，不能这么往俺头上扣屎盆子，传回去叫俺咋去见未婚妻呀……孙福禄并没有去理会杨三妮和那个河北烧窑工，而是把目光转向了我，向我走过来：小磕巴，你说这是谁的裤衩，你总该是见到过的吧。

啊、啊——我、我——我又变得结巴起来，我恨不得抽自己两个耳光！众人的眼睛都火辣辣地望着，像无数条蛇芯子在舔着我的脸。

昨天晚上在河里洗澡时，杨三妮悄悄移到我身边，说她的一件东西不见了，叫我帮找找。我问她什么东西，她先是不肯说，后来告诉是在换衣服时她的短裤被水冲走了。我以为是裤子，就顺着河水往下摸起来，摸了半天也没找到。杨三妮就说算了，还叫我不要跟别人说。

豆大的透明汗珠从我的脸上流了下来，也从杨三妮的脸上流了下来。人群中的目光有点儿压得人透不过气来。

我这里是窑地，不是窑子……孙福禄的嘴巴在一张一合地说。嗡嗡的苍蝇一样的声音堵住了我的耳朵，听不清他们都在说什么。他们脸上的表情和我那天看到孙福禄的狗和那只母狗交配时的表情一样。

等一等！哥从人群中挤到前去，打断了孙福禄要继续往下说的话。

这件裤衩是我的。

是你的？孙福禄吃惊地问。

是的，昨天我到工棚里换衣服落在这里了。哥一把从孙福禄手里夺去了花裤衩。

众人一愣，接着嘘地长出一口气，并且有了嬉笑和嘲弄声，将怔怔的孙福禄丢在那里，回身干活去了。工地上又响起了愉快的号子声。

我不知道哥后来把这件花裤衩子怎么处理了。事情并没有因为哥的巧妙处理而结束。谣言像长了翅膀的苍蝇从窑地传播开到小镇上来，说杨三妮在窑地上挣的都是看不见的钱……看不见的钱是什么钱呢？作为孩子我当然不懂。

没过多久杨三妮就不再到窑地上帮工了。

孙福禄每天晚上从镇上小酒馆里走出来，眼睛都喝得像刚出窑的红砖一样通红。他一边剔着牙，一边牵着狗很得意地打街上走过。

一天早上，这条狼狗无声地死在了砖窑里，有人说它是不小心掉到正烧着的砖窑里去的，也有人说他是被人打晕了头后扔到砖窑里去的。总之它身上发出一股难闻的气味，叫烧窑工发现了，把它拖了出来。它光秃秃焦煳的身子比平时胖了许多倍。

再后来哥离开了窑地。哥在第二年开春又参加了高考。哥考走了。

七公里半和三条鱼

　　张西林要带我去弄鱼去，我问他到哪里去弄，他说去七公里半。在这之前，张西林往我家送过一次开河的鲫鱼，就是在七公里半捕到的，其实那天张西林本来是和他的妹夫去捕林蛙的，林蛙没捕到，却捕到了一网兜的鲫鱼。张西林对卧病在床上的父亲说林蛙大补。其实就是张西林捕到林蛙，父亲也不会吃的。张西林走后，父亲叫我把夹杂在鲫鱼堆里的两只红肚皮林蛙都放到大河里去了。鲫鱼汤却叫被肺癌折磨得皮包骨的父亲有了胃口。医生也说鲫鱼汤对他身体有好处。不过，市场上很难见到这种野生的鲫鱼。市场上卖的都是养鱼池里的鲫鱼，个大得可疑，吃起来有一股土腥味。

　　午后，我去张西林家时，张西林已将网鱼的片拉网弄好，装在一只尼龙丝袋子里，又用一条尼龙丝袋子装了两条水叉子裤，这两条水叉子裤是张西林工作时发的。他把两条白色尼龙丝袋子绑在一辆加重自行车的后座上。他跟我说，我们得骑自行车去。随后又推出一辆女式自行车，是他爱人骑的。"你会骑自行车吗？"我说会。我俩推出来。张西林的家就住在小镇东头的河边上，走出不到一百米就到河岸了。张西林说："这里没鱼，操，早就没鱼了，都污染完了。"其实张西林也是污染镇子上大河的罪魁祸首，他每天要干的工作就是负责往河里排放全镇的生活污水。河坝下面有一口排污井房，那里就是张西林一个人工作的地方。他每天早上到里面拉闸一次，晚上再进去关闸一次。逢到雨天，他就穿水叉子下去淘井。长年累月他身上总有一股洗不净的怪味儿。他

267

的脸黑黝黝的，头发总是乱糟糟的，里面已夹杂了不少白发。张西林常跟我提小时候的事，一提小时候的事张西林就两眼放光："那会儿这条河里的鱼多多呀！"我赞同地点点头。张西林小时候不喜欢上学（那时候谁喜欢上学呀），就喜欢捉鱼。罐头瓶子用白桦树皮扎个口，放上点儿玉米面饼子，再不就是用旧脸盆罩上尼龙纱网，里面放上点儿煮熟了的黄豆，就放进他家房头下面的河里，睡一觉起来，鱼儿就在里面活蹦乱跳了。

我俩过了河东岸，是沿着铁路线往七公里半走的。七公里半是一个工区小站，离镇子正好七公里半。这天的确是个网鱼的好天气，阳光明亮地晒在脸上，鼻孔里能闻到从铁轨下林子里散发出来的树木发芽的清香味。蒲公英和三棱草的小花都开谢了，偶尔还能看到树林间一丛丛毛毛狗儿、一丛丛达子香。达子香也开花了，正躲在矮矮的灌木丛中偷偷地望着我们。从城里回来这些日子，我极少走出屋子去，都是张西林来到我家说："再过几天可以去山上采到山葱啦。""再过几天可以采到刺老牙（一种山野菜）了。""再过几天可以捉到林蛙啦。"张西林小眼睛里透着按捺不住的莫名其妙的激动。当然这种情绪也会传染给躺在床上的父亲，他那被病痛折磨得十分痛苦的目光偶尔会亮一下，向窗外看去……春天是多么诱人的季节啊！

"我想我们俩一下午至少可以网到十多条鲫瓜子的……"张西林眨着小眼睛说，"那天离开时我特意看了一下，那个林子里的水泡子里还会有鱼。"

"真奇怪那里咋会有那么多鱼，你说过那是一个不太大的泡子。"

"是的，这东西生命力才顽强呢，冬天一上冻，它就头往泥里钻，春天一开化有点儿水它就缓阳了……他怎么会得上这种病，山里空气这么好？"

他在说我的父亲。"他抽烟，我想是这种东西把他害啦。"我说，从我记事起家里的土屋里就弥漫着那种黄烟叶呛人的烟雾。

我俩推着车子走了一段，就蹬上了车子，"你真的还会骑车子吗？"

说真的，我没有想到会骑车走这样的小道，在城里我有二十多年没有骑自行车了。铁轨路基下是一条窄窄的石子小道，是道班工人踩出的，散落的青石子硌得自行车带嘭嘭直响。路基下面就是道沟，有的是挺深的山体陡坡，稍不留神，人和车子滚下去是很危险的。张西林在前边保持一定的距离蹬起来，这条道他常跑。他刚才告诉我他家院子里堆得像小山一样高的落叶松枝丫棒柴，就是他从这条道上的林子里用自行车一点一点驮回去的。

闪着白光的铁轨伸向远方，上小学时我们劳动来过这里，沿着铁路线来打防火线。我们三五一群沿着铁轨中间的枕木走，走累了就坐在枕木上歇一会儿，枕木上刷的黑色沥青油被太阳晒软了，散发出一股浓浓的沥青味道。我们的黄书兜里带着干粮和水瓶子，干粮五花八门，有玉米面大饼子，有发糕，有煎饼，也有带葱花饼的。张西林家人口多，从来都是带玉米面饼子，不过他饭盒里的咸白漂子鱼或者是柳根鱼酱总是馋得我们直流口水。秋天来这里，还能采到山丁子和稠李子，回去时，大家的嘴巴都吃得黑黑的。

"那时、那时呀……嘿！"已经是一个年近五十黑坨汉子的张西林，说到这里眼角上的皱纹就像被什么东西蜇了一下，僵硬不动了。

我们在铁道下边打防火线，还有一种期待，就是等着一天只有一趟进山里来的火车通过。我们都没有坐过火车，我们管它叫绿房子。先是张西林把耳朵贴在铁轨上，然后他抬起头来冲我们喊："来啦，来啦……还有一公里。"那列拖着一节一节绿房子的黑火车头先露出头来，响了一声长笛后，呼啸着从我们身边驰过去，咣当——咣当——带起的风吹乱了我们的头发。绿房子里有人在过道上走动，有人坐在座位上闲聊着什么，窗几上放着我们没见过的花花绿绿的饼干盒，还有人冲我们指指点点。我们那个样子一定很傻。后来我到省城上大学后，每次坐火车看到外面田野上有孩子冲火车张望就这么想。那时我们最大的愿望就是坐上火车，能到绿房子里边去看看。不管它会把我们带到哪里去。张西林坐火车坐过最远的地方是七公里半，也就是二青工区。我们都成家以后，我曾几次邀请他有时间到省城到我家里去玩玩。张西林老是说他很忙，他走不开。他的工作虽然轻巧却很把身子，他每天早上要到井房上去，把排污井的闸门打开，晚上再去关掉，没人替换他。全镇人的一天生活污水都要排到河里去，如果河水不是被这么糟蹋，鱼是不是还会像从前那么多？

"喂，我说，你还记得霍三吗？"

霍三？我怎么不记得，他也是我们同班同学，脑袋大得出奇，罗圈腿，是班上的调皮大王，常常被老师拎到讲台上去站，而他在前边站着也是不甘寂寞的，常常做出各种怪模样来，惹得我们常常在下边哄堂大笑。而就是这个霍三竟然做出一件伟大的事情来，这个伟大的事情是那个时候只有在我们课本里才有的，人家是谁，人家是刘英俊、王杰呀。而霍三连个正经大号都没有，他爹纯粹是图省事，就按他的排行给他起了名叫霍三。在霍三当了英雄后，名字老师就给改了，改成霍英山，当时还上了地区日报，我们清楚记得标题是"少年英雄霍英山舍己救人"。霍三家在铁道边上住，那天上午霍三本来是逃课的，他在铁道边上瞎逛，是想磨蹭到放学时间再溜回家去，这些霍三在讲用时都省略掉了，是他私下里跟我们讲的。下面的话是他讲用时说的："结果我忽然发现一个小女孩儿坐在铁道上哭，结果迎面的火车就开过来了（后来霍三时常好用"结果"这个词，这是霍三一紧张时留下的口语病），结果我脑海里就闪现出了伟大领袖毛主席的教导，一不怕死，二不怕死。人固有一死，或重于泰山或轻于鸿毛（霍三后来又跟我们讲，他当时哪想那么多呀，他当时只想把那女孩儿推下去，她家会管他一顿好饭吃），结果我就冲了上去，结果……霍三没变成泰山，霍三变成了霍英山！"霍三变成了霍英山以后，人也变了，霍三不再调皮了，连话都很少说了，走路时还故意把罗圈腿挺直了走。霍三这个样子在我们看来是挺滑稽的，这样一来霍三就不像霍三了，霍三就和我们有了距离，是我们跟他有了距离。霍三由老师带着到地区各林业局学校去讲用，每到一地都坐火车去，伊春地区共有十八个区林业局，每个区都是一站地。回来的霍三油光满面的，后来霍三私下跟我们讲，每到一地人家都是好吃好喝来招待他们。不用说吃，光是坐火车就让我们羡慕得不得了。

"那个年代，那个年代呀……唉。"一想起这些事来还让张西林羡慕不已。

"我听说霍三后来娶了你的小姨子？"我不知道他俩是怎么成了连襟的。不过我却知道当年那个被霍三救下的小女孩儿就是张西林现在老婆的妹妹。

"唉，唉……怎么说呢，你让我现在怎么去说他好呢……"张西林似有什么难言之隐似的挥了挥手，住了口。

其实我已从镇上的人嘴里知道霍三再也不是当年那个救人英雄了，他那个霍英山的名字镇上也没谁再叫他了。这个人又恢复了他小时候的习气好吃懒做的，而且对他的妻子也不好，总觉得他妻子的命都是他给的，她这辈子就是欠着他的。我想这就是叫张西林难以说出口的原因吧。

"喂，你要集中注意力，要留神，什么也不要去想。"张西林在前面喊了一声。

一抬头，我们已骑到五公里桥上了。下面是湍急的河水，刚才有两次，我的前车轮差点儿滑到路基下面去，多亏这辆自行车他弄的车闸好使。我想推过去，可是桥上的铁轨和桥护栏之间只有一条窄窄的木板，只能骑车通过。我咬咬牙，头不往下看蹬了过去。过了桥，我的一身冷汗就下来了。

"不赖，城里人，你骑得真不赖。你知道吗，刚才出来时我还有些担心你走不了这路……我真后悔答应带你到这里来网鱼，不如我一个人来好了。"他黑黝黝的脸上闪在阳光里，庆幸着什么说。

剩下一段路比刚才好走多了。张西林放心大胆地在前边蹬起来，他嘴里还吹起了口哨。林子里不时飞过一只小山雀的身影，还有落在树枝

271

上的山雀在叽喳鸣叫，好像和着他的口哨声。在一处铁道下的林边空地里露出了一幢旧黄砖房的影子，他跷脚停了下来，说了句："到啦。"

"你还记得这里吗？"

"什么？"我赶上来。

"小时候我们来过这里，你不记得了？"

"二青工区？"

"对。"

我抬头打量四周，四周静静的，那幢黄房子的门窗都被拆掉了，露出了光秃秃的窗洞，看来已经好久没人住了。只有一个写着"二青工区"白底黑字的路标牌孤零零地立在铁轨旁。

"工区撤了，现在火车也不在这里停了。"张西林告诉我。

路基上能看到一些从火车上丢弃下来的矿泉水瓶子、塑料袋，还有白色泡沫纸饭盒。这一切在明媚的阳光里都成了静物。我和张西林坐在路轨上歇息了一会儿。

那次我和他背着家里跑出来，是在汤旺河镇车站上的车，没等我们狂跳的心脏安稳下来，车就咣当一下开走了。我俩从第一节车厢向最后一节车厢跑去，镇上的房子像被什么推着似的，向后倒去。天色慢慢黑下来，绿房子灯亮了，外边什么也看不见了，我害怕起来。我拦住了一个列车员，问他火车要开到哪里去，列车员反问我到哪里去，尽管我看见张西林直向我眨眼睛，可我还是说我不知道。男列车员就明白了，他叫我们跟他去，走到车厢连接处，车刚一停下，他就叫我们下来了，还指着路基下的黄房子叫我们走到那里去找人。随后列车又像蛇一样从黑暗中爬去了。

我俩走到那幢黄房子里，那里的三个青工听了我们的话哈哈大笑，等他们笑够了说："你们得在这里和我们住一宿啦，明天才有火车到镇子上去。"我们不想住，想走回去。那个留着小胡子的青工说："你们想喂狼吗？"这么一说，我们吓得只好住下来。那一夜我一直没敢睡，外面似乎总能听到狼的嗥叫声。小胡子青工说他前两天早上起来遛道

272

时，还在铁轨上看到一只被轧死的老狼。直到天快亮时我才枕着很浓的烟草味炕席睡着了。醒来，张西林一身露水地站在我面前，我问他干什么去了，他神秘地说，他刚才偷偷跟出去看他们起鱼去了，这里有一条河汊子是个鱼窝子。

白天等了好久，那列火车才过来，他们把我俩送上车去。同时那个小胡子青工还偷偷塞给车上一个列车员一网兜鱼，那个列车员则给了他三盒哈尔滨牌香烟。小胡子青工一脸幸福的笑。

"这个地方我谁也没告诉，他们不在这里后，每年春天我都到这里来网鱼。"张西林说，他推车走下林子里去，把自行车放在一片落叶松林地里，就往下卸网袋。车子没锁，他说不会有人来这里的。

约莫在林子里走了十分钟，就来到了他说的那条河汊子。这是一条隐蔽在白桦林丛里的河汊子。西侧隔着不远的河道涨水的时候，河水就漫了过来，消水的时候河水就存在这条低洼河汊子里。穿过一条狭窄的河沟，我俩来到一处沙滩上，张西林把拉网从袋子里拿出来，又换上水衩子裤，他又把另一条水衩子裤扔给我，叫我穿上。我笨手笨脚地把水衩子裤套在身上。他扛着网朝西头更大的一片水域走去。我跟在后面，这片水域的水很清，像一条河，风一吹泛着细小的波浪。

"那天我们就是在这里拉的网，你会拉网吗？"

我摇摇头。

"你脚踩住底下的网绳，手再攥住网绳的另一端，一点一点往前呈U字形兜着走。"

我似懂非懂地点点头。张西林先扯着网下去了。

我学着他的样子，拽住了网的另一头，走下水去。

"慢点儿蹚水，呈U字形，别把鱼吓跑了。"张西林在那边喊。

河汊子里的水并不深，只没到膝盖部，快到岸边时又听张西林急着喊："快点儿，别磨磨蹭蹭像个娘儿们，别让鱼从网边上跑了，快点儿提网。"

我跟跟跄跄把网往岸上提，把网拉到岸上，张西林就跑过来看，除

273

了一些树叶和水老鳖外，一条鱼也没有。

"不会这么干净的，那天我们走时，我明明感觉到这儿还会有鱼的。"张西林嘴里在嘟囔着。

"一会儿我们再从这头往回拉一遍看，你收网的动作一定要快。"

我点点头，心里有些不安，也许是我的操作不当，让鱼溜走了。可我的确没干过这活。而张西林一下到水里就像换了一个人似的。

这儿的风景不错，水边上除了白桦树，还有红红的爆竹红柳，刚才我俩过来时惊飞的两只水鸭子，又飞到那边的水洼里去了。

张西林显然对这儿的一切已司空见惯了，他摘去网上的树枝、草棍后，又扛着网走下水去。

"拉起来，躬着腰，呈 U 字形。"张西林在那头喊。

我尽力像他说的那样去做，清澈的水面除了白桦树的倒影，我什么也没看见。

这次我做得很仔细，我想该有鱼了吧。

"快点儿，快点儿收网，拉起来——"张西林已扯着那头的网纲绳走上了沙滩。

我也赶紧提网纲绳，把网拖了上去。

可是网里除了三只林蛙外，依旧一条鱼也没有。

"怪事，怎么会没鱼呢？"张西林有点儿沮丧，我也有点儿沮丧。难道我们骑了近两个小时的车子跑了这么远的路来就为了一无所获吗？

"有人来过，看看这里。"张西林惊讶地叫道。他站起身来走到沙滩中间，地上有几块被黑烟燎过的青石块，旁边还扔着一只白酒瓶子。

"这个坏蛋，一定是他，他背着我来过这里了。我怎么忘了他跟我来过这里了……"张西林的黑脸慢慢气红了。

他说的是他的妹夫霍三，霍三现在还变成了个酒鬼。那天我就在镇上的一家小酒馆门前碰见了他，他变得已叫我认不出他来了，穿着一件邋里邋遢的脏衣衫，一身的酒气。他倒认出我来，张着嘴迟疑地叫道："你、你什么时候回来的？听说你在城里当了作家，哪天到西林那儿去一起喝一杯。"只有他的大脑袋让我模糊着记起他来。后来听人说这个当年的少年英雄整天出入于镇上小酒馆，把家里值钱的东西都变卖当酒喝了，没有钱喝酒时也常常上他姐夫家蹭酒喝。当然他这个姐夫也是有些酒量的，念及他当年救过他这个小姨子，高兴时也会和他对饮几杯，不过更多的时候是教训他做点儿正经事，日子总得像个样子过下去呀。

"这个酒鬼、浑蛋，他答应我不会领人来这里的。"一种受欺骗的感觉让他有些愤怒了。他用水靴跟狠狠踢了那堆黑炭灰几下，黑炭灰四溅开来。

静静的林地叫我有点儿喜欢上了这里，我把那三只林蛙放进了水里。这里应该是它们自由的天地。

"我们走吧。"张西林开始收拾起渔网，把渔网又装进那只尼龙蛇皮袋子里，他的脸色还有些难看。

在收拾好东西，蹚过靠林边的那条河沟时，我们又惊飞了那两只野鸭，扑棱扑棱向林子里飞去。

已经踩到水里的张西林向我竖起了一只手指头，嘘了声说："这里有鱼，我看到了，有三条鲫瓜子。"他赶紧从水里退了出来，从肩上卸下蛇皮袋子，从里面倒出片网来。

我打量着这条宽不过三米，长有十来米的水沟，有些迟疑地小心问："会有鱼吗？"

"放心吧，我说的不会错。"

他叫我在水边的沙滩上扯着网就行，他下到水里去，我们向前拖去。

"我看到了，兜上了，这回别让它跑啦。"他兴奋地大叫。

网拖到头拖到岸上来，果然有鱼在网里跳动，他从网里抓出两条半斤左右的鲫瓜子来。

"还有一条呢？难道没兜上来。"他把网左右翻看着。

"在这儿呢。"我一指沙滩上，一条鲫鱼正睒在沙滩上翘动着尾巴呢。这条漏网之鱼被张西林捉进塑料袋里。"我说嘛，是三条鱼。"张西林像孩子一样高兴起来。我不得不佩服起他的判断来，因为我俩再兜一遍时，一条鱼也没兜上来，就像这三条鱼特意在这里等着我们似的，让我们总算没有白来。

"你回去就用这三条鱼给你父亲调个汤，那味道一定会叫他开胃口的。"张西林说。

回去时似乎比来时的路好走了许多。走到中途一个涵洞下，张西林走下去趴在小溪水面上喝水。其实我们带着矿泉水了，张西林说他喝这山里的小溪水痛快。他像一只大鸟似的伏在那儿。

我们重新上路在路基上走出没多远，张西林立在自行车上停了下来，在等我。我走到他跟前时，他往前边的路沟里一指，小声眨着眼睛跟我说："你瞧，那是什么？""是山鸡！"我定睛看时，果然在前边二三十米远的路沟下，一只灰褐色山鸡正在沟里慢条斯理地走着呢，它显然没发现我俩，等我俩跟近到十几米远时，它才噗地跳起来飞走了。

"可惜，我没带砂枪来，不然我们晚上可以炖山鸡了。"张西林有点儿遗憾地说。

走过一片白桦林子路边时，一列火车呼啸着开过来。这种宁静片刻之间被打破了，我们躲到路沟下边的林带里去。列车开过时，车厢里的人在冲我俩指指点点，一定在猜测我俩是干什么的。张西林伸头傻傻地张望着，与小时候相比，现在进山的火车头已换成了内燃机车头。那个开车的司机清清楚楚坐在玻璃窗后面。

再从白桦林地走出来时，我俩各自手上多了一把山葱，就是在刚才的林带里采的。那里还有一些不知名的小黄花和小蓝花。

"城里人，你有多久没在春天回山里来了？"看到我手上采到的一大把达子香，惊喜地把鼻孔凑上去深深地嗅着卷叶里的花苞儿，他这么问道。

"好久了，真的好久了……"我连连说，我很少在春天回到山里来，如果不是这次因为父亲的病情。

"你真该常回来看看，这个季节是多么叫人喜欢呀……"他黑黑的

276

面孔又绽出了笑纹，嘴里吹起了口哨。

和着原野里带着草木嫩芽味道的清新的风，夕阳一闪一闪从白亮的铁轨上跳去。

我俩推着车走上河坝，远远地看着一个胖胖的女人身影慌慌张张朝我俩奔过来，走近了，看清来人是张西林的老婆。

"这个婆娘来干什么？"张西林眯缝着眼自言自语地说。

"你可回来啦，你快去看看，老三往饭店里送林蛙，被派出所的人带走了……"这个女人抹着脸上流下来的汗，站下说。

老三就是张西林的那个酒鬼妹夫。

"这个酒鬼，这个畜生，活该！没良心的东西……他总是不听我的话，让他去蹲小号好了。"张西林发泄着什么说。

"可是你总得可怜可怜我的那个可怜的妹妹吧……"这个女人开始抹起了眼泪。

"好啦好啦……"张西林烦躁地一挥手打断了她，和她一起骑上了车子。

这个女人从我手里接过车子时还没忘往我手里盛鱼的塑料袋子瞅了瞅，那三条鱼在塑料袋里扑棱扑棱发出一阵声响来。

张西林的老婆就瞅瞅我，又瞅瞅张西林，似乎不太相信我们两个只打回三条鲫鱼来。

"这个畜生，活该！……"张西林嘟嘟囔囔跟着他老婆走去了。

我回到家里时已很晚了，从我进屋，躺在床上的父亲眼睛一直盯着我手里提着的塑料口袋，直到下锅时这三条鲫鱼还在翻开水花的锅里活蹦乱跳。我按照张西林告诉的方法，把这三条鲫鱼做了鲫鱼汤，放了山花椒梗，要开锅时撒上了山葱叶。鱼汤盛出来，母亲尝了一口汤，说她这辈子也没喝过这么鲜的汤。

这个时候，父亲的眼睛瞪大了，新鲜的鲫鱼汤味正飘满屋子。

277

图书在版编目（CIP）数据

警察同志／王鸿达著. — 北京：中国文史出版社，
2020.2

（中国专业作家小说典藏文库·王鸿达卷）

ISBN 978 – 7 – 5205 – 1417 – 0

Ⅰ. ①警… Ⅱ. ①王… Ⅲ. ①中篇小说 – 小说集 – 中
国 – 当代②短篇小说 – 小说集 – 中国 – 当代 Ⅳ.
①I247.7

中国版本图书馆 CIP 数据核字（2019）第 230574 号

责任编辑：卢祥秋

出版发行：**中国文史出版社**

社　　址：北京市海淀区西八里庄 69 号院　　邮编：100142

电　　话：010 – 81136606　81136602　81136603（发行部）

传　　真：010 – 81136655

印　　装：廊坊市海涛印刷有限公司

经　　销：全国新华书店

开　　本：720 × 1020　1/16

印　　张：18　　　　字数：234 千字

版　　次：2020 年 2 月第 1 版

印　　次：2020 年 2 月第 1 次印刷

定　　价：59.80 元